아빠가
태어나는 중

아빠가 되어가는 257일의 기록

아빠가 태어나는 중

김동진 지음

Manus
To be Honest

일러두기

일부 표준어가 아닌 단어는 글맛을 살리기 위해 그대로 두었습니다.

프롤로그

그렇게 아빠가 되었다

2023년 12월 5일. 밤 아홉 시쯤. 나는 아빠가 되었다. 여느 날과 다름없는 저녁 여섯 시쯤 아내와 식사를 마쳤더랬다. 설거지를 대충 끝내고 편의점에서 사온 팝콘 봉지를 뜯으며 안방으로 들어갔다. 그렇게 나란히 앉아 오래된 영화 한 편을 보았다. 영화가 끝났을 땐 이미 밤 여덟 시가 한참 넘은 시간. 일찍 잠자리에 드는 편인 우리 부부는 영화의 크레딧을 대충 넘기고서는 자리에서 일어났다. 잠자리에 들기 전 우리 부부에게 남은 일이란 칫솔에 치약을 묻혀 이를 꼼꼼히 닦는 것뿐이었다.

『삼국유사』에는 '유리' 왕자와 그의 사위 '석탈해'가 서로 왕위를 양보하려다 생긴 재미난 이야기가 나온다. 당시는 맏자식이라고 무조건 왕위를 넘겨주는 장자상속이 자리 잡히지 않았던 시대였다. 혈통보다는 사람을 아우르는 인품과 능력에 따라 왕위를 물려주었는데, 왕의 자식이었던 유리는 인품마저 출중하였나 보다. 능력 좋고 성품 좋기로는 유리의 사위인 석탈해도 만만찮았고. 이 둘은 왕좌를 앞에 두고 서로 양보하려 아웅다웅하기 시작한다.

양보도 적당히 해야지. 자꾸 사양만 하다가는 서로 싸움 나기 마련이다. 다들 한 번쯤은 보지 않았나. 식당에서 서로 밥값을 내겠다고, 내겠다고! 내가 낼 거라고, 낼 거라고! 서로의 지갑을 뺏어가면서까지 자기가 밥값을 계산하려는 어른들. 지갑을 뺏는 자와 지갑을 지키려는 자. 그리고 계산대 너머에서 아수라장을 지켜보는 한 사람의 속마음. '그냥 아무나 빨리 계산 좀….'

여차저차. 좋은 일도 적당히 해야 좋은 거라고. 서로 사양이 계속되다 보니 이게 점차 싸움이 될까 싶은 것이다. 그래서 석탈해가 유리에게 제안하기를 "옛말에 덕과 지혜가 많은 사람은 이도 많이 난다고 하는데, 이 개수가 더 많은 사람이 왕 노릇 하는 거 어떻겠습니까?" 하였다고 한다. 치아 관리를 잘하는 꼼꼼함이 덕과 지혜의 바탕이 되는 걸까.

여차저차. 유리와 석탈해가 떡을 한입 크게 베어 각자의 잇자국을 세어보았더니 유리의 떡에 잇자국이 더 많았다고 한다. 그리하여 이가 많은 유리는 신라의 유리왕이 되었고, 덕이 많은 아내의 양치에는 오랜 시간이 필요했다는 이야기다.

아내보다 양치를 먼저 끝내고 터덜터덜 침대로 걸어가 풀썩 몸을 뉘었다. 이불 속에 들어가 비비적거렸다. 살짝 서늘한 이불의 바삭함을 느끼며 눈을 감으니 저기 멀리서 아내의 양치 소리가 들린다. 치카치카 하던 소리는 이내 가글가글 소리로 바뀌고, 이어서 물 뱉는 소리가 들리더니 세면대 물 내려가는 소리가 잠깐 따라온다. 마침내 조용하다.

양치의 조용함은 화장실의 불을 끄는 소리로 마무리되어야 하건만, 지나간 소리와 다가와야 할 소리 사이의 간극이 좀 길다 싶다. 그래도 뭐… 크지 않은 집의 크지 않은 화장실에서 길을 잃지는 않겠거니, 핸드폰이라도 만지작거리나 싶어 이내 생각을 접어두고 이불 속 몸을 동그랗게 말아 가만 누워있었다. 역시나 여지없이 화장실 불 끄는 소리가 "탁!" 들려온다. 아내의 도톰한 발소리가 침실에 가까워진다.

사박사박 다가오던 발소리는 돌연 침실 문 앞에서 조용하다. 왜지. 침실 안으로 발소리가 들어와야 하건만. 문 앞에서 발소리가 끊어진 것 같아 눈을 살짝 뜨고 열린 침실 문을 보았다. 불꺼져 어두운 집에 하나 켜진 노란 스탠드 불빛을 등에 지고 아내가 나를 빤히 본다. 그리고 손짓을 한다. 까딱까딱. 잠깐 나와보라고.

여기서 잠깐. "나는 아빠가 되었다"라는 문장을 이미 읽어버린 독자는 아내의 까딱까딱이 향하는 결말을 알고 있겠지만, 이야기 속의 나는 현재 진행형을 살고 있었기에 '까딱까딱'의 의미를 캘 방도가 없었다. 한 치 앞도 몰랐던 당시의 나는 아내의 손짓에 이불 속 말린 몸을 딱히 풀고 싶지는 않았고, 멍청하게도 "왜요?"라 되묻고 말았다.

다행히 덕이 많은 아내는 참을성 있게 까딱까딱을 한 번 더 보여주었고 나는 꿈틀거리며 침대 밖으로 나왔다. 아내가 서 있던 곳은 작은 탁자 옆. 아내는 말없이 손가락을 하나 곧게 펴서 탁자를 가리켰다. 아내의 손을 따라 시선이 옮겨간 탁자 위는 어두웠다. 어두운 탁자 위로 어스름한 노란 불빛. 그 아래로 간신히 보이는 길쭉하고 하얀 플라스틱 막대. 막대의 굴곡진 몸통. 몸통 중간에 팬 작은 홈. 그 홈에 새겨진 선홍빛 작은 선분 두 개.

　2023년 12월 5일. 밤 아홉 시.
　그렇게 나는 아빠가 되었다.

차례

아빠라는 세계

종류에 따라 다소 차이는 있겠으나 보통 임신 진단 테스트기
(줄여서 임테기)는 난자와 정자의 수정이 일어난 후로 14일 정도
가 지나서 사용한다. 아이스크림 막대 모양으로 길쭉하게 생겼
지만 덩치는 좀 더 큰. 하얀 몸뚱이와 색깔 있는 머리. 머리 색은
빨강도 있고 파랑도 있고 가지각색이다. 색의 차이가 기능
의 차이를 의미하는지는 모르겠다.

사실… 머리처럼 보이는 부분은 머리가 아니다. 가발이다. 벗
겨진다는 이야기다! 가발 부분을 뿍! 하고 뽑아내면 몸통처럼 새
하얀 종이가 날름 나온다. 역시 두피 색은 몸의 색과 같을 수밖
에 없나 보다. 마지막으로 시원하게 벗겨진(?) 하얀 종이 부분에
소변을 묻히면 끝.

삼투압 현상에 의해 자동으로 소변이 종이 끝까지 올라간다. 그러면 소변에 있는 어떤 성분이 종이 끄트머리와 어떠한 반응을 일으키게 되고, 몸통에 팬 창문 틈으로 선홍빛 선분을 그려낸다. 몸통에 스멀스멀 새겨지는 선분이 두 개면 아이가 찾아온 것이고 한 개면 그렇지 않다는 식이다. 예외적인 상황도 있으나… 그건 임테기 제품 설명서에 적혀있으니 자세한 설명은 생략하도록 하겠다.

임테기를 사용하는 시점은 수정일 기준으로 14일이라 하였으나, 배란된 난자는 어차피 체내에서 딱 하루 정도 살아있을 수 있으니 마지막 관계일 14일 이후 사용하여도 큰 차이는 없다. 보통 계산하기로는 마지막 관계일을 기준 삼는 것이 좀 더 편하기는 하다. 여하튼 2주 뒤에 무언가를 알 수 있다는 이야기다.

임테기의 역사는 고대 이집트까지 올라간다고 한다. 고대 이집트인은 싹이 트지 않은 밀과 보리를 임테기로 삼았다고 한다. 땅에 밀과 보리를 깔아놓고 그 위로 소변을 누어 밀과 보리에 싹이 트는지 지켜보는 것이다. 싹이 트면 임신한 것이고 그렇지 않으면 임신하지 않았다는 식이다.

이 뭔 헛소리냐 싶을 수도 있겠지만, 이토록 클래식한 임신 테스트의 정확도가 80퍼센트에 육박한다고 한다. "밀과 보리가 자란다. 밀과 보리가 자란다"라는 동요가 이렇게 이해될 수 있구나 싶다. 21세기의 대한민국에 사는 나의 아내는 밀과 보리 대신 하얀 플라스틱 임테기를 이용했다. 요즘의 작고 간편한 임테기의 검사 정확도는 95퍼센트 이상이라고 하니 세상이 많이 발전하기도 하였다. 밀과 보리 대신 도정된 쌀을 주식으로 삼는 대한민국의 한 청년 부부가 간밤에, 그것도 집 안에서 편안히 누워 아이 소식을 듣게 되었으니 말이다.

어쩌면 임테기의 두 줄을 보았다는 것만으로 "아빠가 되었다"라고 말하는 나의 모습에 '너무 앞서 나가는 것 아닌가…' 생각한 분들도 적잖이 있을 듯하다. 확실히, 아이가 태어날 때를 고려하면 고작 수정된 지 14일쯤 된 시점은 조금 이른 감이 있다. 게다가 임신 12주까지는 혹시 모를 위험한 기간이라고 하니 더욱이 아빠 운운하는 모습이 위태로울지도 모르겠다. 그러나 나는 그냥 '아빠'라고 하련다.

심리학을 공부하다 보면 '대상 영속성object permanence'이라는 단어를 심심찮게 보게 된다. 특히 교육학에서 자주 만난다. 혹시 아주 어린 아이와 "우르르르! 까꿍!" 놀이를 해본 적 있으신지? 이 놀이를 직접 하진 않았더라도 한 번쯤은 보았을 것이다. 까꿍 놀이는 두 개의 구분 동작으로 이루어진다. 1)아기가 눈을 마주치면 두 손바닥으로 얼굴을 가리면서 "우르르르!"를 외친다. 2)얼굴을 가렸던 두 손바닥을 활짝 열면서 "까꿍!"을 외친다. 이때 손바닥을 열어주면서 아이와 눈을 마주치면 더욱 효과적이다. 어떻게 효과적이냐고? 아이가 꺄륵! 하며 좋아한다.

까꿍 놀이를 지켜보는 제삼자인 우리의 시선에서는 이게 뭐 그리 재미난 일일까 싶지만 세상에 갓 태어난 아기의 사정은 그렇지 않다. 아기가 말을 못 해서 그렇지, 태어나면서부터 유창하게 말을 할 수 있었다면 "아니 어떻게! 대관절 어떻게! 얼굴이 사라졌다가, 다시 나타난단 말이야!"를 연신 외칠 일이다. 그렇지 않나? 분명 손바닥밖에 보이지 않았는데, 어느새 얼굴이 등장하더니, 또 갑자기 사라지는 식이다!

아기에게 까꿍 놀이는 어른에게 있어 비둘기 마술과 비슷하다. 물론 세속에 익숙해진 어른은 비둘기 마술을 보는 동안에도 "그럴 리가 없어. 저 커튼 뒤에서 무슨 수작을 부린 걸 거야. 비둘기가 갑자기 사라질 리가 없잖아!"라며 코난에 빙의라도 된 듯 트릭을 찾기 위해 눈초리를 바짝 세운다. 아기에게 손바닥 뒤로 사라진 얼굴은 사실이고 어른에게 사라진 비둘기는 속임수다. 어른이 된다는 건 로망스를 잃어간다는 의미일까.

이런 로망스의 상실을 심리학에서는 '대상 영속성'이라 한다. 문자 그대로 대상(그것)이 영속적(그대로 거기 있음)임을 아는 상태를 말한다. 손바닥으로 가렸든 커튼으로 가렸든, 그게 얼굴이든 비둘기든 간에, 눈에 보이지 않는다 하여 없어지는 것이 아님을 아는 상태. 눈이 멀게 되어서도 "너 거기 있고! 나 여기 있어!" 놀이를 할 수 있는 사람을 보고서 "대상 영속성이 있다"라고 한다.

이렇게 이야기하면 어른은 다 대상 영속성이 있고 어린아이는 다 대상 영속성이 없어서, 역시나 어른이 아이보다 낫다는 식으로 이해하기 쉽다. 그러나 대상 영속성이 있다고 하여 어른이 아이보다 나은 것도 아니고, 어른이라고 하여 대상 영속성이 있는 것은 더더욱 아니다. 비둘기 마술 하나가 속임수임을 안다고 하여 세상만사 감각에 휩쓸리지 않는 초탈한 삶을 사는 것은 아니지 않나.

보이지 않고 들리지 않는다는 이유로 소홀히 하는 것이 너무 많다. 멀리 사는 친구가 그렇고, 떨어진 지 오래인 부모에게 그러하고, 너무 커서 느껴지지 않는 자연에게 그러하다. 어쩌면 뭘 모르는지도 모르면서 자신 있게 '안다'고 말하는 우리야말로 갓 태어난 아기보다 더 어린 것일지도 모르겠다. 공자께서 "나이 사십이 되고서 미혹됨이 없었다不惑"고 하셨는데. 나도 사십에 들어서면 "이제 조금 안다"라고 솔직하게 말할 수 있으려나.

그러나 아직은 사십이 되기까지 시간이 조금 남아서인지 대상 영속성은 당분간 멀리 있는 이야기인 것만 같다. 여전히 내가 사는 세상의 지평은 눈에 보이고 귀에 들리는 경계, 바로 거기까지다. 그 뒤는 절벽이다. 알게 되어서야 알게 되고 살아 보고서야 살게 되는 세상이랄까. 머리와 마음에 담고 나서야, 인식하게 되어서야, 그 존재를 알아차리는 지경이다.

'내가 아는 것이 곧 나의 세상'이라는 말을 불교에서는 '유식唯識'이라 쓴다. 내가 아는 세상은 곧 나의 마음이 받아들인 만큼, 받아들인 방식으로만 이루어져 있다는 것이다. 그러니 세상에 '진짜로 있다'거나 '진짜로 안다'는 것은 없으며 내 마음이 빚어 낸 대로 세상은 있을 뿐이라는 다소 복잡하고 허망한 이야기다.

하지만 이를 부정적으로만 볼 일은 또 아니다. 무언가를 알게 되는 것만으로도 세상을 넓게 살아갈 수 있다는 이야기기도 하니까. 그렇지 않다면 왜 사람들이 부단히 공부하고, 책을 읽고, 여러 사람을 만나고, 이야기하고, 겪어갈까. 눈에 보고 귀에 담는 만큼 '내가 사는 세상'이 넓어짐을 알게 되니까 그런 것 아니겠나. 요즘은 돈 몇천이 있어야 한 평 남짓하게 땅을 넓힐 수 있다는데. 눈이 닿고 귀가 닿는 만큼 세상을 넓힐 수 있다니 이보다 좋은 가성비가 있겠나.

골방에 앉아 세상을 모두 아는 것이 정말 가능했다면 뭣 하러 공자는 세상을 떠돌았고 뭣 하러 천하의 영재들은 세상 곳곳의 서울로 모여들겠나. 이렇게 사람이 세상을 떠돌며 만드는 것이 결국 문화고 인문人文이라 생각한다.

임테기로 시작한 이야기가 어쩌다 공자님 부처님 운운하는 지경까지 왔나 싶겠지만… 인생 사는 게 다 그런 거 아닐까. 결국 돌고 돌아 '나'의 이야기에 보탬이 되지 않으면 심리학이든 인문학이든 다 무슨 소용이람. 나는 간밤에 임테기를 마주하고서 머릿속에 대상 영속성을 떠올렸다. 선홍빛 두 선분을 눈으로 보고서야 아기라는 존재를 눈치챘다.

그 두 줄에서 시작하여, 나는 더 이상 이전의 나와 같을 수 없었다. 이불 속의 선선함에 비비적거리던 세계는 어느새 가고 없다. 아내가 보여준 임테기에 새겨진 두 붉은 줄이 착륙한 세계는 뭘까… 이제는 그 전과 확연히 다른 지평을 가지게 되었다. 전에 없던 경험으로 넓어진 세계.

아닌 밤중에 나의 세계는, 뭘까… 더 이상 김동진의 세계도 아니고 고등학교 선생님의 세계도 아니었다. 아들의 세계도 아니고, 남편으로서의 세계도 부족했다. 뭘까… 아저씨의 세계라기엔 아직 멀고, 그렇다고 영영 먼 얘기도 아닌 것 같은… 뭐랄까… '아빠의 세계' 정도랄까.

그래. 이제부터 내가 디디고 선 대륙의 이름은 '아빠'다. 땅의 주인도 모르게 조용히. 붉은 줄이 새겨진 임테기는 나의 세계에 조용히 다가와, 오래된 깃발을 모조리 걷어치우고선 말없이 커다란 깃발을 새로 꽂아 놓는다. 가까이 다가가서 살펴본 깃발에는 이렇게 새겨져 있다.

"아빠라는 세계에 오신 것을 환영합니다!"

1이라는 좌표

어언 19년. 고등학교 1학년 시절을 마지막으로 '가정'이라는 교과목을 잊고 살았다. 당시에는 '기술·가정'으로 묶인 교과목이었다. 기술 선생님 한 분과 가정 선생님 한 분이 번갈아 찾아오셔서 수업을 해주셨더랬다. 기술 시간에는 기술-엔진의 구조라든가 발광 다이오드의 원리 등을 배웠고, 가정 시간에는 가정-의복 문화, 음식 문화 등에 대해 배웠다. 가정 시간에 배운 여러 내용 중엔 성교육도 당연히 포함되어 있었다.

이런 기억을 주욱 잊고 살다가 다시금 떠올린 일이 두 번 있었다. 한번은 소개팅에서 만난 전 여친(현 아내)의 직업이 마침 '가정 선생님'이었기에 떠올린 일이고, 또 한번은 산부인과에 난생 처음 다녀오면서 떠올린 일이다.

내 기억이 맞다면, 가정 수업 시간에 배우기를 "여성의 난자는 정자와 만나 수정이 이루어져 임신이 시작된다. 그런데 난자는 난소에서 배란된 이후 24시간 후에는 생식능력을 잃는다. 그렇기에 임신이 이루어지기 위해서는 배란 후 24시간 안에 정자가 난자와 수정하도록 하는 것이 중요하고, 올바른 가족계획을 위해서는 배란일을 잘 계산하는 것이 중요하다"라 했다.

기억이 맞다면, 수업에서 배운 배란일 계산은 어렵지 않았다. 예상되는 다음 생리 시작일의 딱 2주 전이 가장 유력한 배란일이다. 약간의 오차는 있을 수 있기에 예상 배란일을 기준으로 하여 앞으로 4일, 뒤로 4일 정도를 붙여 크게 가임기라 하기도 한다. 생리 주기가 불규칙하면 예상이 어렵기에 병원의 정밀한 진찰을 받아보는 것이 도움 될 듯하다.

예를 들어, 'A씨는 생리 주기가 28일이며 12월 1일에 마지막 생리를 시작하였다. A씨의 예상 배란기와 가임기를 구하시오'와 같은 문제를 만났을 때 1)12월 1일에서 28일 후인 12월 29일이 생리 예정일이고 2)12월 29일에서 2주(14일)를 뺀 12월 15일이 예상 배란일이다. 3)12월 15일 전후로 4일을 더하고 뺀 12월 11일-19일 정도가 가임기라 할 수 있다. …정도로 답안을 작성하면 큰 무리는 없다는 이야기다.

혹여 이런 계산 과정이 복잡하게 느껴진다 해도 괜찮다. 요즘 우리에겐 스마트폰이 있지 않나. 검색창을 열어 '배란일 계산기'라 검색해 보자. 계산을 도와주는 창이 곧바로 뜬다. 몇 가지 숫자만 입력하면 자동 완성. 머릿속으로 달력을 그려 열심히 계산하는 클래식한 방법을 사용하지 않아도 된다. 다행이다.

문제는 나의 기억이 여기서 끝을 맺는다는 데 있었다. 배란일은 알고 가임기는 알면서 임신 기간을 세는 방법은 알지 못했다. 아니, 정확하게 말하자면 알지 못한다는 것조차 알지 못했다. 무슨 말인고 하니, 배란일 이후 24시간 안에 수정이 이루어진다는 이유 하나만으로 '배란일+1일'이 임신 시작일이라 알고 있었던 것이다. 아무 근거도 없이 말이다. 나는 그야말로 새 삶을 눈앞에 두고서야 오개념을 알아챘다.

임테기 진단이 있고 며칠 뒤. 정확한 임신 검사와 진료를 받기 위해 가까운 산부인과를 방문했다. 평일이라 그랬을까, 병원은 한적하였고 진료 예약을 빠르게 할 수 있었다. 푹신한 대기 좌석에 앉아 처음 온 산부인과를 이리저리 둘러보았다. 흠… 산부인과라 하여 특별히 다를 건 없어 보인다.

곧이어 진료실에서 아내의 이름을 불렀다. 아내의 이름만 부르길래 아내만 진료실에 들어가(아 하)는 줄 알았지. 진료실로 향하던 아내는 낌새가 이상했는지 몇 걸음 가다가 뒤를 돌아보았고, 멍청하게 자리에 가만 앉아있는 나란 녀석을 보았다. 까딱까딱. 그리고 "따라오세요."

그렇다고 하여 진료실에서 나란 녀석이 딱히 쓸모 있었던 건 아니다. 의사 선생님과 마주 앉은 건 아내였고, 나는 옆 구석에 마련된 조그만 의자에 앉아있었다. 진료실 모서리가 좌표평면의 원점이라면 나는 (1, 1)의 위치에 가만있는 한 점 좌표였달까. 질문도, 답변도 의사 선생님과 아내가 주고받았고 나는 가만히 듣기만 하였다. 임신 테스트기를 써보니 두 줄이 나왔고 혹시 몰라 테스트를 한 번 더 해봤는데 역시나였고 등등.

혈액 검사를 위해 간단히 채혈한 뒤 잠시 바깥 자리에서 대기하고 있자니 다시 불러 하시는 말씀이 임신이 확실하다고 하신다. 그리고 착상이 잘되었는지 확인해 보려 초음파 검진을 해보자 하셨다. 그렇게 아내는 간호사님과 먼저 초음파실로 향했고, 잠시 후 "보호자님, 들어오세요" 하는 소리에 나는 (1, 1) 좌표에서 이동하여 어두운 초음파실로 향했다. 빛이 드문 초음파실 한편으로 침대에 누운 아내의 윤곽이 보였다. 아내는 맞은 편의 어느 모니터를 보고 있었다. 모니터에는 흑백으로 선명한 아기집이 보였다.

신기하더라. 초음파 보는 법을 배운 것도 아닌데 그 검은 얼룩이 곧 아기집인 줄 바로 보아 알겠더라. 그리고 아기집의 경계 한편에 달라붙은, 선명히 '똥그란' 흔적. 의사 선생님은 이 녀석을 가리켜 우리 아기라 하시더라. 아내는 예고 없이 만난 아기의 첫 모습을 보고 무슨 생각을 했을까. 나는 그 하얗고 똥그란 모습이 겨울 밤하늘의 밝은 달과 무척 닮았다고 생각했다.

의사 선생님은 옛 오락실 게임기처럼 생긴 초음파 기기를 이리저리 조작하시더니(실제로 조이스틱 같은 게 달려있었다) 아기집의 크기를 재셨다. 강낭콩 모양을 닮은 아기집은 간신히 0.8센티미터 정도 되더라. 채 1센티미터도 되지 않는 아기집과 그 한편의 동그라미를 보며, 생명의 시작이란 얼마나 은미한가… 감상에 젖던 때. "임신 5주쯤 되었네요"라 문득 말씀하시는 것 아닌가.

…… 5주라니? 내가 아는 계산으로는 가능한 숫자가 아니었다. 혹여 아내의 배란 주기에 다소 차이가 생겼다 하여도 나의 머릿속에서 5주는 터무니없는 계산이었다. 무식하면 용감하다 했던가. 감히 오랜 경력의 산부인과 전문의에게 "2주나 3주가 아닌가요?"라 물어보았다.

거두절미하여 말하자면, '임신의 시작은 마지막 생리일의 첫 날을 기준으로 센다'가 정답이었다. 배란일이나 예상 수정일은 임신의 시작이 아니었다! 배란도 일어나기 전에 임신을 생각하다니! 그러니 임신 테스트기에 두 줄이 나타났다면, 그땐 이미 임신 4주-5주가 된 것이다.

이전 생리 시작일을 기준으로 임신 기간을 산정하는 이러한 방법이 의학적으로 쓸모가 있어 자리 잡힌 것이겠지만 보통 사람인 나에게는 아직까지도 무척 생소하게 느껴진다. 4 뒤에 5가 오는 것처럼, 4 전에는 3이 오고 그전에는 2가 오고 그전에는 1이 와야 하는 이치가 '참'이라면, "임신 1주쯤 되었네요"라는 말 또한 할 수 있어야 하지 않을까?

그런데 이런 일이 가능하려면 마지막 생리 시작일이 일주일 전이어야 하고 곧장 배란이 시작되어, 배란이 끝나자마자 수정이 되어, 수정이 되자마자 병원에서 직접 검사하여, 임신 사실을 알아야 하는데. 이런 일이 과연 일어날까… 싶은 것이다.

게다가 수정이 된 후로 착상까지는 또 일주일이 걸린다. 실제 호르몬 변화 등의 임신 조짐은 마지막 생리 시작일 2주 후에나 일어나는 셈이다. 그러니 임신 소식은 아무리 일러야 2주 차부터다. 이론적으로야 1주 차가 가능한 일도 있겠으나, 어째 가슴으로는 도통 받아들이기 어려운 계산법이란 생각이 든다.

수정도 되기 전에 임신이라니. 1, 2, 3을 건너뛰어 5부터 세기 시작한다는 사실은 아빠가 되기 전에 이미 아빠가 되어있었다는 말만큼이나 어리둥절하다. 어쩌면 이와 같은 나이 세기 방법의 정반대 지점에 있는 또 다른 나이 세기 방법이 '만 나이 계산법'이지 않나 싶다.

만 나이 계산법은 '생일을 몇 번 지났나'를 기준으로 나이를 셈한다. 이를테면 1990년 9월 6일에 태어난 나는, 1991년 9월 6일이 되어서야 생일을 한 번 지나갔기 때문에 그제야 1세로 친다. 그러니 누구나 태어난 다음 해 생일을 맞이하기까지 공식적으로 0세다. 0. 수학적으로는 세지 않는다는 말이다.

이렇게 보니 아이의 나이를 셈하는 방식이 오락가락이란 생각이 든다. 임신 주수는 수정되기도 전부터 세더니, 나이는 태어나고서 새롭게 세기 시작한다. 그마저도 생후 1년간은 나이에 끼지도 못한다. 배 속 아기를 생명으로 치지 않는 것도 아니고, 세상에 나온 아기를 생명 아닌 것으로 대하지도 않는데. 이런 상황에서 부모는 하루하루 다르게 자라는 아이를 표현하려 0세와 1세 사이를 n개월로 채운다.

마치 하나의 수직선에 0을 찍은 다음, 오른쪽 한 칸 떨어진 곳에 1을 쓰지 않고 다시 0을 쓰는 듯한 인상을 받는다. 두 번째 0을 쓴 후에야 1, 2…를 쓰기 시작한다. 원래 0과 1 사이를 무수한 소수로 채우듯, 두 번째 0과 1 사이에 n개월을 새겨가고.

생명윤리적으로 배 속의 태아를 생명으로 볼 것이냐 말 것이냐 하는 논쟁에 대해 왈가왈부할 일은 없다. 나는 전문적인 철학자도 아니고 의료법을 제정할 일도 없으니 말이다. 다만, 나라는 한 사람에게 있어서 만큼은, 어두운 초음파실에서 느닷없이 만난 흑백의 장면은 너무도 사실적이었다. 하얗고 동그란 흔적을 보는 순간 느껴졌던 생생한 감동을 사실이라 하지 않는다면 나는 무엇을 사실이라 말해야 할지 모르겠다.

　아내와 나는 집에 돌아와 마스킹 테이프를 툭 뜯어 병원에서 받아온 초음파 사진을 눈에 잘 띄는 곳에 붙여두었다. 앞으로도 몇 번 사진을 더 찍고 받아오겠지만, 그렇다고 다른 것으로 대체할 일은 당분간 없다. 귀찮기도 하거니와, 무엇보다 이 동그란 겨울 달을 잊어가기 싫다. 누군가는 기억의 소멸이 존재의 소멸을 초래한다고 믿을지 모르겠지만, 종종 존재는 기억과 함께 탄생하기도 한다. 존재의 탄생을 반기는 첫인사로, 나는 0 옆에 1을 곧장 새기고 싶다. 인생이 수학처럼 빈틈없이 돌아가지는 않지만, 어쨌든 세기는 1부터 세는 것이다.

　수학에서 0은 세지 않는 것이다.

잠이 늘었다

　장소와 방식이 어찌 되든 간에, 먹고 잔다는 기본 욕구를 해결하지 않고서 여행을 성공적으로 끝마치기 어렵다. 특히 여행의 기간이 길어질수록 그렇다. 평소엔 좀처럼 보기 어려운 관광지를 하나라도 더 다녀오려 때로는 풍찬노숙을 할 수도 있겠으나, 때로는 때로다. 오랜 여행을 계획한다면 반드시 먹고 자는 문제를 짚고 넘어가야 한다. 고급 호텔과 조식 뷔페는 아닐지언정 질 높은 숙면과 영양이 보장되어야 걸을 힘도 난다. 인생이란 게 다 먹고 사는 문제 아니겠나?

　아빠라는 세계, 줄여서 '아빠국'을 여행하는 사람에게도 마찬가지다. 여행의 기간은 아마도 남은 평생이라 할 만큼 길고도 길어지겠으니 여행자는 필히 먹고 자는 문제를 깊이 고찰해 보아야 하지 않을까? 그런 고로 우선은 아빠국에서 먹고 자는 일에 대해 이야기해 보려 한다.

'먹는 것'과 '자는 것' 중에 어느 이야기부터 시작해야 할까? '먹고 자는' 이야기를 하자면 응당 문장의 구조상 '먹고'에 대한 이야기를 먼저 하는 것이 자연스러워 보이겠으나, 실상은 그렇지 않다. '자는' 이야기가 먼저 등장하는 것이 오히려 자연스럽다. 역사적으로도, 한 사람의 개인사에서도 그렇다.

역사상 가장 오래된 서사시 중의 하나라는 「길가메시 서사시」에는 주인공 길가메시가 등장한다. 힘도 세고 머리도 좋고 키도 크고 잘생긴 데다 인기도 많아서 한 나라의 왕좌까지 차지한, 전형적인 '그래, 너 다 해 먹어라' 유형의 인간. 그런 잘나고 잘난 길가메시에게도 부족한 것이 있었으니, 바로 젊음이다. 누구에게나 공평하게 주어진 젊음. 세상을 다 가진 듯했던 길가메시에게도 젊음이 점차 바닥을 드러내자 그는 영생을 찾아 긴 여행을 떠난다.

중간 과정은 생략하고. 여행길에 온갖 고생고생 개고생을 하여 간신히 영생에 대한 한 가지 단서를 손에 넣게 된다. 영생의 비밀을 알고 있다는 사람을 찾은 것이다. 그 사람의 이름은 우트나피쉬팀. 그는 오랜 과거 언젠가, 폭증하는 인류의 머릿수와 영향력이 두려워진 신들이 홍수를 일으키려 한다는 비밀을 어찌어찌 알게 되었다. 문자 그대로 인류를 물청소하려는 신들의 계획에서 살아남으려 커다란 배를 만들었고….

다시 중간 과정은 생략하자. 마침내 대홍수에서 살아남은 우트나피쉬팀이 망망대해로 변해버린 세상을 처음 목격하는 순간에 대한 이야기가 잠깐 나온다. 「길가메시 서사시」는 커다란 장마가 끝난 그 첫날을 이렇게 시작하고 있다. "밤이 오고 아침이 오니…."

새 하루의 시작을 밤부터 세는 일은 「길가메시 서사시」에서만 나타나는 것이 아니다. 「창세기」에는 유명한 노아의 방주 이야기 끝에 "저녁이 되며 아침이 되니 이는 첫째 날이니라"는 말씀이 나온다. 중국의 창세 신화에서는 여와라는 태초의 인물이 등장하는데, 이분이 쿨쿨 잠을 자다가 눈을 떠 기지개를 쭈욱 켜니 손과 발을 따라 세상이 덩달아 갈라져 위쪽은 하늘이 되고 아래쪽은 땅이 되었다는 식이다.

너무 오랜 역사가 부담스럽다면 간단히 한 사람의 개인사에서 시작해 보자. 과학적 환원주의에 따르자면 인간 개체의 가장 기본적인 단위는 단연 세포라 할 수 있다. 물론 세포도 원자니 전자니 하며 더욱 쪼갤 수는 있겠으나, 어째 한도 끝도 없어지는 것 같으니 그냥 세포 정도 선에서 그쳐보자. 멈춤의 미학을 존중해야지.

우리 한 개인의 역사를 시간 축을 뒤집어 천천히 되감아 보면 점차 키가 줄고 몸무게가 줄고 피부도 다시 뽀얗고 탱탱해질 것이다. 손가락 발가락이 오동통해지는 아주 어린 시절이 곧 다가오고, 어느새 눈도 못 뜬 신생아의 시절이 찾아온다. 그러다 어머니 배 속에서 잠을 자던 시절이 등장하고, 퇴화에 퇴화를 거쳐 어머니의 난자와 아버지의 정자가 만나 결합된 바로 그 순간, 태초의 단세포 시절에서 되감기가 멈춘다. 그리고 다시 재생 버튼을 누르면 아홉 달 동안 내리 어머니 배 속에서 손가락 빨며 웅크려 눈 감고 잠만 자는 '나'의 모습이 나타난다.

단세포 시절까지 운운하는 환원주의마저 꺼려진다면 그냥 소박하게 한 사람의 하루를 얘기해 보자. 우선 나는 새벽에 일어나 찬물 샤워하고 커피 한 잔을 마신 후 이 글을 쓰고 있다. 잠에서 깨어나 머릿속과 세상이 모두 조용해진 새벽에 가장 글이 잘 써지는 탓이다. 일과가 반쯤 지난 오후에는 반나절 동안 쌓인 스트레스와 피로감에 잠시 눈을 붙이면 남은 하루를 정진할 수 있다. 스트레스가 많은 날에는 더욱 졸리다.

젊디젊은 학생들을 보아도 그렇다. 쉬는 시간에 잠깐 잠을 자거나 점심시간에 잠으로 기력을 회복하는, 잠을 잘 활용하는 아이들은 공부 시간에도 생생함이 남다르다. 더욱 집중하며 활기

차다. 그러한 깨어있는 눈이라면 공부에서 얻는 것도 남다르겠거니와, 선생님도 사람이라 아이의 그 또렷한 눈에 관심이 한 번이라도 더 가게 되고 반응도 한 번 더 하게 된다. 아이는 하루에도 여러 선생님에게 이런 피드백을 받고, 그 하루가 1년이 되고 10년이 되어 쌓이고 쌓이면 남다르게 된다. 티끌은 티끌에 불과하다 믿는 사람도 있겠지만, 환원주의적으로 태산도 티끌에서 시작하는 것이다. 티끌을 쌓으면 산이 되고 흩으면 사라진다.

"무릎을 꿇었던 건 추진력을 얻기 위함이었다!"라는 유명한 대사도 있지 않나. 꼭 잠이 그러하다. 하루를 잘 살기 위해서는 잘 자는 데에서 시작해야 하는 법이다. 그러니 꾸벅꾸벅 조는 나에게 누군가 꾸지람을 한다면 이렇게 맞받아쳐 보자. "잠깐 졸았던 건 추진력을 얻기 위함이었다!"

이쯤 하면 왜 먹고 자는 문제 중에서 '자는' 이야기가 먼저 오는 것이 당연한지 설득이 되었을까? 설득은 아니라도 납득은 되었기를. 지금까지 잠에 대해 미주알고주알 늘어놓은 이유는, 다음 한 문장을 쓰기 위함이었다! 나의 아내는 임신 5주 차쯤 하여, 잠이 무척이나 늘었다.

소싯적(?)엔 밤 열한 시가 되어서도 외출을 감행하거나 새벽까지 드라마를 보던 아내였다. 매일 그러했던 것은 아니었겠으나,

하루이틀의 수면 부족은 개의치 않는 전형적인 열혈청춘이었다. 그야말로 깨어있는 청춘이랄까… 아내는 잠들지 않는 사람이었다. 그런 사람이 어쩌다 보니 나란 놈을 만나 결혼까지 하였다.

나란 놈은 어떤 놈이냐. 늦은 여덟 시쯤 되면 슬슬 하품이 나오기 시작하고 아홉 시가 가까워지면 여지없이 잠자리에 드는. 새벽 네 시쯤에 일어나 운동하고 책 읽는. 좋게 보면 바른 청년이고 안 좋게 보면 세상 재미없이 사는. 나는 그런 인간이었다. 현재에도 그런 인간이다.

연애의 초창기엔 이러한 정체를 숨기고서 아내의 야행성에 맞추어 밤나들이와 새벽나들이에 따라 종종 나섰더랬다. 사람 없는 새벽에 벚꽃도 보고, 심야에 열린 라면집에서 라면도 한 끼 먹고. 근처의 밤바다도 즐기고, 야간 산책도 즐기고. 그러했더랬다.

아아… 연애의 시절 동안 나는 수없이 고뇌했다. 대체 배트맨은 어떻게 낮에 일하고 밤에 악당을 쫓는단 말인가. 올빼미족은 대체 언제 잠을 자는 것인가. 왜 세상 사람들은 밤에 잠들지 않는 것인가. 과학의 힘으로 어둠을 밝힌다는 계몽啓蒙의 시절이기는 하다만, 젊은이들은 어찌 깨어있으려고만 하는가. 아아… 고단하다 고단해.

결국 얼마 못 가 정체를 들키고 말았다. 이미 잦은 야근만으로도 아홉 시가 넘어 잠에 드는 때가 많은 나로서는 야간 데이트를 지속시키기에 역부족이었다. 점차 밤 아홉 시쯤 하여서 연락이 뜸해지는 날이 찾아졌고, 혹여 있을 의심을 피하기 위해 스스로 자백하기에 이르렀다. "저… 사실, 아홉 시에 자서 네 시에 일어나는 사람입니다."

후에 아내가 옛 시절을 돌이켜 말하기를, 남자친구라는 놈이 해만 떨어졌다 하면 슬슬 연락이 드물어지기에 점점 자신에게 관심이 없어지는 건가 하였단다. 다행이다. 오해가 쌓이기 전에 자수하여 광명을 찾았다. 밝은 빛 아래, 나는 평온한 마음으로 이른 밤에 잠을 잘 수 있게 되었다. 과학만이 계몽의 길은 아닐지도 모르겠다.

어쩌면 아내는 스스로 자신의 정체를 속이고 있었을지 모른다. 그렇게 밤이 늦도록 깨어있던 여자친구는 결혼하고서 얼마 지나지 않아 늦은 여덟 시면 하품하기 시작한 것이다. 아홉 시가 가까워지면 침대로 향하는 나를 따라 슬그머니 함께 잠자리에 들게 되었다. 청춘이란 이름의 혈기에 쫓겨났던 수면 부족이 이제야 돌아왔나.

억눌렸던 만큼 풀어줘야 하는 것이 이치인 걸까. 늦게서야 이른 잠자리의 즐거움을 알게 된 아내는, 잠은 같이 들고서도 일어나는 시간만큼은 몇 시간이 늦다. 아내는 아홉 시쯤 잠에 들어 여섯 시쯤 일어나니, 내가 출근할 시간에 맞추어 함께 아침 식사하기 딱 좋은 타이밍이다. 아내는 출근 준비를 시작하고 나는 출근을 시작하는 식이다.

그랬던 아내였건만. 요즘은 일곱 시면 하품을 하기 시작하고 여덟 시가 되면 먼저 잠자리로 향한다. 그리고는 다시 시계가 한 바퀴를 휘익 돌아 다시 여덟 시가 되면 눈을 뜬다. 밤잠만 열두 시간 정도 자면 모를까, 낮잠도 어느새 많이 늘어 하루에 꼬박 열다섯 시간 정도는 자는 셈이다. 아내도 마침 선생님이라 다행이다. 방학 중이라 길고 잦은 수면을 그나마 보충할 수 있게 되었으니.

어느 시인은 한 점 바람에도 괴로워했다던데. 아내는 부스스 침실을 나올 때마다 거실에서 책을 읽고 있는 남편을 보며 매번 괴로워했다. 너무 많이 자는 것 같다고. 하루가 잠만 자다가 가는 것 같다고. 그러나 밤은 해뜨기 전에 가장 짙고, 생명이 잉태되는 순간에 잠은 쏟아지는 법이다. 역사적으로도, 한 가족의 탄생사에서도 그렇다.

지금 당장 많은 잠을 잔다 하여도 과연 훗날까지 그러할까? 멀리 가려면 채비에 많은 시간을 들여야 하듯 귀하게 얻은 생명에는 많은 휴식이 필요하다. 밝음과 어두움이 왔다 갔다 하는 것이 세상 이치니, 어찌 영영 깨어있기만 한 세상이 있고 어찌 영영 어둡기만 한 세상이 있을까. 빅뱅 이후로 우주에는 빛이 생겼으나, '이후'는 '이전'이 있어야 비로소 의미 있는 법이다. 그림자가 있어야 빛도 있듯 잠을 자야 생기가 도는 법이다.

그렇다고 억지 잠을 자서는 아니 될 일이겠지만 억지 '깸'을 좇아서도 아니 될 일이다. 눈을 뜨고도 눈먼 사람들이 얼마나 많던가. 눈을 뜨고 있는 시간이 길다 하여 무작정 좋은 것이 아니고, 짧게 눈을 뜨더라도 그동안 무엇을 하느냐가 중요한 것임을 누구나 안다. 그렇다면 잠을 자는 시간이 짧다 하여 무작정 좋은 것이 아니고, 긴 잠을 자더라도 그로부터 무엇을 하느냐가 중요한 것이라 믿는다. 남편은 짧게 자서 집안일을 해놓고 아내는 길게 자서 생명을 기른다. 이보다 좋은 일음일양一陰一陽이 또 어디 있겠나 싶다.

나의 아내는 요즘 잠으로 힘을 비축하고 있다. 보기에는 생기가 사라진 듯하겠으나 실상은 그렇지 않다. 추진력을 얻기 위해 이불을 덮었을 뿐! 잘 먹기만 하면 생기를 되찾는 것은 금방일 것이다. 이것이 '먹고 자기'의 순서가 '자고 먹기'로 바뀌어야 하는 이유며, 또한 '먹기'에 대한 이야기가 뒤이어 나와야 하는 이유다.

뭐를 많이 멕여야지, 뭐

사람이 나이가 들기 시작하면 자꾸 옛날이야기를 한다는데. 나도 점점 나이가 들어가는 걸까. 고령화 사회에서 삼십 대 중반이면 아직 젊은 축에 속하면서도, 자꾸 옛날이야기를 꺼내며 새 이야기를 시작하고 싶어진다.

아니, 좀 더 정확히 말하자면, 마음속에서는 그다지 오래되지 않은 이야기인데도 막상 밖으로 꺼내놓고 보면 낡은 티를 팍팍 풍기는 이야기가 되어있다. 아이언맨이 손가락을 튕기며 죽은 지 벌써 5년이 지났고 〈무한도전〉이 종영된 지는 어느덧 6년이 지났다는 식이다. 시간은 왜 항상 나 몰래 흐르는 건지.

그렇게 소리 없이 흐르는 시간에 떠밀려 반강제적으로 오래되어 버린 이야기 중에는 〈웰컴 투 동막골〉이라는 이름의 영화도 있다. 한국전쟁을 배경으로, 전쟁 중에 길을 잃은 북한군과 남한군이 동막골이라는 오지에서 만나 잠시 동안 같이 살아가는, 그야말로 영화 같은 이야기다.

〈웰컴 투 동막골〉이 개봉하고 사람들에게 많이 회자되었던 장면이 있다. 맑은 하늘 아래 논밭에서 일하는 여러 사람들을 배경으로 북한군 장교가 동막골 촌장에게 스윽 다가와 이리 묻는 것이다.

"그러니까… 고함 한 번 지르지 않고, 부락민들을 휘어잡을 수 있는… 거, 위대한… 영도력의 비결이 뭐요?"

얼마 전까지 총탄이 날아다니는 전쟁터를 누비던 장교는 세상 물정 모르고 평화로운 동막골의 순수함과 촌장의 위대한 영도력에 적잖이 놀랐나 보다. 촌장은 덤덤하게 답한다.

"뭐를 많이 멕여야지, 뭐."

세상에 갓 나온 아기는 배고프면 깨어있고 배부르면 잠드는 게 일상이라 하지 않나. 배가 부르면 눕고 싶고 누우면 편안하니, 우선 배부름이 평화의 첫걸음인 걸까. 갓 태어난 아이에게도 그러하고, 아이를 가진 어른에게도 예외는 없다. 입덧만이 임신의 증상일 리가 없었다. 먹덧이란 것도 있었다. 아내는 뭐가 자꾸 먹고 싶다고 하였다. 자꾸.

남편의 입장에서, 아내의 임신이 10주 차를 넘어가도 배가 나오는 외형 변화가 눈에 띄지 않아 임신 사실을 매 순간 실감키는 어렵다. 가끔 산부인과 검진을 하며 초음파 검사로 아이를 보면서 현실감각을 일깨우게 된다.

임산부 당사자도 크게 다르지 않은 듯하다. 임신 10주 차 정도가 되기까지는 체중 변화도 사실 크지 않고 골반 통증 같은 체감도 간헐적이다. 그러다 보니 본인도 모르게 임신 이전의 습관대로 움직이고 힘을 써서 큰일이 생기는 경우가 잦다고 한다. 눈에 보이는 것이 전부는 아님을 아내도 남편도 미리 알아야겠다.

그렇다고 모든 것이 눈에 보이지 않는 것은 또 아니니 너무 걱정은 하지 말자. 눈에 보이지 않는다고 부모가 소홀할까 걱정이라도 되는지 아기는 자기 어필을 강하게 시작한다. 그중에 하나가 유명한 입덧이고, 다른 하나가 좀 덜 유명한 먹덧이다.

입덧이든 먹덧이든, 어느 것 하나 겪지 않는 경우도 있고 입덧을 유독 심하게 겪는 경우도 있다. 입덧이 특히나 심한 경우에는 산모와 아이에게 영양 공급이 어려워지니 병원에서도 심한 입덧을 완화하기 위한 처방을 해준다고 한다. 이 글을 쓰고 있는 2024년 1월을 기준으로 하여, 입덧에 의료보험은 적용되지 않는다.

우리 부부에게는 입덧과 먹덧이 같이 왔다. 입덧은 여러 매체와 풍문으로 익히 들어 익숙하였으나 먹덧은 생소하였다. 평소 즐기지도 않던 초콜릿이니 연어 덮밥이니, 예상에 없던 메뉴에 이끌리는 모습을 보며 '임신이 정말 되기는 되었나 보다…'라는 생각이 절로 든다.

하지만 세상만사가 그렇듯, 먹덧도 처음 볼 때는 신기하다가도 가만 생각해 보면 또 당연하다. 아기가 들어선 아기집의 평수를 넓히고, 아이가 집에서 편히 지내도록 태반과 탯줄 등의 제반 시설을 건축하고, 아기의 몸이 점점 커가도록 도와야 하니 아내에게 많은 칼로리가 필요함은 당연하다.

아인슈타인이 알아낸 바에 따르면 질량과 에너지는 서로 교환된다. '질량과 에너지의 교환'이라는 문장을 $E=mc^2$라고 있어 보이게 쓸 수도 있겠다. 당연히 아내의 몸에 전에 없던 아기집과 아기의 질량이 추가되는 만큼 그에 따른 에너지가 충분히 공급되어야 한다.

칼 세이건은 『코스모스』에서 "우리의 (중략) 원자 하나하나가 모두 별에서 만들어졌다. 그러므로 우리는 별의 자녀들이다"라고 하였다. 그의 논리에 따르자면 "아이의 몸에 주어지는 세포

하나하나가 모두 아내의 몸에서 만들어진다. 그러므로 아이는 누가 뭐래도 아내의 자식이다"라고 말할 수 있다.

그러면 대체 자식에게 있어 아빠의 역할은 무엇이냐고? 앞서 힌트를 드렸잖나. '뭘 잘 먹여야' 한다고. 아내가 섭취한 에너지가 배 속 아이의 질량 증가에 직접적인 역할을 한다는 것은 물리적인 사실이다. 하지만 아내가 에너지를 잘 섭취하려면 누군가 그에 맞추어 뭘 잘 먹여야 한다. 잘 먹이기. 그게 남편의 역할이다.

물론 요즘은 스마트폰 조작 몇 번에 새벽같이 배송을 받기도 쉽고, 곳곳의 음식점을 검색하기도 쉽고, 배달을 받기도 쉽고, 밀키트도 잘되어 있으니 전국의 맛있다는 음식을 집에서도 쉽게 먹을 수 있다.

누군가는 "나 때는 말이야! 옛날이었으면 꿈도 못 꿀 일이었다고!"라 외치고 싶을지 모른다.

맞는 말이다. 옛날이었으면 꿈도 못 꿀 일이고, 옛 시절을 견뎌내신 모든 어른들의 노력이 대단하였음을 안다. 하지만 라떼가 아메리카노가 아니듯 요즘은 옛날이 아니다. 누구나 고유한 삶을 산다. 그대의 아내가 겪은 먹덧이 나의 아내가 겪는 먹덧과 같을 수는 없다. 모든 먹덧은 고유하다. 먹덧실존주의랄까.

어떤 일이 잘 돌아가려면 나름의 계획이 필요하다. 복싱 챔피언 마이크 타이슨이 "누구에게나 그럴싸한 계획이 있다. 한 대 맞기 전까지는"이라 말하였다지만, 계획 없이는 챔피언의 도전자가 될 수 없다. 인생이 계획대로 돌아가는 건 아니지만, 계획 없이는 그나마도 돌아가지 않을 것이다.

입덧과 먹덧이라는 챔피언에 맞서는 남편. 나는 그럴싸한 계획을 세웠다. 당연히 한 대 맞았다. 두 대도 맞았다. 다행인 것은, 한 대 맞고 두 대 맞으며 도전자의 맷집이 길러진다는 사실이다. 두 대 맞을 거 한 대만 맞을 나름의 노하우가 생겼달까. 모든 펀치를 피할 수는 없겠지만 좀 덜 맞을 수는 있다.

율곡 이이는 『격몽요결』에서 선비가 공부를 위해 가장 먼저 해야 할 일로 '입지立志'를 꼽는다. 부동산 입지가 아니라 '뜻을 세운다'는 말이다. '뜻'이란 무엇인가? 이에 율곡은 '성인(좋은 사람)이 되고자 하는 마음'이라 하였지만, 나는 그냥 쉽게 '정신 똑바로 차리기' 정도로 생각한다. 입덧과 먹덧 앞에 선 남편에게 우선 필요한 것은 정신 차리기다. 아내가 언제 어떤 음식을 먹고 싶어 할지 모른다. 나도 모르고 당사자도 모른다. 그러니 정신 똑바로 차리고, 어디서든 괜찮아 보이는 음식점을 발견하면 일단 '저장'해놓자. 블로그에서 보았든 풍문으로 들었든 지나가던

거리에서 우연히 보았든. 괜찮아 보이고 맛있어 보이면 지도 앱을 켜서 해당 식당을 검색하여 무작정 저장해놓자. 평소 먹지 않던 음식이라도 좋다. 사실 평소 즐기지 않았을수록 더 좋다. 왜냐면, 먹덧이란 그런 것이니까.

아내는 평소 즐기지도 않았던 냉면을, 그것도 한겨울에 몇 번이나 찾았더랬다. 미리 대처해놓지 않았더라면 그제야 괜찮은 냉면집을 찾아 나서느라 시간과 노력을 들였을 테다. 그렇게 흐르는 시간 중에 먹덧이 유유히 사라져 냉면 생각이 없어지면 그 노력도 헛수고가 된다. 공염불하기 싫다면 미리미리 준비해 두자.

불현듯 찾아온 먹덧에 적당한 식당을 찾아 메뉴를 정하는 것으로 끝나면 다행이겠지만… 아니다. 끝날 때까지는 끝난 게 아니기 때문에. 음식이 눈앞에 등장하기 전까지는 방심할 수 없다. 단일 메뉴 식당이면 어쩔 수 없겠으나 그렇지 않다면, 남편들이여, 반드시 메뉴는 두 가지 이상으로 주문하자. 메뉴 통일은 회식에서나 하는 거다. 앞서 여러 번 말하지 않았나. 언제 어떤 음식이 먹고 싶을지는 당사자도 모른다고. 그 '언제'란 음식이 눈앞에 등장하는 순간이라고 예외가 아니다. 갑작스레 다른 음식이 먹고 싶어질지도 모른다.

아내는 어느 날 연어 덮밥이 먹고 싶다 하였다. 미리 찾아둔 연어요리 집이 있었기에 신속히 대처할 수 있었다.

나는 연어 덮밥과 육회 비빔밥을 하나씩 주문했다. 나 혼자 육회 비빔밥이 먹고 싶었기 때문이 아니다. 나도 연어 좋아한다. 그러나 아내의 먹덧은 어찌 변할지 모르기에 둘 다 주문했다. 아니나 다를까, 아내는 내 앞으로 도착한 육회 비빔밥을 보고선 "와… 육회 비빔밥 맛있겠다…" 하며 눈을 떼지 못했다. 그날 저녁, 나는 연어 덮밥을 맛있게 먹었다.

이것으로 식사 자리가 마무리되면 좋겠건만, 역시나, 끝날 때까지는 끝난 게 아니다. 배가 부르면 먹덧이 사라진다. 때로는 그렇게 먹고 싶다던 음식도 두세 입 먹고서는 먹덧이 싹 사라지는 일도 잦다. 그리고 어김없이 이어지는 입덧의 시간. 아내는 언제 그랬냐는 듯 속이 울렁거리고 더부룩함을 느끼기 시작한다. 꼭 멀미와 같은 느낌이지만, 멀미는 가만히 안정을 취하면 물러나고 입덧은 소파에 가만 앉아있는 아내에게 찾아온다. 점차 얼굴이 창백해지고 영 표정이 좋지 않은 것이, 나 혼자 맛있게 연어 덮밥을 먹은 것 같아 기분이 울적하다.

임산부마다 입덧을 해결하는 방법이 다양하여, 누구는 상큼한 레몬 캔디를 먹기도 하고 누구는 초콜릿을 먹어서 불편한 속을 달래기도 한다. 나의 아내는 새콤한 과일과 탄산수로 입덧이

나아지는 편이기에 식사가 끝나면 보통 파인애플, 귤, 딸기 같은 시원 상큼한 과일을 꺼내거나 탄산수를 건네준다. 그러면 입덧이 아주는 아니라도 조금은 나아진 기색이다. 향이 약한 치약으로 양치까지 조심스레 마무리하면 식사'는' 끝난다. 식사'는'이라 적은 이유는, 할 일이 하나 더 남았기 때문이다.

요즘은 침술과 혈 자리 등에 대해 불신하는 분위기가 있는 듯하지만, 나 개인적으로는 아내의 입덧 완화에 효과를 본 방법이 있다. 언젠가 나는 먹은 음식이 잘못되었는지 심한 체기가 생긴 적이 있다. 그날 유독 손과 발이 차가웠었는데, 입덧에 창백해진 아내를 보니 불현듯 그날 기억이 솟았다. 속이 좋지 못하여 손발이 차가워진다면, 명제의 대우로서 손발을 따뜻하게 하면 속이 편해질까… 하여 양치를 마친 아내의 손과 발을 주무르기 시작했다.

인터넷에 검색해 보니 손에서는 엄지와 검지가 V자로 만나는 곳, 발에서는 아킬레스건 근처가 임산부에게는 피해야 할 지압점이라 하길래 그곳은 피해서 손끝과 발끝까지 꾹꾹 눌러주었다. 지압과 마사지를 두고 누군가는 플라세보 효과라며 실제 의학적 관련은 없다 말할지 모르겠으나, 플라세보든 플라나리아든 간에 손발을 주물러준 이후로 아내의 입덧 증상은 눈에 띄게 완화되었다. 아내에게 돌아온 생기를 보고서도 이를 효과라 말하지 않는다면 나는 무엇을 효과라 말해야 할지 모르겠다.

어딘가에서 읽은 글에 적혀있기를 '임신을 하면 여성에게는 평소보다 두 배는 많은 에너지가 필요하다'라고 하였다. 아무래도 한 몸에 두 명이 살게 되어서 그런가 보다. 그러니 잠을 자며 에너지를 아끼고, 먹어서 에너지를 늘리는 일에 먼저 변화가 생기나 보다.

잠이야 억지로 깨어있어야 하는 상황이 아니라면 대처가 그나마 쉬운 편이다. 먹는 일은 입덧과 먹덧의 흐름을 타야 한다는 어려움도 있겠거니와 평소 먹던 양을 넘어서야 하니 위장에 부담이 지워지는 것도 큰 문제다. 그렇다고 배 속 아기에게 혹여 영향이 갈까 싶어 소화제도 쉽게 먹질 못하니, 몸을 부지런히 움직여 소화를 도와야 한다.

마침 적당한 운동은 산모와 아기에게 모두 좋다고 하니 무리하지 않는 선에서 권장할 만한 일이다. 그런 고로, 먹고 자는 이야기의 끝은 아내의(덩달아 남편의) 눈물겨운 산책로 개척에서 마무리된다.

젊은 공감각자의 슬픔

대학 시절. 심리학 수업에서 어린아이가 숫자를 배우는 과정에 대해 배운 적이 있다. 우리 인간은 물건의 개수를 세는 것에서부터 수를 배우기 시작한다. 처음부터 루트 2니, 2분의 3이니 하는 수를 곧장 배우지 않는다. 하나, 둘, 셋… 개수를 세는 자연적인 방법으로부터 숫자를 터득한다. 그런 이유로 수학에서 '1, 2, 3…'으로 개수를 셀 때 쓰는 수를 일컬어 자연수natural number라 한다.

아이는 세상에 태어나 개수 세는 일로부터 처음 숫자를 배운다. 이를테면 숫자 '4'를 배우기 위해서는 우선 개수 세기부터 할 줄 알아야 한다. 글자를 모르는 아이라도 일단 "하나, 둘, 셋, 넷,

…, 열!"을 따라 하는 것으로 선행학습을 시작한다. 부모는 아이를 옆에 두고 눈앞에 주르륵 놓인 물건을 하나하나 짚어가며 "하나아, 두우울, 세에엣, 네에엣" 하는 식으로 띄엄띄엄 읽어준다. 그 물건은 때로 손가락이 되기도 하고 때로는 과일이 되기도 하지만, "하나아, 두우울, 세에엣, 네에엣" 하는 구령은 변하지 않는다.

그렇게 구령을 하며 물건을 짚어가다 보면 어느새 짚어낼 물건이 부족하게 된다. "네에엣" 하고 더는 셀 것이 없는 것이다. 그러면 그제야 아이는 '넷'의 의미를 안다. "네에엣" 하고서 더 셀 것이 없는 상황. "네에엣" 후의 침묵. 그게 '넷'의 의미다.

이렇게 수 세기를 잘해서 하나부터 열까지 술술 셀 수 있게 되면 그제야 숫자를 배울 수 있다. "이제부터 '넷'을 '4'라 하는 거야" 하는 식으로 말이다. "네에엣" 하고 센 후에 항상 따라오던 '넷' 이후의 침묵. 그 침묵에 기호를 붙여 '4'라고 넌지시 가르친다. 결과적으로 한 아이가 숫자를 배우기 위해서는 다양한 사물을 구별해서 보는 '시각'과 '하나, 둘'을 세는 음성, 이 둘을 결합하는 세기라는 행동, 마지막으로 행동 뒤에 찾아오는 침묵의 의미를 하나의 기호 '4'로 고정시킬 수 있어야 한다. 그래서 보통의 아이들은 글자보다 숫자를 늦게 깨친다.

익숙한 예로 숫자의 시작을 말하였지만, 모든 배우는 일이 마찬가지다. 무엇을 배우든, 언제 배우든, 우리는 복합적인 감각을 활용해 배운다. 음악, 요리, 춤, 무엇이든 말이다. 흔히 오감이라 하여 시각, 청각, 후각, 미각, 촉각으로 다섯 감각을 분리하여 기억하지만 실상은 그렇지 않다. 다섯 감각은 분리되어 있지 않다. '시청후미촉각'이라 읽는 것이 좀 더 사실에 가깝다.

베토벤은 청각을 잃고도 작곡하였고 요리사 이연복은 후각을 잃고도 최고의 자리에 올랐다는 사실이 전설처럼 회자되는 이유는, 소리 없이 악보를 쓰고 향기 없이 맛을 만드는 일이 거의 불가능에 가까움을 우리 모두 알기 때문이리라. "다섯"이 어떻게 앞선 "하나, 둘, 셋, 넷" 없이 따로 있을 수 있겠나. 함께 있어 의미가 있는 것이다. 이런 이유로 우리 모두는 어느 정도 공감각적이다.

원래 '공감각'이란 두 개 이상의 감각과 속성으로 대상을 인식하는 신경학적 특성을 일컫는 말이다. 그래서 공감각과 관련된 사례들을 찾아보면 믿을 수 없는 경험을 하는 사람들이 실재함을 알 수 있다. 목소리에서 맛을 느낀다든가, 색깔을 보면 소리가 들린다든가, 맛에서 모양을 느끼는 사람들이 흔히 공감각자라고 불린다. 공감각은 치료해야 할 병이나 질환이 아니지만, 심한 경우에는 늦은 밤 네온사인이 번쩍이는 거리가 시끄러워서 견딜 수 없다는 사람도 있다고 한다.

이처럼 특별한 사례도 있겠으나, 앞서 말했듯, 우리 모두가 이미 어느 정도는 공감각을 가지고 있다. 소음이 심한 비행기에서 먹는 기내식이 유독 맛이 없는 이유도 그렇고, 질감 좋은 종이로 만든 책이 좀 더 잘 읽히는 이유도 그렇다. 이쁘고 잘생긴 사람을 보면 기분이 좋아지는 이유도 그런 것일까.

그래서. 무슨 말이 하고 싶은 거냐고? 두 가지라 할 수 있는데, 하나는 우리의 눈, 코, 입, 귀가 보이는 것처럼 떨어져 있지 않다는 사실. 또 다른 하나는, 그런고로 입덧의 문제로만 보였던 아내(와 나)의 고생은 예상치 못한 길로 흘러갔다는 것이다. 아내는 입덧뿐만 아니라 귀덧과 코덧도 겪고 있었다. 아내의 운동에는 귀와 코라는 변수도 포함되어야 했다.

귀는 청각과 균형감각이라는 두 개의 기능을 담당한다. 아내의 경우 문제가 된 귀의 기능은 균형감각이었다. 조금만 차를 타고 나가더라도 전에 없던 멀미 증상을 호소하기 시작하였다. 입덧이 시작된 것이 12월 말부터였으니 간단한 산책을 나가려 해도, 이거 원… 추워서 바깥을 나갈 수가 없다. 개중에 가끔 따뜻한 날이 있어 근처 공원이나 동네 산책을 나가기도 하였으나 매일 그럴 수는 없는 노릇이었다.

그래서 생각한 것이 커다란 실내였다. 커다란 대형마트. 왜,

마트 구경하다 보면 시간 가는 줄 모르지 않던가. 어느 마트의 카트에는 고객들에게 많이 많이 오래오래 걸어 다니라고 칼로리 계산기도 달아났다던데. 볼거리 많고 구경거리 많은 마트에서 산책 겸 놀 겸 시간을 보내볼까 하였다. 그런데 마트를 가려면 차를 타야 했고, 차를 타면 아내는 멀미를 하였다. 조금 괜찮은 때에 마트에 도착한다 하여도 이런저런 시식 음식 냄새와 제품 향기 등이 강해서 곧장 마트 밖으로 도망치듯 나와야 했다.

다음으로 유력한 후보지는 미술관이었다. 하지만… 미술관은… 미안하지만, 재미가 없었다. 오해 마시길! 예술은 지루하다는 뜻이 아니다. 다만, 전시전은 매일 겪는 아내의 입덧에 비해 너어어어무 오래갔다. 전시전은 한번 열렸다 하면 두세 달을 꼬박 제자리를 지키고 있으니 어떻게 지루하지 않겠나. 우리에겐 매일 같이 움직일 넓은 곳이 필요한데, 그렇게 하기에 미술관은 좀 지루했다. 아무리 재밌는 수업도 매일 똑같은 내용이라면 지겹지 않겠나.

게다가 현재 우리 부부가 사는 곳은 서울이 아니라 큰 전시가 열릴 만한 공간이 그리 많지 않다. 물론, 옆의 커다란 도시를 다녀올 수도 있겠으나… 이미 말하지 않았나. 아내는 멀미를 시작했다고. 외통수다. 가까이 가자니 갈 곳이 없고, 멀리 가자니 갈 수가 없다.

결국엔 아쉬운 대로 날씨가 풀린 날만을 골라 그때만이라도 산책을 나가기로 하였다. 바람 없이 따뜻한 낮이나, 조금 포근한 밤이면 목도리를 두르고. 롱패딩을 껴입고. 집을 나섰다. 근처의 조그만 공원도 돌아보고 동네를 이리저리 걷기도 하였다. 그렇게 몇 번 산책을 해본 후 우리 부부가 내린 결론. "산책… 못하겠는데?"

이번엔 귀가 아니라 코가 문제였다. 정확히 말하자면 아내의 코로 들어오는 매연과 담배 냄새가 문제다. 집에서 가까운 공원은, 그야말로 주거지 근처의 공원이기에 오고 가는 자동차들이 많았다. 공원의 산책로는 도로에서 떨어져 있기는 하였으나, 아내의 예민해진 후각은 약한 바람을 타고 오는 매연 냄새에도 반응을 하였다. 어느 시인은 잎새에 이는 바람에도 괴로워했다는데. 아내는 코에 이는 매연에 괴로워했다. 결국 산책길은 도로에서 멀어져 동네 속으로 자꾸만 파고들었다.

하… 동네 산책도 쉽지는 않았다. 어디선가 자꾸 나타나는 배달 오토바이는 우리를 지나치며 주문하지도 않은 매연을 자꾸만 놓고 간다. 그나마 매연은 도로 위에만 뿌려지니 다행이었다. 이번엔 길거리 흡연자가 장소를 불문하고 자꾸만 나타나는 것이다! 아내는 특히 담배 냄새에 강하게 거부감을 느꼈는데, 이것

참 고역스러운 노릇이었다.

요즘 중학생은 과학 시간에 '입자의 확산'에 대해 배운다. 물질을 이루는 분자는 보통 가만히 있지를 못하고 자꾸 움직이고 이리저리 뒤섞여 자리를 이탈하게 되는데, 이를 확산현상이라 부른다. 물에 잉크 한 방울을 떨어뜨리면 자기들이 알아서 퍼져나가는 것도, 부엌의 요리 냄새가 집안에 퍼져나가는 것도 다 그런 원리다.

…라고 중학생도 아는 걸, 왜! 왜! 왜! 다 큰 어른들이 실천을 못 하고 사냐는 말이다. 한 자리에서만 피워도 담배 연기가 확산이 될 일을, 왜… 왜… 왜! 걸어 다니며 피우냐는 말이다. 대체 왜… 왜… 왜! 사람 걷는 인도에서 우르르 몰려 피우고! 대관절 왜! 왜! 왜! 배운 대로 살지 못하느냐는 말이다. 대체 왜!

나는 흡연을 평생 해보지 않았고, 할 생각도 없다. 군대에서도, 직장에서도, 다른 이들이 흡연을 이유로 이리저리 자리를 비워도 나와는 상관이 없는 일이라고 생각하여 흡연 생각은 일절 하지 않았다. 그래서 흡연자들이 금연을 한다는 것이 얼마나 어렵고 고역스러운 일인지 알지 못한다. 그래서 "거, 딱! 끊으면 되지 않나!"는 식의 말을 하지 않는다. 그들을 알지 못하기에 말하지 않는다.

흡연자가 매번 흡연 공간을 찾아 나서야 하는 번거로움을 모르지 않는다. 흡연을 참으려야 참을 수 없는 것도 괴롭겠으나, 그것을 특정한 장소에서 해결해야 한다는 일이, 흡연 공간이 항상 일정한 곳에 있지 아니하다는 사실이 그들을 더욱 괴롭게 한다는 것도 이해한다. 그래서 어쩔 수 없이 흡연 공간이 아닌 곳에서 흡연하는 그들을 이해할 수 있다.

그러나 이해가 동의를 의미하지는 않는다. 내가 흡연자의 마음을 모르듯, 흡연자도 비흡연자의 마음을 모른다. 나는 개인적으로 제로 콜라를 참으로 좋아하여 길을 걷다 편의점을 마주치면 가끔 제로 콜라를 사서 나온다. 캔을 따서 시원한 제로 음료를 마시며 걸으면 기분이 그렇게 좋다. 하지만 나 한 명의 기분이 좋다 하여, 입에 담은 콜라를 고래마냥 숨구멍으로 "뿌우우" 뿜어대며 마시지는 않는다. 내가 보는 길거리 흡연자의 모양이 꼭 그렇다. 그들의 방식은 당최 이해가 되지 않는다.

밖으로 도망가자니 갈 수 없고 안으로 도망치자니 갈 곳이 없는 우리 부부는 어찌해야 했을까? 실내 사이클을 구해볼까 생각도 하였으나 안장에 앉아있는 것이 임산부에게 좋지 않다 하여 생각을 말았다. 히포크라테스가 "걷기가 최고의 약이다"라고 했다던데. 결국, 우리 부부는 하루 걸음의 양을 요즘 계단 타기로 채우고 있다.

임산부에게는 하체, 특히 골반 건강이 중요한데 다행히 모든 아파트에는 계단이 있어서 그것을 무료로 이용하고 있다. 산모의 심폐지구력 또한 훗날 있을 무사 출산의 중요한 요소라 하니, 계단 타기가 생각지 못했던 좋은 선택이 된 듯도 하다.

계단 타기는 평지를 걷는 동작에 수직 운동이 더해져 좀 더 다양한 근육과 관절을 사용하게 된다. 그만큼 몸의 균형을 잘 잡아야 하니 평지 걷기보다 임산부의 허리 건강에 더욱 효과적이다. 소모되는 칼로리도 평지 걷기에 비해 1.5배 많이 소모된다니 효율과 효과를 모두 노릴 수 있는 운동이다. 게다가 실내에서 할 수 있으니 바깥보다 훨씬 따뜻하고. 조용하고. 이런저런 냄새도 안 나고. 좋다. 참… 좋다.

임산부가 계단 타기로 운동을 하기 전에 알아야 할 유의 사항이 몇 가지 있다. 임신을 하게 되면 임산부의 관절과 인대는 조금씩 유연해지기 시작한다. 커져가는 자궁과 예정된 출산에 대비하여 골반 등을 이완시켜 주는 릴렉신Relaxin이라는 호르몬이 분비되어 그렇다. 그러니 계단을 오를 때에는 반드시 난간을 붙잡고, 내려갈 때에는 엘리베이터를 타도록 하자. 등산도 내려올 때 많은 사고가 난다.

오를 때에는 급히 움직이지 말고 천천히 가도록 하자. 내 아내의 경우, 임신을 한 이후로 체력이 저하되었다. 피로에 약해지고 잠이 많아지다 보니 그런 것 같기도 하고. 그러니 왕년의 팔팔했던 생기만 기억하여 계단을 훅훅 오르려 하면 무리가 따를 수 있다. 우선 천천히 오르기로 하자.

마지막으로 가장 중요한 지침. 조용히 오르도록 하자. 빌딩의 계단도 그렇겠지만 아파트의 계단은 특히나 좁고 그만큼 울림이 생길 수 있어 하하 호호 담소를 나누며 계단을 오르다가는 문제가 생길 수 있다. 대화는 용건만 간단히. 조용히 오르도록 하자. 임산부는 이 핑계를 대어 소음 적고 쿠션감이 좋은 워킹화를 사달라고 졸라보자.

그러니까 말이다. 정부는 출산 정책으로 실내 산책 시설을 많이 만들어달라. 그나마 우리 부부는 겨울에 아이가 생겼기에 뽀송뽀송 계단을 올랐지, 여름 임산부들은 냉방도 환기도 안 되는 계단에서 어떻게 운동을 한다는 말이냐. 많이 낳는 것도 나라에 중요하겠지만, 아이를 건강하게 낳는 것도 중요하지 않나. 임산부를 위한 실내 운동 시설을 많이 만들어 달라. 이미 있다면 홍보를 많이 해달라. 좋은 워킹화도 사주면 좋고.

흡연 부스를 많이 만들어주면 더 좋고. 구석구석.

아빠도 태교 한다

인생은, 어느 정도는, 돌이켜보아야 알게 된다. 한때는 중요했던 것이 돌이켜보니 사소하고, 그때는 사소했던 것이 돌이켜보니 중요했던 흔적으로 남아있다. 청춘의 혈기에 기대어 새벽까지 진탕 마시며 흘려보냈던 시간들이 그렇고, 머리 식히느라 바깥에 나앉아 멍하니 바라보았던 노을이 그렇다. 어느 것은 후회로 남고 어느 것은 추억으로 남는다.

가끔 학교에서 아이들과의 수업 중에, 또는 이런저런 일로 상담을 할 때면 이런 얘기를 꺼내곤 한다.

"지금은 앉아있는 책상이 충분히 넓고 눈앞에 펼쳐 놓은 교과서에 바로 너희 미래가 있다는 생각이 문득문득 들겠지만, 사실은 그렇지 않아. 당장이라도 도서관에 가서 아무 자서전이나 손에 잡히는 대로 읽어봐. 평전도 좋고, 위인전도 좋고. 아는 사람이든 모르는 사람이든, 요즘 사람이든 옛날 사람이든 상관없이. 끝까지 다 읽지 않아도 돼. 그 책에, 한 사람의 인생을 되돌아보는 두꺼운 종이 위에 대체 무엇이 적혀있을까?

너희에게 지금 당장은 시험 점수가 중요하고, 어느 학원을 가느냐, 어떤 인강을 듣고 어떤 문제집을 푸느냐가 중요하게 느껴지겠지. 그게 중요하지 않다는 이야기가 아니야. 중요해. 최선을 다해서 공부하고 원하는 진로를 찾아가는 일은 당연히 중요하지. 그런데 그런 이야기만으로 인생을 가득 채울 수 없다는 얘기야.

나는 100세 인생을 산다지만 너희는 120세 인생을 산다잖니. 너희가 한 100살쯤 되어서 자서전을 쓰게 된다면, 십 대 시절의 학원, 인강, 문제집, 대학 얘기는 몇 페이지 정도 되겠니? 언급이나 할까? 다시 말하지만, 책상에서 공부하는 시간과 노력이 헛되다는 얘기가 절대 아니야. 나도 책상 앞에서 많은 시간을 보냈기에 너희를 만날 수 있게 된 거지. 다만, 지금 우리가 함께 공부하는 시간이 지금 여기서 끝나는 게 아니라는 걸 알았으면 해.

어떤 인생을 되돌아보고 싶은지, 가끔 떠올리며 공부하라고."

알아듣는 눈치인 아이도 있고, 멀뚱멀뚱 눈만 껌뻑이는 아이도 있고, 영 관심이 없어 보이는 아이도 있다. 듣는 척 안 듣고 있는 것인지 안 듣는 척 다 듣고 있는 것인지 나로서는 알 수 없다. 훗날 아이가 어른이 되어 스스로를 돌이켜볼 때가 되면, 그때는 나의 후회 어린 말이 조금이라도 도움이 되었기를 바랄 뿐이다.

중이 제 머리 못 깎는다 했던가. 나 자신은 정작 학창 시절 책상 위의 세계에서만 살았더랬다. 아이들에게 선생님 소리를 들은 지 시간이 꽤나 흐르고서야, 아이들의 나이에 딱 두 배가 된 요즘에서야 겨우 지나온 시절을 되돌아보는 일이 잦아졌다. 머지않아 만나게 될 아이를 그리게 되어서야 지난날을 되새기게 되었달까. 아마도 미래는 과거와 짝하기 때문이리라.

아빠가 된다는 건 결국 아이의 오늘과 나의 어제의 랑데부다. 아이가 만나는 아빠의 모습은 사실, 지난 시절 동안 천천히 쌓아온 그저 한 사람의 모습에 불과한 것 같다. 아빠라는 세계에 발을 들였다는 이유만으로 영혼을 갈아 끼운 듯 새사람이 되는 일은 없으니까. 그런고로, 아무래도 아이를 만나게 될 그날이 오기 전에 나라는 사람을 한번 정리 정돈할 때가 오지 않았나 싶다.

물론 사람이 물건이 아니듯, 습관과 성격은 부품이 아니라서 쉽게 툭툭 빼내 버릴 수 없는 노릇이다. 다만 고쳐 쓸 뿐이다.

사람은 고쳐 쓰는 것 아니라며 충고하는 사람도 있겠지만 공부를 업으로 삼은 이상주의자에게는 그다지 와닿지 않는 말이다.

공자께서 수제자 안회를 보며 말씀하시기를 "나도 한 달을 채 실천하기 어려워하는 일을, 저 녀석은 석 달을 꼬박 하는구나!" 하셨더랬다. 굳이 석 달의 실천만을 칭찬하신 이유는 그 어떤 좋은 일이라도 석 달을 실천하기가 무진장 어렵기도 하거니와, 꼬박 석 달을 빠짐없이 실천한다면 습관이 생겨 배움이 영속적으로 변하기 때문이다.

흐트러지는 순간이 종종 찾아오겠으나, 그럼에도 백일의 꾸준함은 결국 달라진 나를 만들어낸다. 백일 정도면 뇌 속의 시냅스가 새롭게 자리 잡혀서 그야말로 뇌 구조 자체가 변하기 때문이다. 이렇게 꾸준한 반복으로 뇌 구조가 재편되는 현상을, 있어 보이는 말로 '뇌 가소성'이라 하고 우리에게 익숙한 말로는 '학습學習'이라 한다. 문자 그대로, 배워서 익힌다는 말이다.

이렇게 소중한 석 달이 무려 세 번이나 남았으니 오래되고 무뎌진 습벽을 다시금 기름칠하고 조이기도 세 번 정도 할 수 있을 것이다. 계획은 계획일 뿐이고 현실은 현실이기에 계획대로 되지 않는 일도 생길 수 있겠으나… 뭐, 괜찮다. 남은 두 번의 기회로 다시 시작하면 되니까. 중요한 것은 어떤 부품을 어떻게 고칠

거냐는 문제다. 지나온 인생을 돌이켜보건대, 녹슬고 무뎌진 부품이 두 개 정도 우선 눈에 띈다.

가장 먼저 고쳐야 할 0순위는 성격이다. 너무 치명적인 결함인가? 나도 그리 못난 사람은 아니지만, 이 또한 상대적인 것으로, 아내를 생각하니 모자란 부분이 크게 눈에 띈다.

내가 혼자이던 시절, 한번은 친구가 이상형을 묻길래 "인의예지"라 답했더랬다. 인의예지 운운하는 나를 보고서 친구는 "눈이 진짜 높네"라 하더라. 그 후로 세월이 얼마간 지나서 만나게 된 아내의 인의예지는 참으로 밝은지라, 당연 내 성격의 모난 바가 두드러져 보이는 것이다. 흐르는 물이 모난 돌을 둥글게 하듯, 그 모난 성격 바꾸어 보고자 운동을 시작했다.

성격을 고치겠다는 사람이 갑자기 운동이라니… 싶겠지만, 좋은 성격은 원래 체력에서 만들어진다.

그간 일이 바쁘고 몸이 고되다는 핑계로 운동에 소홀하였더랬다. 그러나 이를 더 이상 가만두어서는 안 되겠다는 생각이 든다. 나 개인의 건강을 넘어 아빠로서 가장 필요한 것이 바로 '체력' 아닐까 싶다.

아무래도 아이가 태어나기 전부터 아내는 이런저런 몸의 변화로 많이 힘들어하게 된다. 호르몬의 작용으로 감정의 기복이 생기고, 배 속 아이가 커 가면서 소화와 생리적 문제가 생길 것이 분명하다. 서너 달 동안은 아이와 양수의 무게를 허리, 골반, 어깨에 문자 그대로 '짊어져야' 한다.

또한 출산으로 인해 몸에 주어지는 피로와 신생아 돌봄에 따르는 여러 가지 혼란으로 스트레스가 불가피하다. 아이를 낳아 길러본 모든 사람들이 그러더라. 아이가 배 속에 있을 때가 그래도 좋았다고. 바로 그때 남편이 할 수 있는 일이란 결국 아내를 잘 보필하는 일이 아닐까 싶다.

'좋은 성격'이 뭐 별건가. 누군가의 힘듦을 옆에서 받아주고, 고생한다며 위로하고, 토라지면 풀어주고, 가끔은 웃긴 얘기도 해주는 거지. 이를 가족에게도 지킨다면 아내가 좋아할 테고, 아내의 기분이 좋으니 나도 좋고, 돌아돌아 아이에게도 좋은 일이지 않을까. 태교가 별건가. 배 속 아이에게 좋은 일이라면 모두 태교가 된다.

그런 이유로 걷기 운동을 다시 시작한 지 어느덧 2개월이다. 아내가 깊이 잠든 네 시에 꿈틀꿈틀 일어나 찬물 샤워에 커피 한 잔을 마시고 러닝머신 위로 올라선다. 부하를 늘리고 묵직한 아령을 양손에 쥐고 마냥 걷는다. 층간 소음이 생기지 않게 조치도 미리 해두었다.

그냥 걸어도 될 것을 왜 굳이 아령을 들고 걷냐 묻는다면, 언젠가 한 손엔 아이를 들고 한 손엔 장바구니를 들어야 하는 사태가 꽤나 높은 확률로 예견되기에 그렇다. 인생이 수학과 같지는 않지만, 배운 대로 사는 것도 인생이지 않을까? 통계적으로 발생 확률이 높은 사건을 미리 준비하는 것이라 말씀드리리라.

아이는 태어나 3개월만 지나면 곧장 6킬로그램이 된다고 하니, 6킬로그램 아령을 양손에 들고 시작하는 중이다. 아기는 태어나 1년이면 몸무게가 10킬로그램에 육박하고 요즘은 유아차도 얼추 10킬로그램쯤 한다니. 양쪽 10킬로그램 정도는 들고 걸을 수 있게 차차 10킬로그램까지 높여야겠다. 휴.

다음 3개월간 고쳐볼 부품은 '지식'이 아닐까 한다. 육아서를 제대로 읽어봐야겠다는 생각이다. 앞서 말하길 '배운 대로 사는 것이 인생'이라 하였는데, 막상 따지고 보니 어린아이에 대해서는 전혀 아는 바가 없음을 알게 되었다. 오며 가며 아기들을 보기는 하였으나, 정작 나에게 아기가 찾아오고 보니 제대로 아는 게 없는 것이다.

특히 임신과 육아에 대해 그렇다. 입덧의 문제부터 시작해서, 먹어도 되는 것과 먹으면 안 되는 것. 해도 되는 일과 하면 안 되는 일. 아이가 나오기 전에 준비할 것과 유의해야 할 것들. 핵가족 시대에 태어난 우리 부부는 갓난아기를 '키우는 문화'를 겪지 못했고, 겪지 못해 배우지 못했고, 배우지 못해 이 모든 나날들이 낯설고 어렵다. 배워서 익히는 것을 학습이라 하였으나, 익히지 못하면 배우기도 쉽지 않음을 이제야 안다.

모르면 어른들에게 물어물어 대처하면 될 일 아닌가 싶겠지만, 어른마저도 여기서 하는 말과 저기서 하는 말이 모두 다르다. 서로 자신의 경험에 따라 이런저런 조언을 해주는데, 경험은 언제나 주관적 견해와 객관적 정보가 뒤섞인 마당이라 도통 뭐가 뭔지 모르겠더라. 심지어는 "가만 내버려 두면 알아서 잘 자란다"고 말씀하신 분도 있었으니 말이다. 이 조언(?)을 들으며, "그럴 리가 있나… 애가 다육식물도 아니고"라 생각하였다.

직접 물어 듣는 조언이든 유튜브로 찾아보는 전문가의 견해든. 정보를 찾을 수 있는 경로도 다양하거니와, 정보의 양이 너무나도 많다. 그러나 정작 정보를 소비하는 사람의 시간과 체력은 한정되어 있다. 그 결과, 사람들이 짧은 시간에 소비할 수 있도록 정보의 크기가 점점 작게 분절되어 간다. 점차 큰 그림은 사라지고 개별적인 디테일만 공급되는 식이다. 뿌리와 줄기는 어디 가고 가지 끝의 꽃만 남는다.

어떤 사람은 가지만 보아도 나무를 생각할 수 있다지만 나는 그러지 못한다. 어떤 사람은 수백 개의 영상으로 공부를 할 수 있다지만 나는 아무래도 구식이 좋다. 여러 사람을 만나는 것보다 소수의 몇 명을 만나는 게 더 좋고, 영상보다는 책이 더 공부에 편하다. 공부에 편식이 있어서는 안 되겠지만 과식도 좋지 않다. 게다가 큰 그림을 그려보기에는 책이 많은 도움을 준다.

그러던 중에 서점에서 발견한 아주 두툼한 육아서. 귀여운 아가야가 커다랗게 그려진, 1000쪽이 넘는 책이다. 어릴 적에 본 전화번호부 이후로 이렇게 두꺼운 책은 또 처음이다. 그래서 결심했다. 이 두꺼운 녀석을 독파해 보기로.

임신과 육아가 아내와 나에게 주어진 조별 과제라면, 당연히 과제 앞에 무임승차자는 없어야 할 것 아닌가. 더군다나 팀원 모두가 과제에 대해 아는 바가 없다면 더욱이 분발해야지. "가만 내버려 두면 누군가 어떻게든 하겠지" 식의 참여는 차마 못 할 짓이다. 학생들에게 가르치는 바도 그렇지 않고, 배운 바도 그렇지 않고, 배운 대로 사는 게 인생이니까.

성격 고치는 데 3개월, 지식 채우는 데 3개월. 이후의 3개월은 어떻게 써야 할까. 아직은 모르겠다. 더 부족한 면이 없다는 나르시시즘이 아니다. 그때 뭐가 배우고 싶을지는 그 순간이 되어봐야 알 수 있기 때문이다. 인생은, 어느 정도는 돌이켜봐야 알 수 있다고 하지 않았나. 아이가 생기고서야 성격을 고쳐야겠다 마음이 일었고, 성격을 고치려 운동을 하다 보니 이것으론 부족하겠다 싶어 책을 읽기로 하였다. 마찬가지로 책을 읽다가 무엇을 하고 싶어질지 지금 어떻게 앞서서 알겠나. 그때의 내가 돌아볼 일이다. 3개월 뒤의 내가 알아서 하겠지.

임신이라는 생물학적 과정을 남편이 대신 겪을 수는 없다는 사실이, 임신이라는 과정 전체에서 남편을 소외시키지는 않는다. 남편은 최소한 아내에게 뭘 잘 먹여줄 수 있고, 같이 계단을 타고 오르며 산책을 함께 할 수 있다.

마찬가지로 남편이 배 속의 아이에게 해줄 일이 전혀 없음을 의미하지도 않는다. 증진된 체력으로 아내의 인의예지에 걸맞은 동반자가 되어줄 수 있고, 책을 읽어 함께 고민하는 팀원이 되어줄 수 있다. 그리하면 아내의 기분이 좋아지고, 아내의 좋아진 몸과 마음이 아이에게도 좋지 않겠나.

좋은 교육은 배우는 사람만이 아니라 가르치는 사람도 성장하게 만든다는 것이 나의 지론이다. 아내도 좋고 나도 좋고, 그리하여 아이에게도 좋은 영향이 미친다면 그게 곧 태교 아닐까. 그러니 태교가 뭐, 별것 아니라는 생각이다. 그저 꾸준히 배우고 좋은 사람이 되는 길이라면 충분히 좋은 태교라 할 수 있다. 임신을 엄마만 겪는 것이 아니듯, 태교도 엄마만 하는 것이 아니다.

그러니 남편들이여. 태교를 앞두고 무엇부터 할지 망설여진다면 운동으로 시작해 봄은 어떨까? 남자의 멋은 손목에 찬 시계와 비싼 차 키에서 오지 아니하며, 아빠의 멋은 한 손에 든 아기와 다른 한 손에 든 아기 가방에서 느껴지는 책임감이지 않던가. 통계적으로 분명히 말이다.

그러니까 아빠도 태교를 하자.

손가락

곰곰이 생각해 보면⋯ 10진법이라는 발상은 참으로 어처구니가 없다. 21세기에 들어 지식의 왕좌를 차지했다는 과학과 수학의 근본이 바로 10진법인데, 왜 하필 11진법도 아니고 12진법도 아니고 10진법이냐는 질문에 여전히 할 수 있는 대답이라고는 결국 "사람의 손가락이 딱 열 개잖니" 뿐이기 때문이다.

밥 먹을 때 쓰고, 이 닦을 때 쓰고, 코 팔 때 쓰고, 글 쓰느라 쉼 없이 자판을 눌러대고 있는 손가락. 눈도 못 뜬 아기마저 꼬물거릴 줄 아는 그 손가락. 바로 그 하찮은 손가락에 우주 탐사 시대의 문명이 기대고 있는 것이다. 물론 손가락이 이쁘다고 수학 점수가 높아진다는 의미는 아니고.

대부분의 사람이 여섯 개 손가락을 가진 평행우주가 존재한다면 그곳의 인류는 분명 6진법을 사용하겠으나 그들의 과학은 지금 우리의 것과 크게 다르지 않을 것이다. 그곳의 아이들은 구구단 대신 오오단을 외우겠지만, 그들도 결국 중학교부터 숫자 대신에 x를 쓰기 시작할 것이다. 그 후로 일차방정식, 이차방정식 같이 숫자보다 알파벳이 더 많이 나오는 수학이 시작된다. 오오단을 외운다고 하여 수학 시험이 쉬워지는 일은 없다는 얘기다. 그냥 각자가 태어난 우주에서 열심히 공부하자.

오오단이든 칠칠단이든 간에, 고도의 정신문명이 손가락에 닿아있음은 참으로 어처구니없으면서, 그렇기에 신기하기도 한 일이다. 손가락은 정신과 육체가 따로 있지 아니함에 대한 선명한 증거일지도 모르겠다.

임신 초기부터 12주 차가 될 때까지, 즉 위험기를 벗어나기까지는 산부인과를 방문할 일이 잦다. 아내의 건강 변화와 함께 배 속 아기의 건강도 유심히 살펴야 하는 이유이다. 혈액 검사를 통해 몸의 여러 영양소와 성분이 균형 잡혀있는지, 초음파 검사를 통해 아기의 위치와 성장 속도 등에는 문제가 없는지, 아기집의 크기와 태반 탯줄은 잘 준비되어가고 있는지 등. 이것저것 알아봐야 할 것이 많다. 초산인 경우에는 특히 그렇다.

예상보다 잦은 병원 방문에 집안 어른들은 "병원에 너무 자주 가는 것 아니냐"라든가 "우리 때는 그렇게 자주 가지 않았었는데" 같은 염려의 말씀을 종종 하셨다. 어른들과 마찬가지로 나도, 그리고 아내도 무작정 의료 서비스를 누리고 싶어하지는 않는다. 부모가 신체 건강하고, 생활 또한 건강하게 하고 있다면 아이도 건강할 것이라는 일종의 상관관계에 대해서는 의심치 않는다.

그러나 아무래도 의학이 발달하면서 임산부와 아기의 건강에 영향을 끼치는 변인들이 밝혀지고 이를 예방할 수 있다 보니 위험기 동안엔 병원 방문이 조금은 필요한 듯하다. 언제나 위험은 내가 모르는 데서 다가오지 않던가. 공자께서 말씀하시길 "안다는 것은 내가 모른다는 것을 안다는 것이다"라고 하셨는데, 이를 달리 말하면 "모른다는 것은 자신이 모른다는 것을 모르기 때문에 모른다"이지 않던가. 오른쪽을 보는 사람에게 위험은 왼쪽에서 오는 법이다. 나 대신 왼쪽을 봐줄 사람이 필요한데, 그 사람이 의사였고 그가 있는 곳이 병원이었을 따름이다.

더군다나 일찍 자고 일찍 일어나는 바른생활과 술 담배 없는 청정함을 추구하는 우리 부부라도 의사 선생님이 검진 차트를 들여다보는 잠깐의 침묵에는 막상 긴장이 된다. 아니나 다를까, 한번은 아내의 철분 수치가 다소 낮은 편이라 빈혈이나 두통이 생길 수 있다고 하시더라. 그 핑계로 며칠 동안 우리는 소고기를 맘껏 먹었더랬다.

차트 위에 적힌 글자와 의사 선생님의 말만으로도 매번 긴장이 되는데, 초음파 검사 때면 들려오는 아이의 맥박 소리와 눈으로 보이는 모습에는 더욱이 긴장감이 솟아오른다. 나도 모르게 숨을 죽이게 되고 침 삼키는 것마저 잊고서 모니터를 집중해서 본다. 마치 뭘 좀 아는 사람처럼 말이다.

뭘 모르니까 신기한 걸까. 일렁이는 희고 검은 초음파 화면을 보고 있자면 유독 눈에 띄는 녀석이 보인다. 의사 선생님이 알려주시지 않아도 그게 나의 아이인 줄 알 수 있다. 어느 뇌과학 책에서는 인간은 진화 과정 중에 얼굴을 빠르게 인식하는 능력이 발달했기에 구름이나 타일의 무의미한 얼룩에서도 얼굴 모양을 찾아낼 뿐이라던데. 아마 그 뇌과학자도 아빠가 되어 초음파실에 들어왔다면 나처럼 뚫어져라 화면을 보고 섰을 것이다.

2-3주 간격으로 만나는 요 녀석은 고맙게도 매번 눈에 띄게 자라 있다. 분명 처음 만났을 때는 동그란 달 모양이었는데. 어느 때는 강낭콩같이 자라 있고, 이제는 머리가 동그랗고 코가 오뚝하다. 눈에 보이지 않고 소리도 들리지 않는 어두움 속에서도 꾸물꾸물거리며 자라고 있었을 이 녀석의 고독한 성실함에 가

슴이 벅차다.

이런 가슴 벅찬 와중에 초음파 화면을 보시던 의사 선생님이 소리를 내신다.

"흐으음… 잠깐만요…."

의사 선생님이 뱉어낸 짧은 소리에 내 머리는 급하게 돌아가기 시작한다. '흐으음…'이라니? 무슨 일이시? 뭐지? 뭐가 잘못되었나? 왜지? 뭐지? 뭐가 잘못된 거지? 우리 아기가 설마… 에이, 그럴 리 없어. 없을 거야. 없겠지. 그렇죠, 선생님…?

내 마음이 의사 선생님에게도 전해진 걸까? 곧 의사 선생님이 말문을 연다.

"이상 없어 보이네요. 자리도 잘 잡았고. 탯줄이랑 태반도 정상이고. 건강해 보여요."

휴우… 매번 이런 식이다. 돌이켜보면, 화면을 꼼꼼하게 살피시느라 내셨을 추임새일 뿐인데도 일순간 솟아오르는 긴장과 걱정은 어찌할 수가 없다. 의사 선생님의 침묵에도 조마조마하고, 추임새에도 조마조마하니 "말과 침묵이 다르지 않다"는 말이 이제야 이해된다. 사람은 겪어봐야 안다고, 책과 글로만 읽다가 이제야 무슨 말인지 조금 알겠다.

언젠가 어느 출판사 대표님이 쓰신 글을 읽은 적이 있다.

"태어난 아기의 손, 발가락 수를 세었을 오빠의 모습 (…) 에서 내 모습을 떠올렸다. (…) '책 인쇄가 끝났다'고 하면 마치 '아기 나왔습니다' 하는 이야기를 듣는 기분인데, 그때마다 꼭 확인하는 것이 바로 바코드가 잘 찍히는지다."

쓰신 글을 읽을 적만 하여도 쓰신 대표님의 마음을 어느 정도 알게 되었다고 생각했었다. 허나, 모르는 것을 모르는 것이 진짜 모르는 거라고, 돌이켜보면 나는 글을 읽고도 모르기만 하였던 것이다. 책을 만들어 본 적도 없을뿐더러, 갓 태어난 아기의 손, 발가락 개수부터 세어 보는 그 마음도 몰랐으니 어찌 알았겠나. 이제야 반쯤 알게 되었다 싶다. 아기의 건강에 가장 먼저 기쁘고 가장 먼저 철렁이는 마음이 무엇인지 이제야 겪었으니.

아이가 생기기 전부터 우리 부부는 태명을 미리 정해두었더랬다. 아니, 우리 부부가 정했다기보다는 내가 아내에게 먼저 권했다는 말이 맞겠다. 언젠가 우리에게 아이가 생긴다면 태명은 '효자孝者'로 부르는 게 어떻겠냐고 물었었다.

『논어』에는 맹무백이라는 사람이 '효도한다는 게 대체 무엇인지' 묻는 장면이 있다. 나처럼 급이 낮은 사람에게 물어왔다면 아마도 "효란 말이지…"라 운을 떼며 구구절절 답했을 것이다. A를 묻는 사람에게 'A는 B다'라는 명제로 답을 하는 정도의 수준이다.

그러나 공자께서는 물음에 답하시길 "부모는 오직 자식이 아프지나 않을까 걱정이다"라 하고 마신다. 자식 입장에서 효의 정의를 묻는 사람에게, 공자는 부모의 감정을 답으로 돌려준다.

언젠가, 계단을 오르며 등교하는 아이의 뒷모습을 하염없이 보고 있는 어느 어머니를 보고서 이 구절이 떠올랐더랬다. 어머니 속마음이 실제 어떠했을지 내가 어찌 알겠냐마는, 아마도 계단을 헛디뎌 다치지나 않을까 걱정하시는 마음 아니었을까 싶었다. 그런 의미로 아프지 말고 건강하게 태어나라고, 태어나서 몸도 마음도 항상 건강하라고 '효자'는 어떻겠냐 물었던 것이다.

아내는 흔쾌히 좋다고 하였다.

원래 마음에 두었던 효자의 한자 표현은 孝子였다. 子를 흔히 '아들 자'라 훈을 새기기는 하지만, 실제 한문 속에서 子는 대부분 '사람'으로 쓰이고 가끔씩 '스승'이라 쓰인다. '여자female'도 한자로 女子라 쓰는 것이 가능했던 이유가, 子를 '사람'으로 쓰기 때문이다.

그런 이유로 효자孝子라 했건만. 점차 우리 부부의 임신 소식을 듣고서는 태명을 묻는 사람들이 하나둘 생겨나면서 곤란한 일이 계속 생기더라. 가부장적 의미로 '효자'라 지은 것 아닌가 하고 받아들이는 분들이 가끔 있기는 했지만, 건강하라는 뜻으로 그리 부르기로 했다 설명하면 "그렇지, 애는 건강한 게 최고지!"라며 이내 호응해 주었다.

문제는 孝가 아니라 子에서 생겼다. 자꾸만 "아들이야?"라든가 "딸이면 어쩌려고?"라는 식의 성별을 운운하시는 분들이 정말 많은 것이다. 하물며 아버지도 태명을 들으시고는 "성별을 벌써 아나?"라 하셨으니까. 의외로 효孝에 대해서 사람들이 여전히 좋게 받아들이는구나… 싶다가도 자子에서는 여지없이 이런저런 변명을 해야 하니 씁쓸하였다. 그래서 요즘은 그냥 '사람 자者'를 쓴다 말한다.

그렇게 효자는 '효자'라 읽고 '孝者'라 쓰게 되었다.

효자를 孝者라 부르든 孝子라 부르든 孝女라 부르든 그게 무슨 상관이겠나. 뭐라 부르고 어떻게 적든 孝만 들어가면 좋고, 건강하기만 하면 바랄 것이 더는 없겠다. 누군가는 "나도 처음에는 그랬지. 애 낳아서 길러봐라. 그게 마음처럼 쉽지 않다"라고 하겠지만, 첫 마음이라도 이렇게 먹어야 후에 덜 괴롭지 않겠나. 처음부터 이런 마음을 포기하고서 태어나지도 않은 아이에게 이런저런 걸 바랄 수는 없는 노릇이다.

그런 이유로 나는 아이의 성별도 딱히 바라지 않는다. 정확히 말하자면, 아이의 성별을 바라는 마음이 내게 생겨날까 두렵다.

아들 원했다 딸이 나오면 뭐 어떡할 것이며 딸을 원했는데 아들
이 나오면 그건 또 어떡할 것인가. 아이의 첫 시작을 부모의 실
망으로 맞이하느니, 그냥 건강만 바라면 족하다는 생각이다. 아
이가 아들로 태어나면 아빠도 누군가의 아들이라 좋을 테고, 딸
이라면 엄마가 누군가의 딸이니 좋을 것이다.

딸이니 아들이니 하는 물음뿐이랴. 공부를 잘하고 못하고, 영
어 유치원을 보내고 말고 등의 별별 걱정이 세상에는 참 많다.
걱정의 근원에 대해 모르는 바는 아니나, 복잡한 생각 하나하
나에 정답을 일일이 맞혀내기엔 나의 모자람이 돋보일 뿐이다.

갈수록 명석해지는 세상 속에서 아둔한 내가 간신히 하나 찾
은 답이 '손가락'이다. 아이의 손가락에는 성별이 없고, 건강에
는 '잘'이나 '못'이라는 수식어가 필요 없으니까. 효자의 손가락
이 건강하다면 그것으로 우선 만족하련다. 손가락과 문명이 둘
이 아니듯, 그저 효자의 손가락과 마음이 튼튼히 이어지기를 바
랄 뿐이다.

덧1) 효자야.

　　　건강은 남들보다 '잘'할 필요도 없고,

　　　남들보다 '못'할 걱정도 없단다.

　　　그저 건강'하기'만 하자.

　　　아프지 말자. 몸도 마음도.

덧2)　다들 효도합시다.

감자튀김을 먹는 아픈 아내를 보며 생각하다

1.

교육학을 진지하게 공부해 본 사람이라면 누구나, 정말로 누구나 한 번은 들어볼 수밖에 없는 책이 있다. 장자크 루소Jean-Jacques Rousseau가 쓴 『에밀Émile』이 바로 그것이다. 번역서로는 800페이지가 넘는 아주 두꺼운 책이다. 임용고시를 준비하면 보게 되는 교육학 수험서가 보통 1600페이지 정도인데, 그중에 몇 줄 언급된 『에밀』을 정말 읽으려 그 반쯤 되는 책을 찾아 읽었더랬다. 이런 식으로 하나하나 공부했으니, 임용고시에 여러 번 낙방했던 일이 당연했나 싶기도 하다.

『에밀』에 등장하는 선생은 단 한 명의 학생을 만나는 것으로 시작해 가족과 함께 먹고 자고 살며, 아이가 어른이 되면 이별

한다. 그야말로 가족 같은 선생, 가족 같은 학생, 가족 같은 학부모랄까. 책 속에 등장하는 가상의 아이의 이름이 '에밀'이다. 『에밀』은 한 아이가 한 선생님을 만나 일평생 배워 성장하는 이야기다.

일대일 책임 교육으로 『에밀』이 유명해진 것은 아니다. 전담 개인 교사나 일대일 교육은 동서양에 오래전부터 있었던 형태니까. 오히려 이렇게 한 명의 선생이 한 명의 학생을 기르려, 그야말로 눈을 떠서 잠에 드는 순간까지 함께해야 한다고 말할 수밖에 없었던 그 이유. 그것이 『에밀』의 핵심이자, 문자 그대로 알파요 오메가다. 루소가 제시하는 교육의 이유를 나는 '자연주의 철학'이라 이름 붙여 배웠고, 루소 본인은 『에밀』에서 '고상한 야인'을 기르는 것이라 우아하게 표현하였다. 정작 『에밀』에는 '자연주의'라는 단어가 나오지 않는다. 요즘은 '자연'이라는 단어를 '아이가 불편함을 느끼지 않는 대로 자연스럽게 가르쳐야 한다'는 의미로 말하는 교육자도 많다. 이러한 교육철학에서 자연이란 본능과 다르지 않다.

그러나 『에밀』을 직접 펼쳐 읽어보면 루소가 생각한 자연이란 조금 다르다는 것을 쉽게 알 수 있다. 루소에게 자연이란 그냥 자연이다. 인간을 둘러싼 외부의 생태계, 하늘, 환경, 우주… 국어사전적 의미의 자연 말이다. 그런고로 루소에게 교육이란 자연이라는 조각에 인간을 맞추어 길러야 한다는, 그야말로 자연주의다.

『에밀』에는 인간을 자연에 맞추려는 스승의 노력이 부지기수로 실려있다. 낮 동안 배운 천문학의 '의미'를 깨닫게 하기 위해 일부러 산책 중에 길을 잃고 밤이 될 때까지 헤매게 한다든가, 잘 자고 있는 아이를 종종 새벽 중에 깨워 찬물을 끼얹기도 한다. 아이가 밤중에 길을 잃고 헤맬 때가 되어서 옆의 선생님이 슬그머니 밤하늘을 가리키며 "우리가 공부했던 별자리가 보이니?" 하여 밤하늘 별자리를 나침반 삼아 집으로 돌아온다거나, 언제 닥칠지 모를 갑작스러운 추위나 변화에 적응할 수 있는 체력을 길러준다는 식이다.

길을 잃고 고난을 겪게 하여 지식의 소중함을 깨닫고, 벌벌 떨고 입술을 파랗게 하여 체력을 강하게 만드는 교육이라니. 내비게이션이 고장 난 여행자나 기후 위기에 유용한 능력이기는 하겠으나…『에밀』을 따라 아이를 가르치는 일은 사양하고 싶다. 사제 관계가 원수 관계로 끝나기 딱 좋다.

그래서였을까. 정작『에밀』을 쓴 루소 본인은 양육비와 소음(?) 문제를 견디지 못하고 자신의 다섯 자녀를 모두 보육원에 보냈다고.

루소 개인의 부모 역량을 떠나서, 이렇게나 과격한 방법을 동원해야 하는 '자연주의' 교육이 21세기에도 여전히 회자되는 이유는 아마도 인간과 자연의 관계를 되돌아봐야 하는 시점이기 때문일 것이다. 인간과 자연은 딱 맞는 두 개의 조각이라 하지 않았던가. 이를 짧은 말로 '부합符合'한다고 한다.

　옛날엔, 당연하게도, 전화나 문자 등이 없었기에 멀리 떨어진 곳에서 전달된 소식의 사실 여부를 확인하기 쉽지 않았다. 왕이 내린 어명에는 옥새 도장이라도 찍혀있지, 그렇지 않은 경우에는 발신자의 일치 여부를 알기에 어려웠다. 그래서 애당초 멀리 떠나는 사람에게, 내가 가진 물건을 반 똑 쪼개서 한쪽은 보관하고 한쪽은 상대에게 주었다고 한다. 훗날 급히 연락할 일이 생겼을 때 발신자는 그 반쪽 물건을 함께 동봉하고 수신자는 그것을 받아 자신이 가진 것과 맞추어 보는 것이다. 원래 한 몸이었던 듯 딱 맞으면 발신자 확인 완료. 두 개로 나눠진 것이 다시 하나로 맞추어짐을 부합이라 한다.

　인간과 자연은 서로 부합되어야 한다는 것이 자연주의 교육의 결론이다. 인간과 자연이라 따로 이름을 붙여 둘처럼 보이지만, 실은 하나다. 하나이기에 다시 부합될 수 있다. 창조이든 진화이든, 인간은 자연 속에 품어져 살아왔고 앞으로도 그럴 것이다. 훗날 우주 어딘가를 배회하고 있을 우리의 자손들도 있겠지만, 그곳이 어디든 그들은 나름의 자연과 함께할 것이다. 지구와 조건이 조금 다를 뿐.

바로 그 자연에 걸맞은 사람을 길러야 한다는 것이 루소의 주장이다. 그에게 교육이란 책상에 앉아 세상에 대해 배우는 것이 아니라 세상 속에서 자유롭기 위함이다. 산책 중에 길을 잃어도 하늘에서 다시 길을 찾고 추위 속에서 금방 적응하듯, 배운 바를 자연 속에서 기능하도록 이끄는 것이 『에밀』의 자연주의다.

언제나 그렇듯, 쓸모 있는 기술과 지식이란 따로 있지 않다. 소위 실용 지식이라 일컫는 것이 따로 있어서 그것만을 선택적으로 공부한다 하여 쓸모 있는 인간이 되지 않는다. 쓸모없음에서 쓸모를 발견하는 사람이 외려 쓸모 있다. 다산 정약용 선생이 국화를 가꾸는 자신에게 누군가 "쓸모도 없는 일을 왜 하는가" 묻자 이렇게 답했다고 한다.

"실용이란 입에 넣어 목구멍으로 넘기는 것만 가리키지 않는다네."

그렇기에 『에밀』에는 공부에 있어 경험이 무엇보다 강조되어 있다. 책보다 경험이 중요하다는 말이 결코(!) 아니다. 이 둘이 '부합' 되어야 제대로 교육이 이루어진다는 의미다. 책으로 세상을 배우고, 세상을 통해 배운 것을 이해하는 순환의 과정을 이해하는 사람. 책과 세상을 부합하는 사람. 이를 루소는 '고상한 야인'이라 하였다.

2.

18세기에 쓰인 『에밀』이 여전히 대부분의 교육자에게 중요하게 다루어진다는 얘기는, 역설적으로 그만큼 '경험'을 교육에 적용하기가 어렵다는 말이 되기도 한다. 읽기 쉬운 책은 금방금방 페이지가 넘어가고 어려운 책은 그렇지 않은 것과 같다. 큰 앎일수록 소화에는 많은 시간이 필요하다.

몬테소리 교육이나 숲 교육처럼 아이들에게 많은 활동과 경험을 제공하고, 그로부터 앎을 얻게끔 하는 교육문화가 많이 전파되고 있기는 하다. 그러나 이런 교육의 모습이 『에밀』이 의도했던 자연주의와 같은 것인지는 고민해 볼 필요가 있다.

『에밀』은 어디까지나 책을 통해 가르치고 경험으로 깨닫게 하는 과정에 초점이 맞추어져 있다. 길을 잃기 전에 별자리를 가르쳐야 하는 것처럼 말이다. 학생의 연령이 높아지고 배우는 지식이 고도화될수록 그렇다. 대체 어떻게 경험으로부터 상대성이론을 가르치겠나. 책상과 책상 바깥이 동시에 중요하다.

문제는 책상 바깥 경험이라는 것이 교육에 있어 본질적으로 불균형적일 수밖에 없다는 점에 있다. 책에 적힌 글은 그것이 한국어든 외국어든 수학식이든, 학생과 선생이 똑같이 '읽을' 수 있다. 같은 교과서를 정해진 수업 시간에 함께 읽으면 된다. 하지만 그것을 '이해'할 수 있느냐는 별개의 문제다. 누구는 읽어도 도통 뭔 말인지 모르고 누구는 읽으며 배운다. 이 이해를 위해 필요한 것이 바로, 루소가 말한 경험이다.

경험이란 실제로 해보거나 겪은 일을 말한다. 해보거나 겪은 일.

어떻게 처음 배우는 사람이 미리 해보거나 겪었겠냐는 말이다. 『해리 포터』에 등장하는 헤르미온느처럼 시간을 되돌리는 마법을 써서 수업을 두 번 듣기라도 하는 게 아닌 이상에야 처음 만난 대상을 미리 겪어볼 수는 없는 노릇이다. 『대학』에는 "아이 낳아 다 길러 보고 시집(장가)가는 처녀(총각)도 있는가?"라는 말이 있는데, 딱 이런 꼴이다.

물리적으로 시간은 비가역적이기에 경험은 해보기 전엔 해볼 수 없다. 그렇기에 당연히 물리적으로 시간상 앞서 경험한 사람이 후에 올 사람을 가르치는 것이다. 시간상으로 앞서 경험한 사람을 우리는 선생先生이라 하고 후에 올 사람을 학생이라 한다. 그러니 선생과 학생은 경험의 선후 차이에서 오는 것이지 태어난 날의 선후에서 오는 것은 아니다.

그럼에도 한 문화권에서 구성원들의 생애주기라는 것이 어느 정도는 비슷한 흐름을 띠게 마련이다. 요즘 십 대 아이들과 내가 십 대 시절에 경험한 아이돌 문화라는 것이 많이 다르기는 하지만, 그때도 아이돌이 있었고 많은 사람들이 열광했었다. 드라마 〈응답하라〉 시리즈나 여러 복고 유행이란 것이 있는 이유이기도 하다. 절대적이지 않지만, 먼저 태어난 사람이 먼저 경험해 보는 경우가 많은 것이 사실이다.

그런 이유로 종종 그중에 나이가 좀 더 많은 사람이 "내가 해봤는데…"라든가 "나 때는 말이야…"를 접두사로 활용하게 된다. 그런 이유로 종종 내가 연하의 아내에게 "내가 해봤는데…"라든가 "나 때는 말이야…"를 접두사로 활용하기도 한다는 말이다. 대표적으로 건강 문제에 있어서는 더욱 그렇다.

나는 십 대 학생들과 거의 매일을 함께 지내는 고등학교 선생님이지만, 아이들의 젊음이 부러웠던 경우는 거의 없다. 아이들이 요즘 관심 갖는 패션이나 드라마, 영화, 음식 등에 대해서 이해는커녕 알아듣기조차 버거운 때도 있으나, 그렇다고 하여 십 대라는 그 시절이 그립거나 그때로 돌아가고 싶은 향수가 일지는 않는다.

십 대가 되면 군대를 다시 겪어야 한다는 치명적인 이유와 함께, 십 대 시절의 나보다 지금의 내가 더 좋기 때문이다. 인생은 어느 정도는 돌이켜보아야 아는 것인데, 앞으로 나아간 사람이 돌아볼 수도 있는 법이다. 돌이켜볼수록 나이가 듦으로써 한 걸음이라도 나아지는 삶이 더 좋다.

아이들의 젊음이 부러웠던 경우가 '거의' 없다고 말한 이유도 있다. 드물지만 있기는 있어서 그렇다. 바로 아플 때다.

언젠가 아이들과 이런 얘기로 수다를 떨던 중에 말하기를 "언제 나이가 들었다고 느끼냐고? 그게 언제냐면 말이지… '내 몸에 이런 부위가 있었구나'라는 생각을 통증을 통해서 알게 되었을 때야"라 했었다.

발목 '속'이 아프다든가, 도통 짚어낼 수 없는 승모근 '안쪽'이라든가. 이론적으로는 알았으나 경험적으로는 알지 못한 나의 신체 부위를 아파서 자각하게 된 때. 그때 나도 나이가 들었음을 느낀다. 착한 우리 아이들은 "선생님 아직 젊으세요!"라 용기를 북돋워 주려 했으나, 나는 기왕 젊을 것이라면 그냥 젊고 싶었다. 감나무 끄트머리에 간신히 매달린 마지막 홍시처럼 '아직' 젊고 싶지는 않다.

건강에 대한 나의 경험이 이러했다는 이유로 아내에게 이러쿵저러쿵했던 말이 많았다. 운동을 꾸준히 해야 한다느니, 영양제를 먹어야 한다느니, 찬물을 끊고 따뜻한 물을 마시라느니. 이렇게 말하는 나라고 무슨 건강 전도사처럼 아주 건강을 잘 챙기는 것은 아니다. 그렇지만 내가 경험해 보아 건강에 좋았던 것, 해 보아 건강에 좋지 않았던 것을 알려주고 싶은 마음이다.

세계보건기구는 2018년에 노화를 질병으로 분류하였더랬다. 그렇다면 나는 아내보다 확실히 먼저 노화라는 질병을 겪고 있는 셈이다. 아내보다 먼저 태어남先生이라는 것을 겪었더랬다. 그렇지만 경험이란 언제나 선생과 학생 사이에서 불균형적이라는 비극 때문에, 아내는 나의 말을 듣고서도 알지 못했다.

누차 경고를 하였더랬다. 그 경고 중에는 예방접종을 하기 시작해야 한다는 권고도 있었다. 점차 면역력이 떨어지고 실내 생활이 많아지면서 활기도 옅어지니 감기를 특히 조심해야 한다고. 지금까지의 감기야 언제든 걸리고 쉽게 낫는 것이었겠으나 이제는 다르다고. 언제든 걸리겠지만, 쉽게 낫지 않는다고. 많이 아플 것이라고.

말만 알려준 것이 아니라 직접 보여주기까지 했더랬다. 설명 후에 유제와 예제까지 착실히 풀어 보여주는 모범 수업이었달까? 살면서 여름 감기를 한 번도 겪지 않았던 나인데, 지난여름에는 심한 독감을 네 번이나 앓았다. 넉 달쯤 되는 여름 동안 감기를 네 번 앓았으니 매달 앓은 셈이다. 그것도 심한 독감이어서 몸도 제대로 가누지 못했다. 그간의 피로와 노고를 나의 몸은 이제 더 이상 이겨내지 못했나 보다. 노화와 독감의 합병증을 아내에게 몸소 보여주며 권고했더랬다. 올해는 꼭 예방접종을 하자고.

여느 학생이 그러하듯, 아내는 알겠다고 하였다. 그리고 여느 학생이 그러하듯, 아내는 그러지 않았다. 그해가 저물 무렵 우리 부부는 임신을 하였고, 아내에게 다시 권했다. 임산부도 예방접종을 할 수 있다고. 혹여 감기에 걸려 고열에 시달리면 아이에게도, 산모에게도 치명적일 수 있으니 꼭 맞자고.

여느 학생이 그러하듯, 아내는 흔쾌히 알겠다고 하였다. 그리고 여느 학생이 그러하듯, 아내는 그러지 않았다. 그리고 여느 학생이 그러하듯, 결국 아내는 감기에 걸렸다. 하아.

$$1+2 = 3.$$

다행히 열은 나지 않았으나, 심한 기침에 목이 붓고 코막힘과 두통으로 아내는 잠을 이루지 못했다. 잠을 잘 자지 못하니 피로가 쌓이고, 그래서 회복이 더뎠다. 임산부에게 타이레놀은 무해하다 하여 아내는 타이레놀만 먹고 버텼다. 쾡해진 아내를 보니 속이 타들어 가듯 동동 구름과 동시에, 마음속으로 숱하게 이 말을 반복했더랬다.

"I told you!"

얼굴이 창백하고 다크서클이 한참이나 내려온 아내의 모습이 푸바오와 퍽 비슷해졌을 때, 임산부가 먹어도 되는 감기약을 찾아 온 동네의 약국을 돌아다니기 시작했다. 인터넷 덕분에 임산부 복용이 가능한 몇몇 감기약을 찾을 수는 있었으나, 하필 설 연휴와 겹치는 바람에 약국이 죄다 문을 닫았더랬다.

지도 앱에서는 영업 중이라 되어있으나 도착하여서는 닫혀있는 약국이 대부분이었다. 문을 열었던 몇몇 약국마저 내가 찾는 감기약은 팔지 않았다. 마지막으로 찾아갔던 약국이 열려있었고 다행히도 그곳에서 감기약을 살 수 있었다.

그렇게 감기약을 먹고 점차 기운을 차린 아내. 기운과 함께 돌아온 식욕. 그간 감기 때문에 좋아하지도 않던 죽만 먹고 지냈던 지난날에 대한 몸의 본능인 걸까. 고생 끝에 즐거움이 온다는 것이 이런 걸까. 아내는 갑작스레 치즈버거가 먹고 싶다고 하였다. 그래서 집 가까이 있는 수제 햄버거집에 데려왔고, 마주 앉은 자리에서 감자튀김을 먹고 있다. 맛있게.

아내의 앞니와 나란히 줄 맞춰 입장하는 감자튀김들을 보며『에밀』이 떠올랐다.『에밀』이 떠오르고 경험의 의미가 떠오르고 경험의 불균형이라는 아이러니함이 생각났다.

경험이란 자연을 겪는 일이고 자연이란 한시도 떠날 수 없는 것이다. 땅을 디디고 서 있고, 숨을 쉬고, 그야말로 살아있는 동안에는 말이다. 모두 자연의 쉼 없는 성실함 때문이다. 그 때문에 우리는 경험을 멈출 수 없다.

깊은 명상 속에 고요해진 내면에서도 고요함은 경험으로 남는다. 글을 쓰는 중에도, 감자튀김을 케첩에 찍는 중에도, 모든 것은 경험으로 남고 경험으로 경험한다. 경험이란 떠날 수가 없기에, 그렇기에 루소는 에밀에게 선생先生이 일평생 함께 하도록 해주었구나 싶다. 그렇게 나와 아내는 일평생을 같이 하겠구나 싶었다.

올해엔 꼭 함께 예방접종을 해야겠다.

무아無我에 관한 짧은 글

소리에 놀라지 않는 사자처럼

그물에 걸리지 않는 바람처럼

진흙에 더럽혀지지 않는 연꽃처럼

광야를 걸어가는 코뿔소의 외뿔처럼

혼자서 가라.

『숫타니파타』 - 코뿔소의 외뿔 中

불교에 관심을 갖게 된 때가 이제는 기억나지 않는다. 의도치 않게 법명을 받기는 하였다. 군대 훈련소 시절, 일주일에 한 번 있는 종교행사 시간에 교회와 성당을 번갈아 찾아다니고 있었다. 교회의 초코파이와 성당의 몽쉘의 은혜 속에서 행복해하던 나였다.

그러던 어느 날 훈련 동기 중에 한 녀석이 조용히 다가와 말을 흘리더라. 법당에선 소보로빵과 우유를 나눠준다고. 우유라니? 초코파이와 몽쉘에는 우유가 따라오지 않았다. 카카오의 향기와 촉촉한 감촉의 감미로움에 빠져 우유의 고소함을 미처 떠올리지 못했음을 그제야 알았다. 그만큼 초코파이와 몽쉘이 완성도 있는 과자라는 뜻이기도 하겠지만.

그렇게 찾아갔던 법당. 하필 그날이 보살 수계를 하는 날일 줄이야. 보살 수계란 천주교의 세례식과 비슷한 행사다. 세례식 후에 세례명을 받듯 팔뚝에 향불을 지진 후에 법명을 받았더랬다. 불과 일주일 전에는 성당에서 몽쉘에 '스테파노'라는 이름을 받아왔던 나였다. 한 손에 소보로빵을 받고 또 한 손에 우유를 받은 것으로 충분했을 텐데, 이제는 '무진'이라는 새로운 이름까지 푸짐히 받게 되었다.

겨우 그런 이유로 김동진, 스테파노, 무진이라는 삼중 국적이 완성되었다.

그 후로, 누구나 그러하듯 나 또한 자신의 뿌리를 잊고 살았다. 군대를 무사 제대하고 대학 생활을 다시 시작했지만 몸이 있는 곳만 바뀌었을 뿐 삶의 방식은 여전했다. 계급과 역할에 대한 충실함이 군대의 미덕인 것처럼 대학생과 임용고시 준비라는 역할에 충실하였다. 어느새 김동진과 스테파노와 무진이라는 이름보다 독서실 자리 번호에 더 익숙해지고 있었다.

지금까지의 진술만 보아서는 나 스스로 이러한 상황을 당시에 자각하며 살았다는 뜻으로 이해할 수도 있겠다. 그러나 물속에 사는 물고기가 물을 모르듯 당시의 나에게는 그러한 자각이 전혀 없었다. 다만, 이제 와 돌이켜보니, 그때 그러했음을 알게 되었다고 말할 뿐이다. 자아보다는 주어진 역할에, 자신보다는 이루어야 할 과업에서 인생의 안락함을 찾던 시절이었다.

그러니 고독했다. 계속되는 낙방과 공부의 무게가 우울을 몰고 왔지만, 돌이켜보면 나는 그저 묵묵하게 고독을 밟으며 살아가기만 했다. 하루하루 걷는 길은 도서관으로 향하는 경로 그 이상도 이하도 아니었으며, 하루하루 먹는 밥은 공부를 위한 연료 그 이상도 이하도 아니었다.

수험생이라는 역할에 푸른 하늘과 내리는 비는 감상의 대상이기보다는 차라리 도서관 가는 길의 배경 화면에 불과했다. 식단표는 그저 식권값에 부합하는 영양소의 척도였을 뿐이다. 마치 주유소 앞의 기름값을 적어놓은 전광판처럼 말이다. 하늘과 밥이 색과 향을 잃었으니 삶에 낭만과 재미가 스며들 틈이 없었다. 그러니 몹시도 고독했다.

그러던 어느 날. 평소처럼 믹스커피 두 봉을 위장에 채워 넣고 도서관까지 이동 경로를 따라 걷던 중. 어느 골목의 어느 집 앞에 내놓아진 어느 책더미를 보게 되었다. 누렇게 색이 변한 헌책들이 불그스레한 노끈으로 몇 더미나 묶여있었다. 이런 책 무덤을 본 지도 오래되었거니와, 그간 잠시 잊고 지냈던 책에 대한 흥미가 다시 솟아나 무심코 헌책 더미 앞에 쭈그리고 앉았다.

버려진 책에게는 미안하게도, 버려질 만해서 내놓인 책이 대부분이었다. 시대가 요구하는 쓸모에 의해 탄생했던 책. 이를테면 'PC통신'이라든가 '486 컴퓨터' 같은 첨단기술이나 'Y2K', '노스트라다무스' 같은 세기말적 분위기를 타고 만들어진, 그때는 최신이었겠으나 지금은 구식을 상징하게 된 어떤 것들이 붉은 줄에 감겨 있었다.

그중 눈에 들어온 책 한 권. 유독 뽀얗고 낯선 제목의 책이 틈바구니에 끼어있었다. 녀석의 등에 쓰인 제목은 『숫타니파타』. 그 아래에 옮긴이가 적혀있었으나, 고백하건대 생전 처음 듣는 낯선 이름이었다. 책더미에서 그 뽀얀 책을 뽑아내어 훑어보니 어느 스님이 옮겨 쓰신 불교 경전이더라. 글씨도 큼직하고 몇 줄마다 단락을 널찍이 띄어두어 읽기에도 참 편하겠다 싶었다. 성경은 여럿 읽어보았어도 불경은 그러지 못했던지라, 이참에 읽어보자 싶어 가방에 곧장 넣었다.

한 권 빠져 헐거워진 헌책 더미는 다시 붉은 끈을 싸매어 팽팽하게 놓아두었다. 나무로 태어나 종이로 살다 검은 재로 돌아갈 채비를 하는 셈이다. 천자문도 '천지현황天地玄黃'으로 시작하더니, 땅에서 누렇게 되어 하늘로 검게 돌아가는 종이의 삶에 꼭 맞는 말이라 생각했었다. 다음 생에는 부디 쓸모없는 녀석으로 태어나 오래 살기를 바랐다. 괜히 쓸모 있게 태어나 누군지 모를 손에 끌려가지 말고.

그렇다고 하여, 그날 밤 읽은 『숫타니파타』를 입구로 하여 불교에 발을 들이게 되었다는 뜻은 아니다. 부처가 누군지, 불교가 무엇인지, 이 책을 옮기셨다는 법정 스님이 누구인지 알게 된 일은 시간이 한참 흐른 뒤다. 다만 책에서 마음 깊이 와닿는 바가 있었을 따름이다.

"혼자서 가라"는 말씀에, 한동안 몹시도 고독하였더랬다.

아내도 자식도 부모도 재산도 곡식도,
모든 가산과 모든 욕망까지 다 버리고
광야를 걸어가는 코뿔소의 외뿔처럼
혼자서 가라.

　　『숫타니파타』 - 코뿔소의 외뿔 中

며칠 전, 밤중에 아내와 마주 앉아 『논어』를 함께 읽고 있었다. 이런저런 구절을 읽던 중에 아내는 문득 "저는 아무래도 소인小人인가 봐요"라 하더라. 그 말을 마주한 남편 놈은 무슨 말을 해 주어야 했을까. 정말 다행히도 책이 아내의 말을 알아들은 듯 다음 구절이 마침 절묘하더라.

"공자께서 말씀하시길, 참으로 힘이 달려서 중도에 그만둔다면 그건 어쩔 수 없는 일이다. 그러나 지금 너는 스스로 한계를 긋고 있을 뿐이니라."

아내에게 공자 말씀을 답으로 대신 돌려줬더랬다. 할 수 있다고. 나도 그러한 소인이니 같이 도와서 하나하나 공부해 가자고. 공자 덕분에 아내에게 점수를 멋지게 땄다 싶었다. 그래서 내심 뿌듯해하던 그때. 마주 앉은 아내의 눈시울이 거짓말처럼 붉어지기 시작했다. 눈가에 무언가 비쳐 떨어지더니 코를 훌쩍이며 아내는 눈물을 닦아내었다.

예상치 못한 아내의 눈물에, 마주 앉은 남편은 어찌해야 했을까. 나는 아내가 물어온 질문과 내가 돌려준 답을 잠시 되짚어 보아야 했다. 멍한 표정으로 몇 초쯤 흘렀을까. 문득, 아내는 어쩌면 소인이란 말속에 '부족한 엄마'를 담았을지도 모를 일임을 알았다. 부모가 되어가는 사람에게 부족함은 '불안'이다. 아내는 불안했나 보다.

『논어』를 읽고 눈물을 흘리는 아내를 보며 그간 나의 공부는 참 헛되었음을 알았다. 아내에게는 처음인 『논어』를 나는 몇 번이나 읽었더랬다. 한 권을 여러 번 읽기도 하고 여러 권으로 새롭게 읽기도 했더랬다. 그중에 가슴이 벅찬 일은 있었건만 코끝이 찡해진 기억은 없다.

그렇게나 무심한 남편은, 눈물을 연신 닦아내는 아내를 보며 오래전 『숫타니파타』의 고독을 다시 떠올렸다. 가족도 버리고, 친구도 버리고, 모든 재산과 욕망을 다 버리고, 그저 혼자서 가라는 부처의 말씀이 무척이나 쓸쓸했던 기억 말이다.

그땐 그 말씀이, 그냥 모든 것으로부터 떠나 묵묵히 혼자 살라는 말씀인 줄로만 알았었다. 태양계를 떠나서도 묵묵히 전진하고 있을 보이저호의 침묵처럼, 마음만큼은 조용한 외톨이로 살라는 뜻으로 이해했었다. 하지만 나는 그렇게 홀로 살 용기가 없었다. 한동안 우울감에 휩싸여 살았더랬다.

그랬던 시절이 있었건만. 어느덧 세월이 한참 지나서야, 흐르는 눈물을 닦는 아내의 모습을 보게 되어서야 '혼자서 가라'는 한 줄의 말씀을 어렴풋이 이해한다. '자신의 소인됨'에서 '엄마로서의 부족함'을 떠올리는 모습. 바로 그 속에 '혼자서 가라'는 말이 있었다.

아내도 없이 혼자서 가라는 말씀이 어찌 현모양처와 이혼하라는 뜻이겠으며, 어찌 그간 살펴주신 부모님 떠나 산속 자연인으로 돌아가라는 뜻이겠으며, 모든 재산 털어서 어디 내다 버리라는 뜻이겠나. 부처님도 수만의 제자와 함께 살다 돌아가셨는데 말이다.

'혼자서 가라' 함은 도리어 나라는 세상, 나我라는 움벨트Umwelt의 모든 것을 뒤로 하고 진정한 홀로서기를 시작하라는 말일 것이다. 나라는 세계관我을 깨고 나와, 새로운 삶을 개척하라는 말씀이지 않겠나. 그것이 워낙 어려우니, 원래의 모습으로 돌아가고픈 욕망을 매몰차게 끊기도 힘들겠거니와 주변의 충고(겸 잔소리)가 워낙 매서우니, 거대한 코뿔소처럼 무겁게 혼자서 가라는 말씀. 그것이 아니었을까.

부처는 춘다라는 사람이 공양한 음식을 드시고 큰 탈이 나고, 그로부터 얻은 병으로 인해 돌아가셨다. 수많은 제자들이 부처에게 상한 음식을 준 춘다를 비난하려 하자, 부처는 말씀하시길 "춘다 덕분에 마지막으로 남은 이 몸을 버릴 수 있게 되었으니 어찌 고마운 일이 아니겠느냐"라고 하신다. 부처는 자신의 몸을 버림으로써 춘다를 아끼는 마음을 두고 떠나셨다.

불교에서는 혼자서 가는 경지를 무아無我라 한다. 어쩌면, 무아라는 것은 결국 남을 위한 삶에 발을 들임으로써 시작되는 것이 아닐까 한다. 나 자신의 소인됨만 걱정하는 삶보다 어머니로서의 모자람까지 걱정할 수 있는 삶이 더 넓지 않겠나. 나의 재산과 영광을 위해 기도하는 것이 아니라, 진정으로 남을 위해 걱정하는 삶. 그것이야말로 지금껏 살아온 '나'라는 세계를 벗어나 새로운 세계에 발을 디디는 모습 아닐까. 김동진이라는 이름의 여행자가 아빠라는 세계에 도달한 것처럼 말이다.

그러므로 소인에서 벗어나기 위한, 좋은 남편이 되기 위한, 좋은 아빠가 되기 위한 삶이라면, 이 또한 '혼자서 가는' 삶이 아닐까. 지금까지의 내 모습을 뒤로하고 새로 내디딘 광야의 매서운 바람에 흔들리지 않도록 붙잡아 줄 수 있는 서로라면, 그들이야말로 코뿔소보다 듬직한 존재가 아닐까. 흔들리는 서로에게 기대어 줄 수 있는 순진한 부부의 마음이라면, 코뿔소의 외뿔보다 무거울 수도 있지 않을까.

어쩌면 아빠가 된다는 것은 무아에 한발 가까워지는 것 아닐까.

흰머리

어언 10년쯤 묵은 이야기다. 영어 공부를 위해 떠났던 필리핀에서 만난 선생님이 한 명 있었다. 이름은 데니스. 아주 마른 몸에 커다란 눈이 아주 빛나는, 더운 날에도 언제나 잘 다려진 긴 셔츠의 소매를 접어 입었던 그. 포마드를 발라서 잘 빗어 넘긴 머리가 눈가의 주름과 꼭 잘 어울렸다. 분위기와 잘생김을 고루 갖췄달까. 〈화양연화〉의 양조위를 닮았더랬다.

데니스는 내가 지금껏 보아온 누구보다 영어를 잘했다. 다섯 가지 문법 형식에 맞추어 단어를 잘 배열하는, 그래서 '틀리지 않기'에 집중해 왔던 나의 영어와는 전연 달랐다. 그는 문장을 문학적으로 말할 수 있었다. 간단한 대화 중에도 셰익스피어와 디킨스를 자연스럽게 곁들일 줄 알았고, 틀리지 않은 문장과 더 나은 문장의 차이를 힘쓰지 않고도 알게 해주었다. 한마디 한 구절마다 교양이 묻어 나오는 그를 보며, 내 나이 서른 즈음에는 그와 같이 되고 싶었다.

왜 하필 서른 즈음이라 생각했냐면, 데니스가 마침 서른에 들어섰다는 단순한 이유 때문이었다. 정확한 나이를 묻지는 않았으나, 그는 언젠가 "삼십 대가 된 지 얼마 되지 않았다"라고 알려주었다. 눈동자의 차분함과 그 끝에 간간이 보이는 주름이 이십 대의 것일 수는 없었다. 더구나 가까이서 본 그의 머리칼엔 드문드문 흰 가닥이 보였더랬다.

가끔은 그의 흰 머리카락이 유독 눈에 띄곤 했다. 포마드로 잘 정리한 숱한 머리칼 중에 왜 그 한 가닥에 시선이 가는지. 그의 눈동자만큼 새카만 머리칼이었기에 그토록 얇은 한 줄 흰 선이 유독 눈에 띄었으리라. 종종 나의 눈이 그의 시선에서 미끄러져 올라가 흰 머리칼을 보고 있으면, 데니스는 잽싸게 손을 올려 흰 머리칼을 가렸다. 그러고서 씨익 웃으며 말했다.

"서양에서는 흰머리가 지혜를 상징해. 그러니까 내 흰머리 탐내지 마!"

그의 말을 듣고서야 생각해 보니, 정말로 흰머리는 어떤 지혜를 상징하는 장치로 많이 쓰이고 있었다. 간달프가 그랬고, 덤블도어가 그랬고, 산신령이 그렇고, 산타클로스가 그렇듯. 검은 머리 산타의 주머니에는 왠지 모르게 선물보다 장물이 있을 것 같달까.

물론 흰머리를 가졌다고 다 착한 역할만 맡는 것은 아닐뿐더러, 나이가 들어야만 지혜를 갖추는 것도 아니다. 간달프의 라이벌인 악역 사루만은 간달프보다 머리칼이 새하얗다. 어느 무협지에는 사랑하는 사람을 잃은 슬픔에 밤새 머리가 하얗게 세어버린 사람이 등장하기도 한다. 더군다나, 그렇게 슬픔을 승화시켜 만든 무공 '암연소혼장'으로 사람들을 때려잡고 다녔다고.

이렇든 저렇든. 데니스는 자신의 흰머리를 산전수전 겪어 얻은 지혜의 발화로 여겼다. 그는 훗날 나만의 흰머리를 갖게 되면 그것을 뽑지 말고 잘 간직하라고 말했다. 그의 말을 들으며 아주 어린 시절 족집게로 아버지의 새치를 뽑던 기억이 떠올랐다. 이제 와 셈을 해보니 그때의 아버지도 서른이 갓 넘은 나이였다. 외가 친가의 머리숱을 보아 탈모 걱정은 없으셨는지 아버지는 새치를 많이도 뽑았더랬다.

데니스를 보며 기대했던 그 나이. 어린 아들에게 새치를 뽑게 하던 아버지의 그 시절. 서른 너머. 그곳에 도착한 나. 주름이 늘고 체력은 후퇴할 조짐을 보일 무렵이 되어, 흰머리가 고개를 들기 시작했다. 설레었다.

데니스와 아버지에 대한 추억과는 별개로, 나는 어릴 적부터 나이 드는 것을 좋아했다. 어른이 되고 싶어 설날 떡국을 열심히 먹었다는 뜻은 아니다. 어른이라고 다 멋진 삶을 살고, 나이가 들었다고 다 멋있는 사람은 아니라는 것을 나는 일찍부터 알고 있었다. 어떠한 계기가 있었던 것은 아니지만, 돌이켜보면 어려서부터 이러한 사실을 눈치채고 있었다.

나는 왜 나이 드는 것을 좋아했을까? 답은 간단했다. 이전의 나보다 지금의 내가 더 낫다는 것을 직감할 수 있었기 때문이다. 눈앞의 간식을 참아낼 줄 알게 되었다든가, 키가 좀 더 컸다든가, 글자를 읽을 수 있게 되었다든가. 분명 이전의 나는 지금의 나보다 못한 것이 있었다.

누구에게나 흑역사가 있지 않던가. 그 기억이 과거에 봉인되어 있으니 다행히 흑'역사'라 하는 것이다. 굳이 흑'현실'로 체험하고 싶은 사람이 어디 있겠나. 그러니 나이가 들지 않는다는 것은 흑현실에 머문다는 의미다. 책상 공부에만 몰두하여 평생 산다는 것이고, 내가 보는 나의 모습에 심취한 병이 낫지 않는다는 의미다. 어느 외계인이 배송 실수로 어려지는 기계를 내게 주고 가더라도 나는 곧장 당근나라에 비싼 값으로 내어놓고 말 것이다.

이 대목에서 주의해야 할 부분은 '어림'과 '어리석음'이 동시에 일어나는 사태라고 오해하지 않는 것이다. 사람 A의 나이가 사람 B의 나이보다 많다는 가정이 A의 지혜가 더 출중하다는 결론으로 곧장 나아갈 수 없음을 누구나 알지 않던가.

나는 과거의 나보다 현재의 나에서 만족을, 그래서 조금씩은 나은 사람이 되어가고 있었다는 확인에서 즐거움을 느꼈다. 쉽게 말해, 시간 t에 대한 인간적 성숙을 함수 f라 한다면, f가 증가함수임에 만족스러웠다는 이야기다. 나는 과거의 나와 결별하는 일이 언제나 즐거웠다.

오래된 친구가 한 명 있다. 오래된 친구 중에 어느 한 명이 있다는 말이 아니다. 정말로, 나에게 오래된 친구는 딱 한 명 있다. 왜 그런 말 있지 않나, 6개월 이상 연락하지 않은 사람의 연락처는 과감하게 지워도 된다는. 이 말을 굳이 실천하고 사는 사람이 바로 나다. 구태여 친구를 두루 사귀지는 않는 편이니 당연히 오랜 친구는 더욱 드물다.

오랜 친구 S는 고등학교 같은 반에서 만나 어찌어찌 지금까지 인연을 이어오고 있다. 대학을 가게 되며 얼굴 보며 살기 어렵게 되었다가 같은 군부대 안에서 만나기도 하였다. 마침 취사병이었던 나는 식판 설거지를 하며 S에게 눈짓으로 아는 체하고, 배식을 하면서는 괜히 소시지 하나 더 얹어주기도 하였다. 고참이 되어서는 부식으로 남은 아이스크림을 몇 개씩 더 얹어주기도 하였고.

그러다 제대를 하고서 다시 각자의 삶으로 돌아가, 가끔 소식만 주고받으며 살았더랬다. 다행히 21세기 대한민국에 태어나 손가락 움직임 몇 번이면 문자로 소식을 주고받을 수 있었으니 참 다행이었다. 나이가 좀 더 들어서 S는 번듯한 서울의 대기업에 떡하니 취직을 하였고 나는 공부를 계속하였더랬다.

다시 몇 년이 흐르고. 공부를 그만둔 나는 남쪽 어느 큰 도시에 홀로 내려가 입시 학원 강사 생활을 시작하였고 S는 이직을 준비하기 시작하였다. 과거의 나는 참으로 모자라서, 세상에 힘든 일이 나에게만 찾아오는 것도 아닐 텐데 굳이 S에게 삶의 어려움을 토로하며 위안 삼았다. 낯선 도시에서 홀로 지내는 것이 얼마나 힘들고, 부모님과의 대화도 어렵고, 우울하고… 궁시렁 궁시렁.

이제야 돌아보면, S는 나보다 더 힘든 시절을 겪고 있었을 테다. 그러니 남들 부러워하는 번듯한 서울의 대기업을 뒤로하고서 이직 생각을 하였던 것인데. 그럼에도 S는 남쪽 그 먼 곳까지 찾아와 주었더랬다. 밖에서 술 한잔하고, 자취방에서 TV 보며 맥주 몇 캔을 따고. 그렇게 시간을 함께 보내어주었다. 잠에 들기 전, 당시 개봉했던 〈스타워즈〉 영화 광고가 TV에 나왔던 것이 기억난다. S는 〈스타워즈〉에 대해 설명해 주었다. 제다이가 어떻고 다스베이더가 왜 중요하며… S의 이야기를 들으며 잠이 들었던 기억이다.

그랬던 S는 얼마 지나지 않아 이직에 성공하였고 고향에서 근무를 하게 되었다. 그리고 다음 해에는 결혼 소식을 들려주었다. 오래 만나던 여자친구가 있었던 S가 언젠가 결혼이란 것을 하게 될 줄은 이미 알고 있음에도, 그것을 확정하는 소식에 번뜩 스친 생각은 반사적인 축하보다도 '진짜 결혼을 한다고…?'라는 의심이었다. S를 알고 지낸 모든 시간 동안에 그는 미혼남이었으니, 유부남이 된다는 말은 통계적 진실로 와닿지 않았다.

S가 건네주는 청첩장 봉투에 눌러써진 '김동진'을 볼 때도 그랬다. 상영시간이 되지 않은 영화표를 보는 느낌이랄까. S가 눌러쓴 내 이름에는 그의 고등학교 시절 필체가 남아있었다. 그러니 청첩장에서 느껴진 당시의 감정도 그저 모월 모일 모시 모장소에서 결혼식이란 것을 하는구나… 정도였다 고백함이 솔직하겠다.

결혼식 당일. 홀에서 내빈 맞이에 바쁜 S에게는 내가 그를 처음 만났던 때의 모습이 그대로 남아있었다. 어색하고 긴장된 움직임과 웃음에는 여전히 고등학생 S가 묻어있었다. 교복 대신 턱시도, 짧은 머리 대신 화장, 멋을 부린 티가 날 따름이다. 바쁜 S를 뒤로하고 식장에 들어가 적당한 자리에 앉아 높은 런웨이를

별 감흥 없이 보고 있었다.

시간은 조용히 흘러 결혼식이 시작했다. 누군지 모를 사회자가 이런저런 말을 하는가 싶더니 단상에 촛불이 켜졌다. 신랑 입장의 순간이다. 모든 조명이 꺼지고, 한 가닥 핀 조명이 런웨이 끄트머리를 밝혔다. S가 서 있었다. 고등학생 S가 아닌, 홀로 선 S였다. 그리고 들려온 목소리. "신랑 입장."

낮은 자리에서 높은 런웨이를 보았던 탓도 있겠으나, 평소답지 않게 높은 구두와 잘 빼어진 턱시도를 차려입은 탓도 있겠으나, 이후로도 볼 수 없을 머리 손질과 메이크업에 인물이 화사해 보인 탓도 있겠으나. 무척이나 근사했던 S의 모습을 올려다보며 눈시울이 시큰했다. 드디어, 정말로, 결국, S가 장가를 가는구나.

입장하는 그를 따라 조명은 런웨이를 훑고 지나갔고, 나는 뒤에 남은 어두운 런웨이를 보았다. 어두움 속에 남겨진 런웨이가 마치 우리의 시절 같았달까. 그와의 우정이 한 권 책이 된다면, 이로써 한 챕터가 마무리됨을 직감했다. 격 없이 지내던 시절이 결국 지나가는구나….

누가 보면 사연 있는 남자 같았으려나.

수학을 좋아하는 한 사람으로서 '삶은 우연의 연속'이라는 말을 좋아하지만, 동시에 보통의 한 사람으로서 '우연은 우리를 통해 인연이 된다'는 자세도 좋아한다. 입시 강사 생활에 회의를 느껴 새로운 삶을 찾던 시점에 모교에 자리를 잡게 된 것도 우연이고, 그렇게 돌아온 고향에 가족은 모두 귀촌하고 없어 다시 혼자 살게 된 것도 우연일 테고, 고향에서 만날 수 있었던 유일한 인연이 다시 또 S 한 명이었음마저 우연일 것이다. S가 서울에서 만나 결혼한 아내분도 같은 모교의 동갑내기였음도 우연이고, 내가 모시는 효자 어머니도 같은 모교의 후배라는 것도 우연이고. S가 아빠의 세계에 발을 들이고 몇 달 지나지 않아, 나도 그 세계에 합류하게 된 이 모든 일이 우연일 테다.

언제나 나보다 무엇이든 한참은 빠른 S다. 처음 만난 학창 시절부터 그랬다. 공부가, 취직이, 사회생활이, 연애가, 이직이, 결혼이… 모두가 그랬다. 책상 공부에서 빠져나온 것마저도 S는 빨랐던지라, 세상 물정 모르는 나를 보며 안타까워함도 빨랐다. 상대운동적으로 보자면 S의 입장에서 나는 언제나 조금 느렸던 셈인데, 그런 나를 언제나 챙겨주기 좋아했으니 S는 어른 됨에 있어도 앞섰다 할 수도 있겠다.

그렇게 앞섰던 S와 이제는 아빠 됨에 있어서는 '몇 달' 차이로 조금 가까워졌으니 감개가 무량하다. 다만, 아이는 어릴수록 빠르게 자라니 아빠 됨의 차이도 '몇 달'이라는 단어의 길이보다는 훨씬 크다. 아빠의 세계에서 시간은 매우 빠르게 흘러가더라. 그러니, S에게는 미안하게도, 나는 여전히 그에게 많은 도움을 받고 있다.

가끔 시간 내어 밥을 같이 먹고, 여의치 않으면 커피 한잔하며, 그마저도 여의치 않으면 문자를 주고받으며 아빠 준비나 임신한 아내를 모시는 일 등의 이야기를 나누는 중에 많은 것을 알게 된다. 정작 S는 그리 생각하지 않을지 모르겠으나 무엇이든 하루라도 먼저 겪어본 사람의 이야기는 뒷사람에게 도움 되는 법이다. 그가 아니었다면 아내의 입덧에 대처하지 못했을 테고, 출산 준비와 육아에도 공부가 필요하다는 것을 늦게서야 알았을 것이다. "늦었다고 생각할 때가 정말 늦었다"라고 누군가 말했는데. 그가 없었다면 정말 늦을 뻔했다.

언제부턴가 자연스럽게 S와 육아와 가정에 대해 이야기하고 있는 내 모습을 발견할 때마다 주책맞게도, 지난 시절로부터 우리가 얼마나 멀리 왔는지, 그래서 우리가 얼마나 나이 들어왔는지가 느껴진다. 색 바랜 교복을 입고서 학교와 입시에 대한 불만과 불안으로 대화를 채우던 때가 분명 있었는데, 이제는 둘이 조그만 테이블에 커피 한 잔씩 놓고서는 육아 용품에 대한 불만과 출산에 대한 불안을 나누며 앉아있다. S는 우리에게 이런 시절이 오게 될 줄 알고 있었을까.

어떤 사람들은 나이 드는 것이 싫다고 말한다. 오랜만에 친구를 만나서 나눈 담소가 자식 이야기, 가족 이야기, 재테크 이야기로 채워지는 모습을 발견하고는, 더 이상 자신에게 순수한 시절이 남아있지 않은 것인지 걱정한다. 바쁘게 살다 보니 바깥세상에 물드는 줄도 모르고, 속세 어딘가에 자신을 놓고 잃어버리고 온 것은 아닐까 하는 걱정 말이다.

물론 잃어버린 마음을 찾는 것은 실로 중요하다. 맹자께서 "세상 사람들은 아끼는 물건 하나 찾기 위해서는 그렇게 고생을 하면서, 잃어버린 자기 마음을 찾으려 하지 않는다"며 걱정하셨다지만, 그렇다고 방에 들어앉아 마음이나 갈고닦으라 말씀하신 것은 또 아니다. 물건을 좇아 바깥세상에 나서는 모습이 문제가 아니라, 내 마음 잃어버린 줄도 모르고 그걸 하고 있으니 문제라는 말이다.

육아든 재테크든. 오랜 친구 만난 자리에서 이야기로 삼기에 왜 부족하겠나. 그 이야기 속에 '나'의 마음을 담는다면 그것으로 충분하다. S와 내가 소아과 의사도 아니고 학회에서 만난 것도 아닌 이상에야, '나'를 온전히 배제하고서 육아 이야기를 하지 않을 수는 없지 않나. 종이 기저귀와 천 기저귀 중에 어떤 것이 더 알맞을지 머리 맞대고 고민하는 모습에서, 육아라는 공통의 관심사와 기저귓값에 대한 경제관념의 차이는 자연히 드러난다. 무엇을 걱정하고 어떤 답을 찾아가는지. 그 궤적에서 '우리의 무늬人文'가 드러난다.

그렇기에 나는 나이 드는 것이 좋다. 체력의 후퇴는 다소 아쉽지만, 아빠라는 세계를 모르던 건장한 시절보다는 흰머리 드문드문 보이며 아빠가 되어가는 지금이 훨씬 좋다. 연애와 취직으로 이야기를 채우는 어린 시절로 돌아가는 것보다, 아기 띠는 무얼 고르며 새것을 살지 중고를 살지 고민하는 요즘이 나에겐 더 값지다. 나이 드는 것이 걱정이 아니요, 나잇값을 못 할까 봐 걱정이다.

며칠 전에 만난 S에게서 흰 머리카락을 보았다. "히야. 이제 우리도 흰머리가 나기 시작하네"라 운을 떼며 나의 흰머리도 몇 가닥 보여주었더랬다. 그러니 S가 말하기를, 자신도 나처럼 흰머리를 뽑지 않는다 하였다. 그렇다고 흰머리를 가만두지는 않고, 그 가닥을 짧게 자른다 하였다.

그렇게 하는 이유를 물으니 S는 한 사람에게서 평생 자라는 머리카락의 개수가 정해져 있어서 뽑고 나면 다시 자라지 않는다 알려주었다. 그래서 흰머리가 보이지 않을 만큼 짧게 자르기만 하고 뽑지는 않는다고. 그의 말을 듣고서 나는….

'사람이 가진 모발의 개수가 10만 개 정도 된다. 이걸 만 원짜리 지폐로 환산하면 10억이다. 한 달에 500만 원씩 20년을 쓸 수 있는 돈인데, 10억 현금을 가진 사람이 1만 원, 2만 원 뽑아 쓴다고 차이를 느끼겠나. 훗날 머리카락 개수가 모자랄까 싶어 뽑지 않는 것이라면, 뽑아도 큰 차이 없다. 어차피 때가 되면 다….'

…라 말을 하고 싶었다. 그러나 하지 않았다. 나도 이제 흰머리가 생기기 시작했으니까.

데니스는 흰머리가 지혜의 상징이라 했다. 흰머리가 있는 사람은 지혜를 갖출 필요가 있었으니 나도 나잇값은 해야 하지 않겠나. 흰머리는 그저 멋이 아니다.

그날도 우리는 카페에 앉아 출산 준비와 육아에 대해 이런저런 이야기를 하며 시간을 보냈다. 유아차가 어떻고, 카시트가 어떻고, 백일해 접종이 어떻고… 직장 이야기도 어느덧 육아로 흘러간다. 서로의 직장에서 남편이 육아 휴직을 쓰는 분위기에 대해 얘기하거나 휴직 후의 계획을 얘기하는 식이다. 재테크 이야기도 어느샌가 육아 용품을 저렴하게 사는 이야기로 빠진다. 어떠어떠한 육아 용품이 있다던데 이러저러한 때 유용하다더라, 중고 마켓에는 얼마에 나와 있고 그러면 얼마를 아낄 수 있다는 식이다.

그렇게 우리는 또 커피 한 잔씩을 놓고 한참을 아빠 이야기로 채웠더랬다. 좁은 책상에서 검은 머리 맞대고 서로의 문제를 풀어주던 때가 있었는데, 이제는 흰머리 한 가닥씩 가지고서 서로를 살펴주는 때가 되었나 보다. 지혜란 나에게 돌이켜 남에게 베푸는 것이라 하였는데, 과연 흰머리가 그냥 난 것은 아닌가 보다.

많고 많은 우연이 소리 없이 삶에 쌓여왔듯, 앞으로도 우리 삶에 많은 우연이 쌓여갈 것을 우리는 안다. 삶에 많은 흰머리가 자라난 때가 분명 찾아올 것 또한 우리는 안다. 그렇기에 나는 S와 어느 책상에 조촐히 커피 한 잔씩 놓고 앉아 서로를 살펴주는 나날이 여전하기를 바란다.

각자가 그리는 삶의 무늬는 점차 바뀌어 가겠지만, 그렇기에 서로가 가진 고민도 점차 바뀌어 가겠지만, 지금보다 더 많아진 흰머리를 맞대고 책상 앞에 앉아 여전히 서로를 살펴주었으면 좋겠다. 점점 옅어지는 서로의 머리 색을 보며 지난 시절을 좋은 마음으로 떠올리는 날이 오면, 서로가 서로에게 오랜 친구로 남아 주었으면, 그러면 좋겠다.

S의 이쁜 딸이 무사 출생하기를 소원하며 쓴다.

결과론 : 태몽과 성별

임테기(임신테스트기) 위로 떠오른 선명한 두 줄을 확인하고 며칠 뒤. 혈액 검사로 정확한 임신 사실을 확인한 우리 부부는 당분간 임신 소식을 감추기로 하였다. 자연적인 유산도 워낙 많다고 하니 안정적인 때가 오고서 대외에 알림이 좋겠다는 판단이었다.

임신 초기에는 사소한 움직임 하나에도 워낙 조심해야 할 일이 많기에 오히려 초기일수록 주변이 돕도록 알려야 한다는 것이 나의 논리였으나, 세상이 그렇게 이상적으로 반응하지 않음을 일찍이 깨달은 아내는 스스로의 조심으로 대비하겠다 하였다. 무엇보다 아이를 직접 품은 사람의 의견이 그러하니 나는 조용히 비밀을 품기로 하였다.

그리고 다음 날. 아내는 하루를 넘기지 못하고 비밀을 누설하였다. 퇴근한 아내가 왠지 눈길을 피하는 듯하여 혹시나 하는 심정에 "임신한 거, 어디에 말한 건 아니죠…?"라 물으니 아내가 말하기를 "어쩔 수 없었어요!"이라 하더라. 도저히 비밀을 참고 있을 수가 없었다고. 친한 동료 선생님은 물론이거니와, 이미 친정에도 소식을 전하였다고.

허허허. 비밀이란 두 사람이 아는 순간 더 이상 비밀이 아니라더니. 비밀로 하자던 우리 두 사람의 선언은 그렇기에 처음부터 무효였음을, 논리의 완결성보다도 실현 가능성을 먼저 따져야 한다는 가르침을 아내는 이렇게 또 알려주는구나… 하며 감사하였더랬다.

그리하여 저녁 식사를 마치고 나는 어머니에게 전화를 드렸다. 식사는 하셨는지, 집에 별일은 없었는지 등 시시한 이야기로 얘기를 빙빙 돌리기만 하였다. 임신 소식을 입 밖으로 꺼내기가 어렵더라. 아들이 아빠가 된다는 것은 분명 좋은 소식이거늘, 어떤 문장으로 어떻게 알려야 할지. 알 수 없었다.

이럴 때 필요한 것이 선생先生이다. 먼저 겪어본 사람이 필요한 타이밍이다. 나는 아내에게 어물쩍 바통 넘기듯 전화를 떠넘겼다. 갑작스러운 바통 전달에 아내는 잠깐 당황하고서 이내 본론으로 들어갔다.

"어머니! 저희 임신했어요!"

곧장 본론으로 직행하는 아내의 단도직입을 보며 전화기 너머로는 "꺄륵!"이라든가 "어머!" 소리가 들릴 줄로 예상하였다. 그러나 세상은 그렇게 이상적으로 돌아가지 않았다. 어머니는 아들 부부의 임신 소식에 이리 답하셨다.

"으응. 우리는 이미 알고 있었어!"

아버지가 며칠 전 꿈을 꾸셨다고 한다. 꿈속에서 아버지는 커다란 앵두나무에서 큼지막한 앵두를 하나 따서는 맛있게 드셨다고. 꿈이 너무 선명하고 내용이 뜬금없어서였는지, 분명 태몽이라 생각하셨단다. 그래서 이미 임신 소식을 '알고' 계셨다고.

통화가 끝나고 아내는 무척이나 신기해했다. 어떻게 임신 시기에 딱 맞추어 꿈을 꾸게 되었는지, 태몽이란 게 실제 있는가 보다 하며 열심히 '앵두 먹는 태몽'을 검색하기에 나섰다. 아내의 상기된 모습에 나는 잠자코 있었더랬다. 왜냐면, 한 편으로는 아내가 낭만에 머물게 그냥 두고 싶었던 마음이 컸음이고, 한 편으로는 아버지가 꾸신 범상찮은 꿈이 몇 번이나 빗나간 것을 나 스스로 체험했기 때문이다.

내가 임용고시에서 두 번 낙방하고 세 번째를 위해 준비하고 있던 시절. 아버지는 어느 날 낮잠을 자다 꿈을 꾸었다고 하셨다. 꿈속에서 아버지는 나의 시험 합격증을 양손에 쥐고 계셨다고 한다. 그런데 어느 산신령 같은 백발의 호호 할아버지가 스르륵 다가오시더니 대뜸 "이번엔 양보해주지 마!" 하고 호통을 치시더란다. 아버지는 얼떨결에 "알겠습니다" 답하고는 합격증을 힘껏 꼭 쥐며 꿈에서 깨었다고 하셨다. 필시 이번엔 시험에 붙을 것이라 하셨다. 그리고 나는 그해 임용고시에 장렬히 떨어졌더랬다. 아버지가 그간 말없이 얼마나 아들을 걱정하셨으면 그런 꿈을 꾸셨을까 싶었고, 이름 모를 산신령의 호언장담도 구제 못한 나의 무능에 한껏 우울했던 기억이다.

그러니 아버지가 꾸신 태몽은 일견 낭만적이면서도 묘하게 결과론적이라는 느낌을 떨날 수가 없는 것이다. 꿈에 앵두가 나왔다는 이유로 배 속 아이의 존재는 물론이거니와 분명 딸일 것이라 스스로 믿으시는 부모님의 모습에 나는 상당히 불안했다. 딸이 아니라 아들이면 실망하실까 불안했다는 뜻이 아니다. 너무나 흐릿한 근거 위에 세워진 '손녀딸'이라는 구조가 불안했다.

아니나 다를까, 알아본 바에 의하면 과일이 등장한 태몽의 경우엔 아이의 성별을 점치는 데 있어서 과일의 종류보다는 과일 속 씨앗의 유무가 더 중요하였다. 씨앗이 있으면 아들이고 씨앗이 없으면 딸이라는 식이다. 앵두는 씨가 있는 과일이다. 그러니 꿈속 앵두의 상징을 믿는 아버지의 논리에 따르자면 아들이 올바른 결론이어야 했다.

여기서 반전이 일어난다. 몇 주의 시간이 지나 부모님 댁을 찾은 우리 부부는 자연스레 다시 아버지가 꾼 태몽 이야기를 하게 되었는데, 꿈에서 아버지가 먹은 앵두에는 씨앗이 없었다는 것이다! 모로 가도 서울만 가면 된다 했던가. 씨앗 유무에 대한 이야기는 전혀 알지 못한 채, 단지 꿈에 나온 과일이 앵두라는 이유만으로 딸이라 생각했던 아버지의 결론이 또 맞았다.

게다가 부모님과 함께 초음파 사진을 보던 아내는 사진 속 난황의 위치가 태아의 왼쪽에 있다는 이유로 딸일 것이라 추측했다. 실제 난황의 위치와 아이의 성별은 전연 상관이 없다고 의사 선생님이 확언해 주었지만 아내의 추측과 아버지의 꿈은 결국 시너지를 일으켰다. 우리 아이는 점차 딸이 '되어가고' 있었다. 나는 불안했다.

임신 12주 차에 이르면 각종 정밀검사를 받게 된다. 정밀한 산모 혈액 검사와 초음파 검사를 하게 되는데, 운이 좋으면(?) 이때 아이의 성별을 알 수 있는 경우가 있다고 한다. 확실한 것은 아니지만 말이다.

우리 부부는 운이 좋았던 것일까. 초음파 검사를 하는 동안 의사 선생님이 말씀하시길, "뭐가… 보이네요?"라 하시는 것이다. 초음파 검사 화면을 손가락으로 가리키며 "여기가 머리고 여기가 허리, 여기가 다리인 거 보이죠? 여기 골반 쪽에 뭐가 있는 거 같은데…" 하는 곳을 따라 살펴보니, 과연 뭔가 있더라. 돌출된 무언가가 있었다. 3D 화면으로 보아도 과연, 그곳에는 무언가 있었다. 다리 사이. 무언가.

초음파 검사가 끝날 즈음 선생님은 "아마, 60-70퍼센트 정도로… 맞을 거예요"라 의미심장하게 말씀하셨다. 검사가 끝나고 집으로 가는 길에 아내는 무언가가 찍힌 초음파 사진을 보며 "아들인가 봐!"라 하였다.

앵두와 씨앗과 난황과 무언가. 각기 다른 근거들이 각자의 논리를 따라 나름의 결론으로 치닫고 있었다. 꿈풀이에 기대고 있는 앵두와 씨앗. 초음파라는 물증에 기댄 난황 위치와 무언가. 과학적 상관관계가 모호한 앵두와 씨앗과 난황. 그리고 눈에 선명히 보이는 무언가.

이들 사이의 교통 정리는 얼마 후, 2차 정밀 검사에서 이루어졌다.

시간은 흘러 흘러 4주 뒤. 임신 16주 차. 2024년 2월 28일. 오후 네 시. 우리 부부는 산부인과를 찾았다. 평소처럼 아내는 몸무게와 혈압을 재고, 나는 체중계의 숫자가 보이지 않는 곳에 멀찌감치 앉아서 멀뚱히 있었다. 접수가 끝나고 곧장 진료실에서 호명하는 소리가 들렸다. 아내와 나는 진료실로 들어갔다.

지난 정밀 검사의 결과를 안내받았다. 다행히 이런저런 수치들이 모두 정상이었다. 일상에서는 우리 몸의 '문제 없음'에 대해 의심치 않는 편이지만, 이상하게도 매번 이러한 검사 결과를 들을 때는 조금 긴장이 된다. 혹시나… 하는 걱정 때문이다.

곧장 이어진 초음파 검사 때도 그랬다. 눈에 띄게 자란 아이를 보며, 안심과 걱정이 동시에 일어난다. 잘 자라고 있어 보여 대견하고, 혹시나… 싶은 마음에 검사 과정을 귀 세워 듣는다. 어느새 딸이니 아들이니 하는 생각은 사라지고 없다.

그런 중에 의사 선생님이 하시는 말씀.

"흐음… 뭐가 안 보이네요…?"

뭐가 안 보인다는 거지…? 잠시 머리가 멈춘 듯하다. 아이한테 무슨 이상이 있는 걸까. 안 보인다는 것은 보일 때가 있다는 것이고, 보일 때가 있다는 것은 관찰할 일이 있다는 것이고, 관찰할 일이 있다는 것은 중요하다는 뜻 아닌가? 대체 뭐가 없다는 거지. 손가락? 발가락? 눈? 코? 입? 설마… 심장은 아니겠지?

나의 복잡한 머리를 아는지 모르는지, 이상하게도 침대에 누운 아내와 초음파 스틱을 잡은 의사 선생님의 표정은 평온하다. 이내 의사 선생님이 초음파 화면의 어느 부분을 짚으시며 말씀하셨다.

"흐음… 여기가 다리 쪽인데… 뭐가 안 보이네요. 그렇죠? 여기 다리 쪽에 하얀 세 줄 보여요? 이렇게 세 줄이 보이면 여아인 거예요. 딸인데요? 딸, 괜찮죠?"

'여기'가 대체 어디인지, 세 줄이 뭘 의미하는지는 모르겠으나 '딸'이라는 말은 용케 알아들었다.

딸이란다. 돌고 돌아서. 딸이란다. 우리 효자는 딸이었다. 아니, 딸이다. 고로 나는 딸내미 아빠가 된다. 딸바보가 될지 딸천재가 될지는 모르겠으나. 여하튼 딸 아빠다.

앵두와 씨앗과 난황. 이 모두의 예측이, 결과적으로 맞아버렸다. 오히려 몇 주 전 선명히 보였던 무언가는 초음파의 잡음이었거나 전혀 상관없는 것을 우리가 잘못 해석한 결과였다. 결론이 맞는다면 부실한 근거는 과연 부실한 것이고, 결론이 틀렸다면 선명한 근거는 과연 선명한 것인가?

나는 모르겠다. 부모님에게는 태몽을 통해 예상한 결과가 그대로 드러났으니 앵두 꿈은 무엇보다 선명한 근거일 것이다. 실제로, 모든 검사가 끝나고 어머니께 전화 드려 효자가 딸이라는 검사 결과를 말씀드리자 어머니는 "아니, 계속 딸이라고 했잖니?"라며 오히려 의심 많은(?) 우리 부부를 놀라워하셨다.

집으로 돌아온 아내는 저녁 식사를 하며 말하길 "4주 동안 아들인 줄 알았는데, 괜히 섭섭하네요"라 하더라. 딸일 확률이 여전히 30-40퍼센트나 남겨져 있던 상황에 어찌 아들이라 생각하였으며, 딸이라서 섭섭할 일은 또 무엇인가 싶었다.

그러다 이내 이해하고 말았다. 태몽을 꾸기 한참 전부터도 꾸준히 "딸이 좋다"라고 아들에게 직접 말해온 우리 아버지가 생각나서 그랬다. 아버지도 누군가의 아들이면서 딸을 원했는데 아내라고 그러지 말라는 이유가 있을까.

후에 안 것이지만, 딸만 셋 있는 처가에서도 손녀를 원했고 아들 하나 있는 우리 집에서도 손녀를 원했다고 한다. 딸부잣집은 딸을 많이 키워보아서 손녀를 원했고, 아들 하나 있는 집은 아들만 키워보아서 손녀를 원한다고 하였다. 아버지와 장인께서도 손녀를 바라셨으니 이쯤 하여 아들로 태어난 나는 반성할 시점이 된 것이리라.

남편들이여.

혹시 부모님이, 또는 장인 장모님이 '손녀'를 원하시지는 않으십니까?

만약 그렇다면, '잘하라'는 신호일지도 모르겠습니다.

덧1) 나는 꿈을 원체 꾸지 않는 편이나 꿈을 꿀 때는 아주 짙은 것으로 꾼다. 대통령을 만나 식사를 같이 한다든가, 돌아가신 이건희 회장과 저녁 만찬을 한다든가 하는 식이다. 물론 로또 당첨은 안 됐다. 1등 당첨이 안 된 정도가 아니라, 번호를 하나도 못 맞혔다. 이건희 회장이 나서도 안 되는 건 안 되는 건가 보다.

덧2) 효자가 우리에게 오기 한 달 전쯤. 나도 태몽을 꾸었다. 한 달이나 전부터 꾼 꿈을 태몽이라 할 수는 없겠지만 워낙 꿈이 선명하고 좋아서 내 맘대로 이것을 태몽이라 하기로 일찍 정했다. 선 태몽 후 임신이랄까. 대통령과 이건희 회장을 만나는 일보다 좋은 꿈이었다. 무슨 꿈이었는지는 비밀이다.

덧3) 효자의 태몽 이야기를 어느 딸 가진 엄마에게 해주었더니 "진짜 태몽이라는 게 있기는 한가보다!" 하고 박수를 치셨다. 이유인즉슨, 자신이 임신했을 때에 꿈에서 커다란 딸기를 먹었다는 것이다. "딸기는 씨가 없는 과일이니까 딸을 낳았나 보다"라고 하였다. 꿈에 먹었던 딸기가 그렇게 향이 좋고 달콤했다고 덧붙였다. 딸기는 과일이 아니라 채소다. 그리고 딸기의 씨앗은 속에 있지 않고 겉에 있다. 표면에 노랗게 오돌토돌 박힌 그것이 모두 씨앗이다. 물론, 이런 사실을 입 밖으로 꺼내지는 않았다. 낭만을 위해.

덧4) 최근엔 오랜 친구 S가 함께 등장하는 꿈을 꾸었다. 꿈에서 S와 나는 아주 새파랗고 투명한 바닷물이 있는 갯바위 근처를 걷고 있었다. 걷던 중에 바라본 바닷물에서 하얗게 물이 뿜어져 나왔다. 마침 지나가던 고래가 숨을 내뿜는 모양이었다. 그 고래가 우리 가까이로 다가오기 시작했다.

바로 발밑까지 다가온 녀석은 파란 새끼 고래였다. 에메랄드빛 바닷물이 얕은 그곳에서 새끼 고래가 살랑살랑거렸다. 파란 고래는 한참을 그러다 깊은 바다로 돌아갔다. 바다로 가는 고래를 보며 꿈에서 깨었다. 믿거나 말거나. 꿈에 나오는 고래는 태몽, 귀인, 풍요를 암시한다고 한다.

외동

역시나 사람의 기억력에는 한계가 있는 것인지, 나이가 점점 들어갈수록 또렷한 과거의 기억이 점점 잊혀간다. 어찌 보면 삶이란 머리부터 꼬리까지의 길이가 정해져 있는 것이라서, '나'라는 좌표의 머리가 시간 축을 따라 흘러가는 동안 삶의 꼬리도 머리를 따라 총총 끌려와야 하는 일일지도 모르겠다. 드물게 선명한 색깔로 기억나는 아주 오랜 장면들이 있지만, 그것은 이미 한 장의 사진처럼 선명하게 멈춰버린 '순간'이 되고 말았다.

하나의 매끄러운 영상, 움직이는 모습으로 기억할 수 있는 장면들 중에 가장 오래된 녀석은 초등학교 시절의 어느 날이다. 그 장면 속에서 나는 홀로 TV 앞에 앉아 총각김치와 맨밥만으로 저녁을 먹고 있다. 기억하기를, 그로부터 꽤나 오랫동안 나는 혼자였다.

주변 친구들에게는 으레 형제가 있었다. 형이나 누나, 또는 동생 중에 하나는 꼭 있는 녀석들이 대부분이었고, 아주 드물었지만 이 모두를 가진 친구도 있었다. 물론 나처럼 외동으로 자란 친구들이 없지는 않았으나 주변에 한둘 있을 뿐이었다. 대부분은 혼자가 아니었다.

우연히 내 주위에만 외동이 적었을지 모를 일인 듯싶다가도, 삼십 대에 들어선 지금까지도 내 또래 사이에서 외동이란 말이 좀처럼 나오지 않는 것을 보면 그 시절엔 외동이 드물기는 하였나 보다 하는 생각을 굳히게 된다.

그러니 필경 어린 시절의 나는 부모님께 "왜 나는 외동이에요?"라 물었겠지만 너무 오래전 일인지 기억 속에 이런 장면은 없다. 효자가 찾아온 최근에서야 부모님께 왜 나를 외동으로 기르셨냐 여쭈니 "그럴 형편이 안 되었다"라고 짧게 설명하실 뿐이었다.

3남 2녀 중의 넷째로 태어난 아버지와 오빠 하나 있는 막내딸 어머니. 무엇이든 할아버지와 아버지와 장남을 거쳐 내려와야만 했던 당시의 분위기 속에서, 부모님은 아래쪽에 훨씬 가까웠다. 부모님은 그런 가족 문화 속에서 자라며 느낀 바도 있으셨거니와, 일거리를 찾아온 도시에서 홀로 독립하여 생활비도 부족한 때에 둘 이상을 낳기는 어려우셨다고. 어머니는 나를 배었을 때 고기가 무척 드시고 싶으셨으나, 그럴 여유가 없어 햄을 대신 구워 드셨다고 한다.

이러한 상황에서 의탁할 가족 없이 오롯이 아이를 책임져야 하는 어느 젊은 부부에게는 '아이 둘'이란 현실적인 문제였다. 어쩌면 부모님의 판단이 옳았을지도 모를 일이다. 고기 대신 햄을 먹으며 배 속에서 키워낸 아이가 태어난 기쁨을 누린 지 얼마 되지 않아 우리나라는 경제위기에 부딪혔더랬다. 아이가 하나만 있어 그나마 다행이었다. 내가 아홉 살 되는 해, 아버지는 일자리를 찾아 먼 곳으로 떠나셨다.

나는 자라며 무척이나 '자유롭다'고 생각해왔더랬다. 학교에서 만난 친구들은 하루가 멀다 하고 형제들과 싸운 이야기를 무용담처럼 늘어놓았다. 동생이 자기 옷을 함부로 입는다는 둥, 형 때문에 컴퓨터 한번 편하게 쓰기 어렵다는 둥. 어떠어떠한 이유로 다투는 관계는 그나마 나은 축이었다. 서로의 존재 자체를 싫어하는 형제도 있었으니 말이다.

그에 비하면 나는 너무도 자유로웠다. 학교를 마치고 돌아온 집엔 아무도 없었으니 말이다. 냉장고도, TV도, 컴퓨터 게임도. 오로지 나의 의지대로 할 수 있었다. 누구에게 자리 양보해줄 고민 없이, 맘에 들지 않는 옷을 물려 입는 짜증 없이, 다툴 걱정 없이 뒹굴거릴 수 있었다. 혼자라는 것이 그리도 편했다.

더욱이 학교를 마친 후에 다른 친구들처럼 학원을 이리저리 배회하지 않아도 되었다. 집에서 좋아하는 책을 몇 번이나 다시 읽고, 시간 맞추어 TV 만화를 보다 그마저 심심하거든 동네 서점으로 갔다. 가서, 구석 어딘가에 혼자 앉아서 아무 책이나 꺼내 읽었었다. 도서관도 아니고 대여점도 아닌, 정말 판매하는 책을 진열해 놓았던 동네 서점. 그곳에서 맘에 드는 책을 맘에 드는 만큼 읽었다.

돌이켜보면, 서점 사장님은 철없는 아이의 방문이 무척이나 껄끄러우셨을 테다. 어려운 시절에 책 한 권 사지 않으면서 색이 이쁜 진열 책만 손때 묻혀가며 읽고 있으니 말이다. 그래도 사장님은 나를 가만히 두셨다. 무슨 생각으로 그리하셨는지는 모르겠으나 세월이 꽤나 지난 지금까지도 무척이나 감사하다. 너무나 감사해서, 요즘도 그 동네 서점이 있던 골목을 지날 때면 이제는 사라지고 없는 서점 자리를 꼭 바라보곤 한다.

서점에서 책을 맘껏 보다 어머니가 퇴근하실 시간이 어둑어둑 찾아오면 집으로 돌아갔다. 학교에서 내어준 숙제를 하며 어머니를 기다리다 가끔은 어머니의 퇴근이 늦어졌고, 또 가끔은 어디선가 술에 얼큰해져 휘청이며 오셨지만 그냥 어른은 그런 건가 보다… 하고 말았다. 불 꺼진 작은 방에 홀로 누워있자면, 온 동네의 침묵이 들릴 만큼 주변은 조용했다. 조용해서 편안했다. 편안해서 자유로웠다.

톨스토이는 『안나 카레니나』를 시작하며 "행복한 가정은 모두 닮아있지만, 불행한 가정은 모두 저마다의 사정으로 불행하다"라고 하였다. 아마도 톨스토이가 우리 집 사정을 몰라서 그리 썼을 것이다. 우리 집은 별다른 것 없는 이유로 한동안 불행하였다. 예상보다 길어진 가정 경제의 궁핍, 생각만큼 쉽지 않은 별거 생활, 점차 잦아지는 어머니의 늦은 귀가. 그리고 가정 불화라는 뻔한 결과.

외동아들인 것이 참으로 다행이었다. 보살펴야 할 동생이 있었다면 나의 삶은 더욱 곤란했을 것이고, 의지할 형 누나가 있었다면 나는 무척이나 칭얼대었을 것이다. 혼자였기에, 그저 감내하면 되었다. 부모님의 큰 다툼에도 그저 들리지 않는 척 홀로 잠자리에 들면 그만이었고, 안 보이는 척 학교 공부만 열심히 하면 되었다. 고개 숙인 탁발승처럼, 광야를 걸어가는 코뿔소의 외뿔처럼, 그렇게 홀로 걸으면 그만이었다.

속세의 번잡함을 견디기에는 역시 외동이 편하구나… 느꼈던 사춘기였다. 편안해서 자유로웠다.

한 아이가 부모와 떨어져 오랫동안 홀로 지내다 보면 필연적
으로 어떤 문제에 부딪히게 된다. 스스로 저녁밥을 차리고, 책을
읽고, 공부하고, 그러다 보면 어느새 아이는 홀로 생활하는 법을
알게 된다. 요즘 세상이 그렇게나 강조하는 '자기 주도성' 말이
다. 반면에 부모는 아이가 홀로 떨어져 나가기 전, 무척이나 어
려서 부모에게 많은 것을 의탁했던 시절을 여전히 기억한다. 그
시절로써 아이를 여전히 바라본다.

처음엔 이러한 괴리가 그리 크지 않게 다가온다. 대학에서 만
난 친구가 어떻고, 무슨 일이 있었고 등등의 시시콜콜한 이야기
에는 부모와 자식 사이의 괴리가 존재감을 뽐내지 않는다. 삶은
고난 앞에서 비로소 덩치가 드러나는 법이다.

점차 삶에 고난이 하나둘 쌓여가게 되어서야, 취직난에 허덕
이고 사회의 고독함에 망연한 때가 되어서야 괴리가 무척이나
크다는 것을 깨닫게 된다. 내 삶에 찾아온 어떤 우울과 행복도 이
괴리 앞에서는 그저 어린아이의 일기와 같이 쪼그라들 뿐이다.
여전히 어린 시절의 모습으로 나를 기억하는 부모 앞에서 '나의
삶'이란 그저 '자식의 삶'이 된다.

부모님이 계셨기에 이번 생을 선물 받았고, 그렇기에 어디서

나 누군가의 자식일 수밖에 없음은 당연한 일일 테다. 자식이 어디서든 아프지나 않을까 걱정하는 것이 결국 부모의 마음이라는 말씀도 이해한다. 그러나 '나'라는 한 사람이 겪는 우울과, 고난과, 기쁨이 부모님 앞에서는 모두 '자식'이 겪는 일로 해석되는 사태 앞에서 나는 무척이나 무력감을 느꼈더랬다.

'나'라는 삶이 부모님의 "그땐 그렇지"라든가 "나도 그땐 그랬었다"는 말씀 속에 흔적 없이 용해되는 과정을 몇 번이나 겪으며, 그제야 나는 이 괴리의 계곡이 무척이나 깊음을 알았다. 점오점수漸悟漸修였달까. 취직난을 겪으며, 빌딩 숲속 원룸에 홀로 누우며, 선생이 되어 학생들 앞에 서며, 교사라는 사회생활을 겪으며, 나는 어린 시절 겪었던 편안함이 실은 자유가 아니었음을 점차 깨달아갔다.

편안함이란 실상 외로움의 뒷면일 뿐이었다.

나는 나의 자식들에게 많은 형제가 있기를 바랐다. 이런 나의 바람을 하늘이 아신 걸까. 곧 만나게 된 아내는 딸만 셋 있는 집의 첫째였다. 물론 어느 집에나 풍파는 있기 마련이라 아내도 자라며 무지개 꽃길만 걸어온 것은 아니었지만 특유의 끈끈하고 돈독한 분위기가 끝없이 그 가족을 뭉치게끔 하였다.

정작 아내는 이러한 나의 관찰에 매번 아니라고 손사래를 치지만, 처가를 방문할 적마다 딸을 꼭 안아주시는 장인과 볼에 뽀뽀를 주고받는 자매들을 멀뚱히 보고 있자면 되려 아내에게 손사래를 되돌려주고 싶은 마음이다. 나에게 형이 있었다면 과연 나는 형에게 볼뽀뽀를 하였을까. 생각해 보면 도통 긍정적인 답이 나오지 않는다. 악수 정도는 할 수 있겠다. 포옹과 뽀뽀가 오고 가는 장면 앞에서 어쩔 줄 모르고 멀뚱히 선 나의 이질감을 장인께서도 눈치채셨는지, 어느샌가 포옹 대신 악수로 맞아주시고 있다. 다행이다.

아마도 이런 분위기에 젖어 살아서 그럴 텐데, 아내도 많은 아이를 갖기를 원해왔다. 언젠가 아내에게 '많다'의 기준이 어찌 되냐 물으니 아내는 답하기를 셋은 낳아 기르고 싶다 하였다. 나와 마음이 딱 맞았다. 그래서 결혼식을 올리기 전부터 틈틈이 이쁜 이름을 수집하기 시작했다.

셋은 낳아야 하고, 성비가 어찌 될지 모르니 여자아이 이름 셋과 남자아이 이름 셋으로. 총 여섯의 이름을 모았더랬다. 이런 이유로 식도 올리기 전에 여섯 이름부터 지었음을 언젠가 부모님께 말씀드렸는데 아버지는 이 말을 '여섯을 낳겠다'는 말로 이해하셨던 것 같다. 아버지는 결혼식 주례를 보시는 중에 "젊어서 그런지 패기가 있어서 좋기는 한데… 여섯은 좀 많은 거 아닌가?"라 하셨더랬다.

결혼식에 오셨던 하객분들 중에는 아직까지도 '여섯' 사건을 기억하시고서, 종종 "여섯 진짜로 낳을 거야?"라 진지하게 물으시는 경우가 있다. 나도 처음에는 "아니 그게 아니고, 아이 셋을 낳고 싶어서 이름을 정하다 보니 남자 이름 셋, 여자 이름 셋이 필요했고…"라 미주알고주알 변명 아닌 변명을 했지만, 요즘은 그냥 이마저 귀찮아져서 "농구팀 구단주가 꿈이라서요. 첫째는 감독시킬 겁니다"라 하고 만다.

이쯤 이야기를 하면 어느새 또 '나'의 이야기를 '자식'의 이야기나 '뭘 모르는 사람'의 이야기로 듣는 경우가 생기기 마련이다. 실제로 아이를 많이 낳고 싶다는 말을 꺼내면 곧장 듣게 되는 답이 "하나 우선 낳아보고 생각해"라든가 "아직 애를 안 길러봐서 그렇게 말하는 거야"라는 말이다.

나는 이런 답을 거부한다. 이런 식의 답은 십 대의 어린 학생에게도 하지 않는 말이다. 새 학기를 맞아 패기 어린 마음으로 공부 계획을 다잡은 아이에게 '아직 뭘 몰라서 그런 것이니 천천히 생각해 보라'는 선생님은 없다. 무리 말라는 조언은 할 수 있을지언정 "아직 공부를 안 해봐서 모르네"라는 식의, 충고를 빙자하여 나의 관점으로 기 꺾는 말은 절대로 하지 않는다.

율곡 이이가 『격몽요결』에서 공부의 시작은 '뜻을 세우는 것立

志'이라 하였다. 우선 뜻을 크게 세워야 실천을 하게 되는데, 선생이 되어서 학생의 뜻부터 꺾어버리는 말을 하고 싶지는 않다. 큰 뜻이라면 북돋워 주고, 그 공부 길에 부족한 것은 없는지 같이 살펴주고, 차차 지치는 기색이 보이면 다시금 응원해 주는 것이 선생의 노력이고 먼저 경험해 본 사람先生의 품격이라 생각한다.

어느 날 둘째를 가졌다는 어느 분에게 "사람들이 하나 낳아 기르기도 힘들다던데, 어찌 둘을 낳으실 생각을 하셨냐" 물었던 적이 있다. 그러자 그분은 말했다.

"아이 낳아서 키우는 게 확실히 힘이 들기는 하지. 잠도 못 자고, 피곤하고, 귀찮은 일도 많아. 돈을 떠나서, 체력이 필요한 거 같아. 아이 안아주고 기저귀 가는 일 때문에도 그렇지만, 아내랑 서로 도와서 키우려면 짜증을 안 내야 하거든. 근데 그 힘듦보다 아이를 키우면서 느끼는 기쁨이 더 큰 것 같아. 힘드니까 보람이 있는 것 같고. 그래서 둘째가 있으면 더 좋을 거 같더라고."

힘드니까 보람이 있다는 말에 나는 마음을 굳혔다. 힘듦이 어찌 사람을 가려서 오겠나. 누구나 '부모 되기'는 처음으로 겪는다. '자식 됨'은 태어나며 세상이 자동적으로 손에 쥐여주는 것이라면, '부모 되기'는 스스로 붙잡아야 한다.

힘듦을 이유로 붙잡지 않는 결정을 탓할 생각은 전혀 없다. 앞서 말하였듯 각자의 삶에는 각자의 이유가 있으니까 말이다. 나의 부모님 또한 먹고 산다는 힘듦에 봉착하여 외동아들만을 두기로 결정하셨고, 그 덕에 어찌 되었든 크나큰 혜택을 홀로 누릴 수 있었으니까. 누구나 자신의 삶에서 최선의 결정을 내리고 있음을 나는 믿는다.

다만, 이제야, 한 아이의 아빠가 되어서야 깨달은 작은 사실을 말하고 싶을 뿐이다. 그건 다름 아닌 '편안함이란 실상 외로움의 뒷면'이라는 것이다.

인간은 고독을 이겨내려 종교를 갖고 밤하늘을 보며 무리를 짓는다. 댓글로 사람들의 반응을 살피고 블로그 글을 공유하며 누군지 모를 사람과 온라인 게임을 한다. 누구는 고독을 사랑하여 시를 쓴다지만, 읽히지 않는 시는 너무나 슬픈 일이다.

사람도 그렇다. 읽히지 않는 사람은 너무나 슬픈 일이다. 그렇기에 나는 나의 아이가 누군가에게 부단히 읽히는 사람이 되었으면, 그래서 외롭지 않기를 바란다. 편안함이 외로움의 뒷면이라면, 나는 아이가 조금은 불편하게 살기를 바란다. 그렇게 불편함 속에 자라 훗날 외로움으로 과거를 기억하지 않기를. 때로는 하기 싫은 양보를 해야 하고 때로는 귀찮음에 발버둥도 치겠지만 말이다.

게다가 아직 남은 아기 이름이 다섯 개다. 아껴뒀다 뭐 하겠나.

우리 아이들이, 그리고 아내와 내가 한껏 불편하게 살면 좋
겠다.

덧) 아기 이름 필요하신 분, 나눔해 드립니다.

오동통

아내의 발이 오동통해졌다. 정확하게는 발바닥이 오동통해졌다는 말이 맞겠다. 여느 날처럼 아내의 손발을 꾹꾹 주물러주며 이런저런 수다를 떨던 중에 문득, 손에 느껴지는… 뭐랄까… 그립감이랄까. 손맛이랄까. 여하튼 아내의 발을 쥐고 있는 손에서 느껴지던 감각이 그날따라 유달리 느껴졌다. 어제와 오늘의 사이에 어떤 경계를 넘어섰길래, 어제는 안 그랬던 발이 오늘 유독 도톰하였다.

나의 착각인가 싶어 아내에게 그대 발바닥의 오동통함에 대해 물으니, 과연 본인도 요즈음 신발이 작아지는 것 같았다고 하였다. 게다가 어느새 3월이라 나와 같이 교사인 아내는 서서 수업하고 아이들을 지도하는 일이 많아져 부기가 다소 심해진 것 같다고.

어디선가 임신 기간이 16주 차쯤 접어들면 임산부의 손과 발을 비롯한 몸 전체가 다소 붓는다는 말을 읽은 기억이 났다. 때마침 우리는 임신 16주 차를 지나고 있었다. 사람 개개인의 개성과 자율성이 그렇게도 강조되는 시절이건만, 시절이 무색하게도 여전히 사람의 몸에는 어떤 보편성이 묵묵히 자리하고 있음이 새삼스러웠다.

다음 날이었던 토요일. 우리 부부는 사람이 붐비기 전에 일찍 근처의 대형 백화점으로 나섰다. 아내의 편한 걸음을 위해 좋은 신발을 사러 갔다.

임신한 아내와 외출을 하기 전에 남편은 의외로 신경 써야 할 일들이 많다. 우선 갑작스러운 아내의 입덧에 대비하여 언제든 쉬어갈 수 있게 여유 있는 외출 계획을 세워야 한다. 그리고 갑작스러운 아내의 먹덧에 대비하여 언제든 뭘 먹일 수 있게 까까도 몇 개 상시 준비해야 한다.

원활한 수분 공급을 위해 물도 조금 챙겨가야 하고, 길거리의 담배나 매연에 노출되지 않게 시선을 멀리 두고 경로를 분주히 살펴야 한다. 운전 중이라면 긴장을 늦추지 말고 내부 공기 순환 버튼을 재깍재깍 눌러줘야 한다. 마치 아이를 데리고 외출하는 것과 비슷하다. 아이가 아내의 배 속에 있으니 당연한 것일까. 아내를 보필하다 보면 종종 아이 맞이를 연습하는 느낌이 들곤 한다. 생명이란 참으로 신기하다.

신경 써야 할 일이 많다고 하였으나, 그렇다고 하여 귀찮고 손이 가는 일만 있는 것이 아니다. 세상이 좋아져 '임산부 전용 주차 칸'이 생겼으니 주차 난도가 확연히 낮아지기도 한다. 이쯤에서 솔직한 고백을 하자면, 나 자신이 임산부의 남편이 되기 전에는 임산부 전용 주차 칸에 주차하고 내리는 남자들을 볼 때면 옹졸한 마음을 가졌더랬다. 조수석에서 임산부가 함께 내리는 모습을 보았음에도 운전 당사자는 임산부가 아니라는 사실에 주차 공간을 찾아 뺑뺑 도는 나의 처지와 비교하여 질투하였었다.

그런 때가 있었는데. 정작 나 자신이 임산부를 보필하게 되어서야 모든 사정이 이해된다. 분홍색 임산부 전용 주차 칸이 단순히 주차의 편의를 위함이 아니고 내린 후의 이동 경로의 편함까지 고려한 것임을. 아둔한 나는 꼭 겪고 나서야 깨닫게 된다.

그러니까 보건소에서 발급해 주는 '임산부 차량 등록 스티커'를 임산부와 함께 배우자의 차에도 붙일 수 있도록 하나 더 발급해 주면 좋겠다. 정작 운전대를 잡는 사람은 임산부 본인이 아닌 경우가 많다.

여하튼, 이러저러한 이유로 분홍 주차 칸에 편히 주차를 마친 우리 부부는 신발 매장에 무사 도착하였다. 친구 S에게 추천받은 신발을 여러 번 신었다 벗었다, 걸었다 앉았다 해보며 심사숙고를 거쳐 한 켤레를 샀다. 이쁜 구두 대신 운동화를, 명품매장 대신 운동복 브랜드에서, 그것도 아주 오랜만에 한 켤레를 사주는 나의 비자발적 검소함에 어쩔 수 없이 미안함이 솟아났지만 정작 아내는 이 한 켤레 운동화에 고마워해 주었다. 나는 아내가 고마워해 줘서 고마웠다.

그렇게 쾌속으로 '신발 사기'라는 목표를 달성한 우리 부부는 곧장 백화점에서 철수하기로 하였다. 여전히 이른 시간임에도 점차 백화점의 인구밀도가 증가하는 것이 느껴졌기에 화장실을 잠깐 들른 후에 서둘러 집으로 돌아가기로 하였다. 한창 시절엔 자정 가까이에도 번화가로 외출하곤 했던 아내였는데 어느새 나를 닮았는지 많은 사람 속에서 쉽게 피로하게 되었다. 피로가 찾아오기 전에 화장실 팻말을 찾았고, 우리 부부는 각자의 화장실로 들어갔다.

각자의 정비(?)를 마친 후 다시 만난 우리는 귀갓길로 나섰다. 백화점이란 으레 크다 보니 주차장으로 다시 돌아가는 길에도 적잖은 시간이 필요했다. 그 길에는 이런저런 신상품들이 전시되어 있고, 그 전시된 물품을 구경하는 사람들도 많고, 그 많은 사람들 중에는 아이들도 많고, 그 아이들을 보다 보면 이런저런 생각이 들기도 하니 말이다.

그러다 함께 걷던 아내가 부모 손을 붙잡고 온 아이들을 보며 문득 물었다.

"남자 화장실에도 기저귀 갈이대가 있어요?"

'기저귀 갈이대'가 무엇인지 모르는 독자분을 위해 잠깐 설명하자면, 아기의 기저귀를 어른이 허리 굽히지 않고 갈아주기 위한 목적으로 설치된 선반 또는 테이블이라 생각하면 좋다. 기저귀 갈이대가 남자 화장실에'도' 있냐고 묻는 아내의 말에는 "(여자 화장실에'는' 있는데)"라는 괄호가 숨겨져 있음이 당연하다.

아내에게 여자 화장실에는 기저귀 갈이대가 있냐 물으니, 모든 여자 화장실이 그런 것은 아니지만 이렇게 큰 쇼핑몰의 경우에는 흔하다고 말해주었다. 그간 살아오며 여자 화장실에는 화장을 고치기 위한 큰 거울이나 공간이 있다는 소문까지는 들어보았지만, 기저귀 갈이대의 존재는 처음이었다.

물론 가끔 남자 화장실에 설치되어있는 간이 기저귀 갈이대를 본 일이 있다. 벽면에 커다랗고 넓적한 베이지색 플라스틱판이 덩그러니 붙어 있는 경우가 있는데, 판 윗부분의 홈에 손을 넣어 당기면 판이 분리되며 입처럼 벌어진다. 판의 반은 여전히 벽에 붙어있고, 벌어진 반은 벽에 붙은 부분과 ㄴ자 모양이 되며 고정된다. 그렇게 벌어진 ㄴ자 판 위에 아이를 올려놓고 기저귀를 간다.

그러나 이마저도 없는 곳이 허다하다. 남자 화장실의 경우 우선 그 공간을 좁게 만드는 일이 허다하다. 당연히 간이 기저귀 갈이대의 너비와 그것을 이용하는 데 필요한 부수적인 여유 공간 자체가 부족해진다. 그런데 간이 기저귀 갈이대도 아니고 그냥 기저귀 갈이대가 있다니. 상상치도 못했다. 상상치도 못하고 살았기에 영영 모르고 살 뻔했다.

학교에서 아이들과 공부하며 항상 강조하는 것이 있다. 바로 '배움은 아는 것과 모르는 것의 경계에서 일어난다'는 사실이다. 모르는 것을 아는 것이 정말로 아는 것이라 하지 않나. 이미 알고 있는 것을 적용하여 문제를 풀어낸다 한들, 그래서 문제를 후루룩 풀고 맞혀서 그 위로 빨간색 동그라미를 힘차게 그려본들, 기분 좋을 일이 대체 무얼까 싶은 것이다. 그렇게 수백 수천 문제를 풀어서 다 맞히면, 그 문제를 푸는 시간 동안 대체 무엇을 배운 것일까.

빨간색 동그라미 자체가 중요한 것이 아니라, 동그라미 아래에 적힌 문제가 어떠한 것이었는지가 더 중요하다. 아는 것과 모르는 것의 경계에 있는 것들로 이루어진, 그래서 '안다'라고 하기에 애매하고 '모른다'라고 하기엔 조금만 더 생각해 보면 될 것 같은 문제. '앎과 모름'의 경계를 부지런히 탐색하다 해결하여 그려낸 동그라미만 오직 유효하다. 단순히 빨간 동그라미만 무수히 그리고 싶었다면 덧셈 뺄셈 연습용 학습지만 주야장천 풀었으면 되었을 일이다.

그러니까 진짜 유효한 공부는 언제나 '경계'에서 일어날 수 있는 것이다. 아는 것과 모르는 것을 잘 분별하며 듣고, 풀고, 배우고, 읽고, 묻는 일이 그렇기에 중요하다. 이는 공부의 요령 같은 것이 아니라, 오직 지식의 본성이 그러하기에 당연한 것이다. "지식이란 무엇인가?"와 같은 철학과 인식론에 대한 길고 긴 이야기를 할 수도 있겠지만, 결국 그 본질에 있어서는 한 줄로 요약될 뿐이다. "'A'라 말하려면 'A가 아닌 것'이 있어야 한다"가 한 줄 요약이다. 앎이란 그저 A와 A가 아닌 것 사이의 구분이다.

갑작스럽게 이런 문장을 쓰니 뭔가 있어 보이는 듯싶겠으나 별다른 이야기가 아니다. 울타리가 없는 운동장은 운동장이 아니듯 '남편'이란 단어는 '남편이 아닌 사람'이 있어야 구분이 된다. 종이는 희고 글씨는 검으니 지금 이 순간 독자들이 이 책을 읽을 수 있듯 말이다. 세상에 종이도 희고 글씨도 희면, 사실 종이와 글씨는 그야말로 유명무실할 것이다. 남편과 남편이 아닌 사람의 구분이, DNA도 아니고 젠더 이슈도 아니고 철학도 아닌, 그저 화장실이었다는 사실에 놀랍지 않을 수 없다.

이러니까, 엄마들이 아이들 데리고 쇼핑 오기 꺼리는 것이다. 남편을 같이 데려오면 뭐 하겠나. 무거운 짐을 들거나 운전대를 대신 잡아주는 데는 쓸모가 있겠지만 그도 잠시뿐이다. 짐은 카트에 싣고 운전은 분홍 주차 칸이 도와준다. 결국 한두 시간이 넘는 쇼핑 동안 아이의 볼일을 책임지고 처리하는 일은 엄마의 몫이다. 남자아이든, 여자아이든 기저귀를 차고 있다면 그 뒷일은 전적으로 엄마에게 결국 달렸다.

문제는 '결국'이란 지점이다. 짐을 카트에 싣든, 분홍 주차 칸의 도움을 받든 쇼핑에 남편의 몫 또한 분명히 있다. 그마저도 카트를 이용하기 힘든 백화점이나 분홍 주차 칸이 없는 주차장에서는 오로지 남편의 역량에 맡겨야 한다. 남편의 노고를 모르는 바 아니며, 나 또한 한 아내의 남편으로서 인정받고 싶은 부분이다. 그럼에도 이러한 갖가지 노고가 '유동적'임에는 반론의 여지가 없다. 아내가 스스로 자신의 짐을 챙겨 들고, 분홍 주차 칸이 없는 주차장에선 조금 멀어도 걸어서 이동할 수 있기 때문이다. 여차하면 답답한 남편 대신 운전대를 잡는 아내도 있다더라. 그러나 기저귀 갈이에는 어쩔 수 없는 장벽이 있다. 남자가 여자 화장실에 들어갈 수는 없는 노릇이다.

게다가 이러한 고정적 역할을 조장하는 것이 있으니 바로 우리의 '무지'다. 남자는 남자 화장실에 기저귀 갈이대가 없으니, 이것이 남자에게'도' 필요한 것인지 모른다. 모르니까 모르고 산다. 여자는 남자 화장실에 기저귀 갈이대가 없는지 모른다. 안다 하여도 '왜' 없는지는 모른다. 모르니까 또 모른다.

우리나라만큼 교육열이 뜨거운 나라도 잘 없는데, 그렇게 죽자 살자 배운 교육(사실은 입시라 하고 싶은데) 중에서 단연 중요한 것이 수학 아닌가. 수학책 어느 것을 펼쳐보아도 나오는 것이 '식'이다. 방정식이든 부등식이든, f(x)=g(x) 꼴의 '식' 말이다. 식式이란 말은 의외로 "넌 항상 이런 식이야!"라는 맥락의 '식'에서 자주 쓰인다. 방식方式을 줄여서 그냥 식이라 쓰고 있다.

그런데 이 '식'을 잘 들여다보면, 한쪽에는 f(x)가 있고 한쪽에는 g(x)가 있다. 이 둘을 '='라는 기호가 이어준다. f(x)와 g(x)가 같아지는 지점, 즉 '좌변과 우변의 공통점'이라는 한국말을 기호로 번역하면 'f(x)=g(x)'이다. 서로 다른 둘 사이의 공통점이라는 번역어를 배워온 것이 우리 모두가 겪은 수학 공부의 역사, 공교육 12년의 전부다. 그런데 이마저도, 화장실에서조차 써먹지 못하고 있는 듯하다.

남자와 여자의 공통점에 대해서는 말하자면 끝이 없겠지만, 적어도 남편과 아내의 공통점은 당연히 '가정' 아니겠나. 그런데 왜 남자 화장실에는 기저귀 갈이대를 놓을 공간조차 없냐는 말이다. 없으니까 모르고, 모르니까 필요를 못 느끼고, 못 느끼니까 남편과 아내 사이에 고정적 균열이 생기는 것 아닐까. 대체 우리는 수학 시간에 무얼 배웠던 것일까. 어쩌면 남편과 아내 사이의 육아 불균형이라는 갈등의 기원은 화장실 아니었을까.

그런 고로 남편도 아기 기저귀 갈이에 참여하기를 바란다면 백화점 화장실부터 고쳐야 하는 것 아닐까… 싶은 생각이 무척이나 들었다. 그래야 오며 가며 기저귀 가는 남편이 하나둘 보이고, 그러면 화장실 오가는 남자들 사이에서 남편도 기저귀 갈이를 한다는 자연스러운 생각이 생기지 않을까. 위생에도 더욱 신경 쓰게 되고. 출산 장려금도 좋지만, 쫌, 인간의 기본적이고 생리적인 바탕부터 살펴주는 사회적인 분위기도 중요하지 않을까.

집으로 돌아와 낮잠을 한숨 자고 일어나니 벌써 오후가 뉘엿뉘엿 넘어간다. 뭐 했다고 주말이 반쯤 지나버렸는지. 벌써 저녁 식사를 준비해야 하는 시간이다. 오늘 저녁 식사는 며칠 전 지역 농산물 센터에서 구입한 묵은지와 돼지고기를 넣어 푹 끓인 김치찜이다. 다행히 물 넣고 김치 넣고 돼지고기 넣고 오래 끓이기만 하여 식사 준비에 품이 들지 않아 좋다. 주말엔 역시간단한 게 최고다.

저녁 식사를 끝내고 아내를 소파에 앉힌 다음 손을 주물러주기 시작했다. 발도 오동통해지더니 손도 어느새 조금 부어있다. 왼손 약지에 낀 반지가 힘겨워하는 듯 보인다. 흡사 손오공 머리를 조이고 있는 긴고아 같다. 반지를 조금 위로 당겨보니, 과연 손가락에 전에 없던 반지 자국이 선명하다.

부기가 가라앉으면 좋겠건만 임산부에게 부기는 어찌할 수 없는 것이라 당분간은 반지가 더 조여들 듯싶다. 아쉽지만, 당분간 반지는 빼두어야겠다. 아내 손에서 빼낸 반지를 나의 왼손 새끼손가락에 끼웠다. 다행히 딱 맞는다. 아내의 왼손 약지에는 반지 자국이 뚜렷했다. 부기에는 호박차가 좋다고 하니 이제 물을 끓일 적에 호박차를 자주 끓여두어야겠다.

잠자리에 들기 전에 침대에 누워 호박차를 주문했다. 누운 자리에서 손가락 몇 번 움직여 호박차를 주문하고 하루이틀 내에 집으로 받아볼 수 있으니 참 좋은 세상이다.

기왕 좋은 세상이 된 거, 앞으로는 남자 화장실을 넓혀주는 출산 장려 정책이 나오면 좋겠다. 넓어진 평수에 기저귀 갈이대도 놓아주고 말이다. 화장실 앞에는 기저귀 자판기도 같이 놓아주면 더 좋고. 사람들이 자주 다니는 곳이니 말이다.

눈에서 멀어지면 마음에서 멀어진다니, 눈에 가까이 보이는 만큼 마음에 가까워지는 것도 없다. 눈이 닿는 곳부터, 발이 자주 닿는 곳부터 생각하는 마음이 세상에, 이 좋은 세상에 더 많아지기를 바란다.

근사近思¹한 백화점이 더 많아지기를 바란다.

---

1 근사-하다(近思하다)
  높고 먼 이상을 좇지 아니하고 자기 몸 가까운 곳을 생각하다.

권위주의 리트머스

나는 학교에서 아이들을 가르치는 선생님이다. 고등학교에서 수학을 가르친다. 아내도 마침 학교 선생님이다. 아내는 중학교에서 가정을 가르친다.

여기까지의 글을 쓰는 중에 '선생님'이라는 단어가 두 번 등장했다. 그리고 두 번의 '선생님'을 쓰기 전에 나는 두 번 망설였다. 언젠가 '선생님'이라고 나 스스로를 소개하는 글을 어느 독자분이 읽으시고서 하신 말이 생각났기 때문이다. 스스로를 '선생님'이라 칭하는 모습에서 어떤 권위주의적인 느낌이 든다며 '교사'라 호칭을 바꾸어 소개하는 것이 좋겠다고 하셨다.

권위와 권위주의는 구별되어야 한다는 것이 나의 주의인지라, 대체 선생님이라 스스로를 소개하는 글이 어떻게 권위주의적으로 읽히는지 의아했던 기억이다. 권위는 스스로 만드는 것이고 권위주의는 없는 권위를 마치 있는 듯 속여서 주입하는 행태를 일컫는다. 요즘 세상에 선생님이라는 단어만으로 주어지는 권위는 대체 어디 있고, 설사 있다 한들 교사라는 단어로 바꾸어 말하는 정도로 없어질 권위라면 그게 어떻게 권위란 말인지.

권위라는 말이 낯설다면 '존경'으로 바꾸어 이해해 보자. 존경은 받는 것이 아니라 얻는 것이 아니던가? 존경할 자격이 있는 사람을 마땅히 존경하는 것이지, 존재 자체만으로 존경해야만 하는 사람이 어디 있나? 예수님, 부처님도 그분들이 남기신 삶의 자취가 고귀하기에 기꺼이 따르는 것이거늘 어찌 보통의 한 인간이 대뜸 존경을 받아야만 하나?

권위도 마찬가지다. 권위를 받으려면 노력해야 하고, 노력 없이 권위의 열매만을 누리려 한다면 권위주의가 된다. 확실히 공문서에는 선생님 대신 '교사'로 바꾸어 기재해야 한다. '김동진 선생님'을 '교사 김동진'으로 바꾸어 쓰는 식이다. 그러나 이것은 공문서를 읽고 기록하는 이들이 학교의 직접 관련자가 아니기에 그러할 뿐이다.

정작 매일 마주하는 학생들은 나를 '선생님'이라 불러준다. 더군다나, 가끔씩 뵙게 되는 학부모님마저도 한참은 어린 나에게 언제나 '선생님'이라 불러주신다. 그렇게 수여 받은 선생님이란 말을 아끼지 않고 쓰거늘 이를 권위주의적이라 해석한다면 참으로 곤란한 노릇이다. 선생님이란 말을 꾸준히 듣기 위해 들이는 나의 노력이 사실무근이라는 말밖에 더 되는가 말이다.

말할 수 없는 것에 대해서는 침묵하라는 말이 있듯, 말해지지 않는 말은 쓸모가 없는 법이다. 선생님이라는 말은 아이들이 말해주었기에 있게 된다.

선생님 소리를 듣기 위해서는, 당연하게도, 우선 아이들이 입밖으로 말해주어야 한다. 그러려면 아이들이 무리하지 않고 소리를 내어도 들릴 만한 가청 거리에 있어야 하고 그만큼 가까이 다가와야 한다. 문자나 메시지로 소리 없이 말할 수도 있겠으나, 그러려면 서로 연락처를 주고받아야 하는데 이때 필요한 심리적 거리는 가청 거리라는 물리적 거리보다 훨씬 짧다.

또다시 당연한 이야기지만, 가까이 다가오려면 가까이 다가오고 싶어야 하고, 가까이 다가오고 싶으려면 가까이하고 싶은 사람이어야 한다. 친구는 아닐지언정 멀리하고 싶은 불편한 사람이어서는 또 안 되는데, 수학 수업과 생활지도를 하면서도 아이들에게 불편하지 않은 사람으로 남는다는 것이 얼마나 힘들고 고단하고 어려운 일인 줄 알까.

그뿐이랴. 선생님이라는 단어는 뒤에 곧 따라올 문장의 서두와 같다는 사실을 떠올려보자면 나는 아이들에게 어떤 '필요'가 되기도 하여야 한다. 풀리지 않는 문제의 힌트를 얻을 필요가 될 때도 있고, 심심하여 장난을 걸고 싶은 필요가 되기도 하고, 학교생활에서 어떠한 허락이나 궁금함을 해결할 필요이기도 하고, 때로는 인생 먼저 살아본 나이 많은 형으로서 연애 조언에 필요하기도 하다.

누군가에게 필요가 된다는 건 그만큼 인정받는다는 뜻이다. 그러한 인정의 징표가 나에게는 선생님이라는 호칭이다. 개학한 지 얼마 되지 않아 얼마 전까지만 하여도 어색했던 아이들에게서 선생님이란 호칭이 들려오기 시작하고 자주 이런저런 이야기를 나누기 시작하면 그것으로 비로소 나의 노력에 권위가 부여된다. 선생님으로서의 권위가 주어지는 순간일 테다.

이렇게 얻어낸 '선생님' 호칭을 두고서 '교사'라는 말로 바꾸어 쓰라 한다면, 게다가 그 이유가 권위주의에서 출발하는 것이 타당한 논리라면, 세상 모든 엄마와 아빠에게도 '엄마, 아빠'라는 말은 권위주의적이니 '보호자'라고 바꾸어 쓰라 일러줘야 할 일이다.

그게 어떻게 같은 논리냐 싶은 독자분들도 있겠으나, 잠시만 숨을 고르고 다시 이 꼭지의 첫째 줄로 돌아가 보자. 돌아가서 '선생님'을 '엄마, 아빠'로, '교사'는 '보호자'로 바꾸어 읽어보자. 그러면 어떻게 같은 논리가 탄생하는지 알 수 있을 것이라 믿는다.

권위가 있는 것과 권위주의적인 것은 분명 다른 일이다. 앞뒤를 바꾸어 생각하여서는 안 될 노릇이다. 모든 권위는 조용하지만 대부분의 권위주의는 시끄럽다. 권위주의는 소음을 만들어내기 마련이다. 그 증거를 알고 싶다면 당장 아무 신문이나 펼쳐 찬찬히 읽어보자. 몇 장 넘기지 않아 권위주의의 시끄러움이 들려온다. 정말 큰 소리는 정작 들리지 않는 법인데 말이다.

이 또한 앞뒤를 바꾸어 '들리지 않는 것이 큰 소리'라 오해하면 안 될 일이다. 대부분의 권위주의가 소음을 만들어내기는 하지만 종종 숨죽여 조용한 권위주의도 있음이 사실이다. 그러니 소음의 정도가 권위(주의)와 큰 관계가 있음은 분명하지만, 그렇다고 하여 이를 분별할 리트머스 종이로 삼기에는 무리가 따른다.

그렇다면 권위와 권위주의를 판별할 좋은 방법은 무엇일까? 그 방법이란 분명 권위와 권위주의의 명백한 차이점에서 기인할 것이다. 권위는 타인이 부여하는 것이며, 권위주의는 스스로 만드는 것이라는 차이. 권위는 실체가 있는 것이고, 권위주의는 그렇지 않다는 차이. 이 차이를 파고들 수 있는 리트머스 종이를 나는 두 가지 갖고 있다. 두 가지 권위주의 리트머스 종이가 완벽한 것은 아니지만, 아직까지는 매우 유용하게 사용하고 있다.

첫 번째 리트머스 종이의 이름은 말ᇣ이다. 말이라 쓰인 이 종이는 주로 타인의 권위(주의)를 판별할 때 주로 쓰인다. 자신에게 비추어 사용할 수도 있으나, 개인적인 경험으로는 타인에게 적용할 때 효과가 뚜렷했다. 사람은 스스로의 말에 대해서는 둔감하고, 타인의 말에는 민감하기 때문이다.

권위주의적인 사람은 말이 많다. 입에서 나오는 단어의 개수가 많다는 뜻이 아니다. 쓸모없는 말인 경우에 그렇다. 이를테면, 소인小人의 경우에는 말이 참 많다. 떳떳한 일에 있어서는 이를 뽐내고 싶어서 안달복달이다. 아무도 아무것도 묻지 않았거늘 스스로 입을 열어 이런저런 일이 있었다고 위용을 자랑한다. 정말 떳떳한 사람은 떳떳하니까 별말이 없다.

잘한 일이 있어도 그렇다. 소인의 경우에는 칭찬을 들으면 이를 동네방네 알리고 싶어 한다. 아무도 아무것도 묻지 않았거늘 스스로 입을 열어 이런저런 일이 참 잘되었다고 말한다. 정말 잘한 사람은 칭찬에도 자신의 모자람을 먼저 보아 사양한다. 별말이 없다.

떳떳하지 못한 일에 있어서 소인의 입술은 참으로 쉽게 들썩인다. 아무도 아무것도 묻지 않았지만 어떤 오해로 어떻게 일이 불거졌는지 미주알고주알 내어놓기 바쁘다. 정말 떳떳하지 못한 사람은 떳떳하지 못하기에 할 말이 없다.

잘못한 일이 있어도 그렇다. 소인의 조그마한 마음은 자신의 잘못에서도 쉽게 남 탓을 찾는다. 자신은 장난으로, 농담으로, 가벼운 마음으로 한 일을 상대가 옹졸한 마음에 크게 부풀려 받아들인다는 식이다. 요즘 말로 가스라이팅이라 하던가. 정말 잘못을 저지른 사람은 할 말이 없다. 어느 것을 잘못했고, 이유 막론하고 사과하며, 고치겠다. 이것이 할 말의 전부다.

없는 일을 말로써 크게 만들고 작은 일을 말로써 있어 보이게 만든다면 그것이 바로 권위주의다. 은밀할수록 드러날 때 밝은 법인데, 권위주의는 보통 앞뒤를 바꾸며 만들어진다. 요컨대, 권위주의는 권위가 만들어지는 시간과 노력을 견디지 못하는 데서 탄생한다.

두 번째 리트머스 종이에 쓰인 이름은 '괴로움'이다. 지금까지 말하였듯, 권위는 주어지는 것이며 권위주의는 스스로 만드는 것이다. 그래서 진짜 권위를 가진 사람 중엔 정작 자신의 권위를 모르는 사람이 있고, 진짜 권위주의자 중엔 정작 자신의 헛됨을 모르는 사람이 있다. 있어도 있는 줄 모르고 없어도 없는 줄 모르는 사람이 주변에 있다면, 이 리트머스 종이를 나눠줘 보자. 이번 리트머스 종이는 특히 셀프 테스트에 용이하다.

일반적으로 과학 수업시간에 만나보는 리트머스 종이는 물질이 닿은 부분의 색이 변하게 된다. 물질이 산성이면 붉은색으로, 염기성이면 푸른색으로 변한다. 그런데 나의 리트머스 종이는 색이 아니라 느낌으로 변한다. 바로 '괴로움'이다.

권위는 타인으로부터 부여받은 것이기에, 권위 있는 사람에게 반대 의견이란 그저 타인의 반대 의견일 뿐이다. 그 반대가 자신을 향한 것이 아님을 안다. 설사 그렇다 하더라도 타인의 의견에서 취할 바를 취하는 것으로, 때로는 양보하는 것으로 자신과 타인 사이의 거리를 여백으로 둔다. 그렇게 타인과 함께하니 멀리 가고 오래간다. 권위는 억지로 가청 거리를 좁히려 하지 않는다.

권위주의는 스스로 만들어 부여한 것이기에 권위주의에 반대함은 오롯이 자신에게 반대하는 의견이 되고 만다. 설사 그렇지 않다 하더라도 타인의 의견에서 자신이 동의하는 부분만 꼽아 취하고, 때로는 상대를 양보'시켜' 타인을 자신에게 수렴토록 한다. 그렇게 홀로 가려 하니 발병이 나고 만다. 짜증은 덤이다. 권위주의에게 '거리'란 무의미하다.

그러니 권위주의는 괴로움이라는 파도다. 그저 받아들이거나 고치면 될 것을 그러지 아니하니, 게다가 '자신'에 대한 반대로 여기니 괴로울 따름이다. 괴로워서 또 말이 많아진다. "아니, 나는 그런 의도로 얘기한 게 아니고…" 운운. 괴로우면 집착이고 말이 많아지면 구차해진다.

권위는 구차하지 않다.

선생님을 교사로 바꾸어 쓰라는 오래전 말이 지금까지 마음에
남은 것도 모자라서, 이러쿵저러쿵 써놓은 긴 글을 다시금 둘러
보니 나 또한 권위주의를 벗어날 수 없는 소인임을 인정해야겠
다. 말을 너무 많이 했고, 괴로움이라는 파도에 쉬이 휩쓸린 모
양새다. 반성해야겠다.

본래는 아내와 내가 그간 교직에서 만나온 학생들에 대한 이
야기를 하고 싶었다. 길지는 않지만 짧지도 않은 교직 생활 중
에 만나왔던 아이들 중에 가장 탁월했던 아이들. 성적의 높고 낮
음을 떠나 "우리 효자가 커서 저 아이의 반쯤은 따랐으면 좋겠
다" 싶은 마음이 드는 그런 아이들. 우리 부부가 각자 다른 시간
과 환경에서 만났던 그 아이들이 가졌던 공통점을 언젠간 꼭 글
로 남겨두고 싶었다.

이런 당초의 목표는 반만 달성한 듯하다. 아이들에 대한 이야
기는 하지 못하였고, 권위 있고 권위주의적이지 않은 어른의 이
야기는 넘치게 한 듯하다. 어쩌면 이러한 반쯤 된 성공이 오히려
잘된 일일지도 모르겠다. 아이들에 대한 이야기는『선생님의 목
소리』에 충분히 실려있고 요즘 나의 관심사는 '좋은 어른 되기'니
까 말이다. 그러니 이 글을 읽으신 독자분이라면『선생님의 목소

리』도 함께 읽어주시라. 허허허.

어른이 되면 입은 닫고 지갑은 열라고 누가 그랬는데, 내 지갑은 열어도 먼지만 폴폴 나니 입이라도 꾹 닫고 살아야겠다며 오늘도 다짐한다. 세상의 수많은 소인 중 한 명으로서 말을 않고 산다는 일이 참으로 어렵지만, 쉽지 않으니 여러 번 다짐하며 살아야겠다고 이중으로 다짐한다.

세상에나⋯ 말을 줄이겠다는 다짐의 말을 하면서 말이 점점 길어진다. 정말로 줄여야겠다. 딱! 한 줄만 더 쓰고 끝내자.

세상의 소인들이여. 말을 줄이자. 그리고 좋은 어른이 되자. 그래서 좋은 부모가 되자.

벚꽃 피는 계절에

세는 방법에 따라 조금씩 다르지만, 보통 임신 40주 차쯤 출산이 이루어진다고 한다. 우리 부부는 며칠 전 임신 20주 차를 맞이했다. 처음 임신을 확인한 날이 지난겨울이었는데, 벌써 봄이다. 어느새 벚꽃이 만발하였다.

임신 20주 차 또는 21주 차가 되면 정밀 초음파 검사를 받는다. 우리 부부도 며칠 전 산부인과에 들러 검진을 받았다. 나는 일이 늦게까지 끝나지 않아 함께 병원에 가지 못하여 아내 홀로 검진을 받고 왔다. 오랜만에 효자 얼굴을 보나 했으나 아쉽게도 진료를 받는 동안 효자가 배 속에서 엎드려 있는 바람에 초음파 사진을 제대로 찍지 못하였다고 했다.

아니나 다를까. 아내가 집에서 보여준 초음파 사진 속에서 효자는 양팔을 들어 얼굴을 가리고 초음파 기기 반대쪽을 향해 고개를 파묻고 있었다. 아쉽기는 하면서도, 첫 딸은 아빠 닮는다던데… 사진 찍기 싫어하는 나를 닮아 그런가… 싶은 생각이 들어 그러려니 하였다. 물론 그러한 속설을 믿지는 않는다.

몇 장의 초음파 사진과 진료 영상을 나눠보며 아내가 말했다.

"벌써 임신 20주가 지났어요! 어떻게 40주까지 기다리나… 했는데, 벌써 절반이나 지나왔네요."

그리 어렵지도 않은 문장이거늘, 아내의 말을 조용히 곱씹던 어느 낭만 없는 남편은 대꾸하기를…

"음, 임신 주수랑 임신 기간은 조금 다르지 않습니까? 착상 전의 4주를 포함해서 세는 게 임신 주수니까, 임신 40주 차에도 사실 임신 기간은 36주가 되지요. 그러면 착상 후에 18주가 지나야 절반이 되는 셈이고, 임신 22주 차가 되어야 진짜 절반…."

…즈음 말하였을까. 아내가 말을 가로막았다.

"조용하세욧. 그냥 절반 지나온 걸로 칠래요. 시간이 얼른 흘렀으면 좋겠단 말이에요."

그러게 말이다. 시리도록 파랗던 겨울이 지나고 어느새 벚꽃 피는 계절이 왔다. 하얀 달과 같던 효자에게 어느새 눈과 입이 생겼지만 여전히 우리 부부가 기다려야 할 시간은 길게만 느껴진다. 중고 마켓을 수시로 드나들며 상태가 좋은 중고 육아 용품을 하나둘 미리 모으는 설렘을 가지면서도 동시에, 이들을 언제 꺼내어 쓸지 생각해 보면 한참의 시간이 남아있다.

설레는 만큼 깊어지는 기다림을 효자는 알고 있을까.

이런 우리 부부의 설렘이 티가 났던 탓일까. 아니면 어느 젊은 부부의 기다림을 달래주기 위함일까. 곁에서 보기에 안쓰러웠는지, 출산을 먼저 겪어본 선배 부모 중에는 이러한 설렘을 다독여줄 말씀을 전해주시는 일이 참으로 많다.

"지금이 좋을 때다."

"나도 그렇게 설레던 때가 있었지."

"막상 아이가 나오면… 어휴."

"출근이 하고 싶어질 거다."

"아이가 나오면, 그날부터 고생 시작이다."

"손이 바들바들 떨리고."

"잠도 못 자고."

….

지금까지의 말씀만으로 우리 부부는 충분히 감사하건만, 베

풀고 싶은 마음은 참으로 크고 넓어서 자꾸 뭘 더 얹어주려 하신다. 출산 후에 남편이 육아 휴직을 하여 아이를 볼 계획이라는 아내의 말을 들은 어느 어른은 "남편을 그렇게나 믿어?"라며 우리 부부의 신뢰 관계까지 나서서 고민해 주셨으니 말이다.

다가오던 설렘을 휘이휘이 쫓아버리는 데 다들 정말 큰 힘이 되어주신다. 그 힘은 너무도 뚜렷하고 강력하여, 마치 출산 이후의 시간과 기억과 경험과 추억을 모두 없던 일로 돌릴 수만 있다면 꼭 그리하겠다는 의지처럼 들릴 때도 있다. 그런 것이 아니라면 왜 구태여 시작도 않은 젊은 부부에게 출산 후의 고난과 역경을 나서서 알려주는 걸까.

물론 인생은 원래 모순적인 것이라, 삶의 기쁨을 누리기 위해서는 고난과 역경 또한 감내해야 한다. 다이어트를 하려 해도 식단과 운동 또는 그에 필적하는 지출을 감내해야 하지 않던가. 사람이 큰일을 맡기 전에는 큰 시련을 겪어야 인품을 갖추게 되고, 겨울엔 땅이 얼도록 추워야 그해 농사가 잘된다. 인내의 계절을 보내고서야 짧게 벚꽃이 만개하듯, 인생의 기쁨만을 위해 고생을 모른 척할 수는 없다.

그러나 고생만으로 설명되는 인생 또한 없기는 매한가지다. 어린아이에게 예방주사 하나 놓을 때도 어르고 달래기부터 하고, 공부 의지를 다잡은 학생이라면 우선 용기부터 북돋워 주지 않던가. 주사의 고통과 공부의 지난함부터 알려주어서야 대체 어떻게 아이가 건강해지고, 학생은 그런 어른에게서 대체 무얼 보고 자라날까.

하물며 새 생명을 기다리는 부부에게 가끔은 너무한다 싶은 생각이 든다. 게다가 한국의 의료 시스템과 교육 수준은 전에 없이 높아져 있지만 저출산 문제는 워낙 심각하여 나라의 존폐가 걸려있지 않던가.

가뜩이나 핵가족화와 이촌향도라는 단어조차 이젠 옛날 유물이 되어, 옆집 사는 사람의 얼굴도 잘 모르고 사는 시대다. 더군다나 우리 부부처럼 시댁 처가와 떨어져 도시에 홀로 사는 젊은 부모라면 아이 기르는 책임을 오롯이 둘이서 짊어져야 한다. 때에 따라 주변 친구의 도움을 받을 때도 있겠으나, 아이가 아주 어린 때에는 그마저도 어렵다.

세상이 좋아져 이런저런 정보를 쉽게 많이 찾아볼 수 있다고는 하지만 '쉽게 찾을 수 있다'는 말이 '쉽게 배울 수 있다'는 뜻은 아니다. 배우는 일은 언제나 어렵고 출근 전부터 바랐던 퇴근 후에 남은 체력이란 불면 날아갈 먼지에 가깝다. 직장인에게 공부는 멀고 피로는 가깝다.

더군다나 육아라는 새로운 세상을 앞에 두고서는 더욱 그렇다. 먼저 겪은 사람先生에게는 출산과 육아가 별일 아닌 사건으로 드러났겠지만 초심자는 모든 것이 조심스럽고 걱정스럽고 신기하다.

생명이란 참으로 신기하지 않던가. 배 속 아기의 생명이라는 거창하고 민감한 주제가 아니더라도 그렇다. 당장 봄철만 되면 피는 벚나무의 꽃만 하더라도 말이다. 며칠 전만 하더라도 봉오리를 꽉 잠그고 있던 벚나무가 대체 어찌 봄바람이 부는 줄 알고 온 동네에, 그것도 일시에 화르륵 피어나는지. 참으로 신기한 일이다.

눈도 없고 코도 없고 귀도 없으니 달력이 넘어가는 줄도 몰랐을 벚나무가. '온도'라는 개념도 가지지 못했을 벚나무가. 오직 '따뜻하다'는 일말의 느낌만으로 제 몸의 모든 꽃을 틔울 용기를 어찌 냈을까 싶은 것이다. 가을철의 따뜻함에 속아 가을에 꽃을 틔웠으면 기력을 낭비하여 수정 번식의 기회를 날려버렸을 것이다. 주변 벚나무와 개화 시기를 못 맞추어 홀로 꽃을 틔웠으면, 홀로 연약했을 꽃향기에 많은 벌들을 불러 모으지 못했을 일이다.

대체 벚나무는 어찌 봄바람 한 번에 온 강산에서 한 몸같이 벚꽃을 틔울까. 파란 하늘 아래로 꽃을 틔워 늘어선 벚나무를 보고 있자면 계절을 인내한 벚나무 하나하나의 신성함이 서로에게 기대어 있다는 진실은 무척이나 경이롭다. 벚꽃에 매료되는 사람의 심성이란 다들 그럴 것이다.

마찬가지로, 서로가 서로에게서 단절되어 가는 시대일수록 생명이란 주제 앞에서 잊지 말아야 할 건 서로에게 기대어야 빛을 낸다는 존재의 본질이 아닐까 싶기도 하다. 육아의 어려움과 난관이라는 '까만 진실'도 당연 진실의 자격이 있겠으나, 까만색은 흰색이 있기에 의미를 갖지 않는다. 까만 글씨가 눈에 들어온다 하여 그것이 글의 전부가 아니며 배면에 깔린 하얀 종이가 조용히 글을 떠받치고 있어야 한다.

'까만 진실'이라는 고생은 꾸역꾸역 견디고 감내해야 하는 일이 되어서는 안 된다. 노란 민들레를 둘러싼 푸른 이파리처럼, 하얀 벚꽃을 떠받치는 벚나무의 가지와 뿌리의 고생처럼, '까만 진실'은 인내의 계절을 거쳐 '하얀 진실'을 틔우는 가치가 되어야 할 일이다.

뜨거운 여름과 혹독한 겨울을 견뎠기에 봄꽃이 그렇게나 반갑듯, 진실한 지지와 조언이란 역시 "그러니까…"보다 "그럼에도…"로 마무리되어야 한다는 말이다.

벚꽃은 피어났기에 곧 다시 지겠지만, 꽃이 진 자리에는 푸른 잎이 돋는다. 푸른 잎은 커져서 짙은 푸르름이 되고, 그만큼 짙어진 나무 아래 그늘로 여름이 찾아올 것이다. 그러다 점차 여름도 떠나고 낙엽 따라 가을이 올 때쯤. 나는 그때를 벚꽃 피는 계절에 기다린다.

데이트는 상대를 기다리는 시간부터 시작된다고 하지 않나. 오랜 친구가 그리울수록 다시 만나면 반갑듯, 효자 또한 기다렸던 시간만큼 만났을 때 기쁨이 크지 않을까. 가을이 효자를 무사히 데려와 기다렸던 설렘이 반가운 기쁨으로 피어나기를 바란다.

첫 만남을, 그리고 첫 시작을 기쁨으로 맞이하는 것이 온당하다면 부디 마음껏 설레어 기다리도록 용기를 주면 좋겠다. 다시 찾아온 벚꽃에 온 사람이 환영의 소풍 길을 나서듯, 설렘으로 아이를 기다리는 젊은이에게 따뜻한 환영의 마중을 해주면 좋겠다.

지적보다 지지가, 충고보다 조언이, 걱정보다 응원이 필요한 부부도 있다.

그저 별일 없이 산다

시간은 무심히 흐른다더니 어느새 우리 부부는 임신 6개월 차에 접어들었다. 무심히 흐르는 시간의 조용함 때문일까. 아내의 배도 소리 없이 불러있다. 지나간 시간들은 아내의 배 위로 켜켜이 내려앉은 걸까. 하루하루를 지내는 중엔 알 수 없지만 돌이켜 보면 문득 불러온 배가 새삼스럽다.

아내의 아랫배 곡률에서 지나온 시간의 축적을, 곡면의 겉넓이에서 그 아래에 있을 효자의 성장을 볼 수 있다는 사실이 종종 놀랍기 그지없다. 들리지 않는 시간과 보이지 않는 아이의 존재를 아내의 볼록한 배에서 볼 수 있음이 결국 관세음觀世音이지 않을까… 라는 생각이 언뜻언뜻 스쳐 지난다.

우리의 삶이 갖가지 꽃이 피어난 것과 같은 화엄華嚴이라면,

들판의 꽃이 피어나는 소리를 듣는 일이란 어쩌면 아내의 볼록한 아랫배를 보는 일에서 시작될지도 모를 일이다. 텔레토비에겐 푸른 동산이 있었다면 어느 예비 아빠에게는 아내의 아랫배 동산이 있달까.

텔레토비는 넷이 동산을 나눠 쓰지만 효자는 홀로 전세를 냈다는 게 차이라면 차이겠지.

이런 소소한 깨달음과 놀라움이 때때로 찾아옴에 불구하고, 정작 요즈음 우리 부부의 일상은 별일 없이 지나가는 중이다. 그저 별일 없이 먹고, 자고, 출근 전부터 퇴근이 그립고, 출근하고, 퇴근하고, 주말을 바라보는 삶. 그저 평범한 어느 젊은 부부의 삶을 매일 이어가고 있다. 그러나 모두의 평범한 일상이 그러하듯, 별일 없다 하여 아무 일도 없는 것은 아니다.

많이 나아지기는 하였으나 입덧은 예고 없이 종종 찾아온다. 또, 잦아든 입덧의 빈자리를 채우는 먹덧의 영향으로 때 이른 참외가 왕창 먹고 싶다는 아내를 위해 교외 머나먼 곳의 마트까지 원정을 나섰더랬다. 중고 마켓에 우리 부부가 고대하던 아기 띠가 올라와 냉큼 낚아채기도 하였고, 거의 새것 같은 유아차를 싼값에 구하여 기분이 좋았으나 막상 차 트렁크에는 들어가지 않아 난감했더랬다.

아내의 손발이 점차 붓기 시작하여 며칠 전엔 아내의 결혼반지를 나의 왼쪽 새끼손가락으로 이사를 시키기도 하였다. 배가 점차 불러오는 탓인지 아내는 가끔 숨이 차 허덕이기도 하고, 불현듯 더워하기도 또 추워하기도 한다. 더위에 잠을 못 이루다 보일러를 끈 것이 며칠. 이제는 추위가 느껴지는지 다시 틀기 시작했다.

이뿐이면 좋겠으나, 봄과 함께 찾아온 목감기에 아내는 기침을 며칠째 앓고 있다. 그 와중에 배 속 아기에게 해가 될까 싶어 기침약은 먹지 못하고. 여러모로… '천방지축 어리둥절 뒹굴뒹굴 돌아가는' 하루하루다.

그럼에도 요즘의 일상이 별일 없이 지나가는 중이라 느끼는 이유는 아무래도 우리 부부가 이러한 좌충우돌에 익숙해진 탓이 아닐까.

임신 사실을 알고서 한동안은 모든 것이 새롭고 신선하고 낯설기만 하였다. 처음 가본 여행지에 그만 눈이 휘둥그레지듯. 골목골목마다 처음 보는 가게가 들어서 있고 식당에서 파는 음식도 그 종류며 맛이며 익숙한 것이 드문 여행지. 여행지의 골목 그 자체도 처음이기에 동네의 구조는 언뜻 미로처럼 느껴지기도 한다. 간간이 느껴지는 바람의 냄새는, 이곳이 내가 살던 곳과 같은 하늘 아래 땅 위라는 사실을 믿기 어렵게 만든다. 발걸음마다 신선함과 호기심을 느끼며, 급기야는 이곳에서 사는 삶이란 얼마나 낭만적일까 동경하기에 이르기도 한다.

그러나 누구나 알고 있는 답처럼 그곳도 결국 사람 사는 곳이다. 나의 발이 처음 닿은 곳이라 하여 그곳이 누구의 발도 닿지 않은 곳이라는 뜻은 아니니까. 누군가에게는 여행지인 곳이 어느 누군가에게는 그저 어제도 오늘도 내일도 살아갈 '어느 동네'다.

그런 말이 있지 않나. 정작 해운대 주민에게는 해운대가 동네일 뿐인데 어찌 여름만 되면 살갗을 한껏 드러낸 수영복 차림의 젊은 남녀가 골목골목에 출몰하여 주민들 살기에 남사스럽기 그지없다는 소문.

나에게는 여행지인 곳이 누군가에게는 그저 동네가 되듯 나에게는 그저 동네일 뿐인 곳이 누군가에게 여행지로 충분히 느껴질 수 있다. 그리고 그러한 차이는 결국 여행지와 동네를 가르는 기준이 장소 그 자체에 있지 않음을 알려준다. 집 근처에 들어선 새로운 가게나 새로 깔린 보도블록을 보고서도 우리는 큰 감흥 없이 지나치지 않았던가?

새롭다는 것은 그렇게 느껴져야 비로소 새로워지는 법인데, 우리는 종종 새로워지는 면면을 보면서도 신선함을 느끼지 못한다. 새로움이라는 자극에 대한 역치가 높아져 웬만한 새로움은 모조리 일상으로 용해되는 일일지도 모른다. 바람 한 줌도 매번 새롭고 길가의 나무도 매번 푸르름과 자라남이 새롭지만, 봄바람 정도는 되고 벚꽃 정도는 틔워야 사람들이 관심 갖듯.

그럼에도 불구하고, 새로움에 대한 무뎌짐이 곧장 팍팍하고 건조한 삶으로 이어지지만은 않는다. 세상의 모든 일에서 새로움을 느낀다면 그 또한 얼마나 피곤한 일일까. 매번 바뀌는 바람 한 줌에서 새로움을 느끼고 길가에서 자라는 풀 한 포기에 매번 놀라는 삶이라면, 이는 이것대로 난감한 일일 것이다.

인간은 망각하는 존재며 적응하는 동물이다. 하늘 아래 변하지 않는 것은 없고 먼지 한 톨 주름 한 줄까지도 변하지 않는 것은 없다. 이러한 모든 변화에서 새로움을 발견하다가는 세상은 그야말로 산산조각이 나고 만다.

놀이터에서 뛰노는 어느 아이를 바라볼 때에도 우리는 아이의 세세한 디테일을 모두 망각하기에 도리어 아이의 온전한 모습을 본다. 뛰어노는 아이의 1초 전 모습과 지금의 모습 사이에는 손발의 위치라든지 표정이라든지 하는 새로운 모습이 수없이 많겠으나, 그 장면 모두를 따로 보아서는 '진짜 아이'를 볼 수 없다.

시간이 흐르고 장소가 변하고 손발의 놀림이 변해도 여전히 있는 그것. 무한한 새로운 순간을 관통하는 하나의 연속성. 바로 그것으로부터 우리는 아이를 진정으로 보기 때문이다. 연속성 속에서 우리는 존재의 확실성을 느낀다.

인간은 적응하는 동물이라는 말 또한 마찬가지의 의미다. 우리는 가끔 버겁거나 귀찮은 일을 미루며 '내일의 내가 어떻게든 하겠지' 하는 마음을 갖고는 한다. 맞는 말이다. 시간이 흐르면 곧 내일이 오고, 내일도 내가 별일 없이 출근하게 된다면, 그때의 나는 여지없이 오늘의 내가 미뤄놓은 일을 맡아서 해낼 수밖에.

영화 〈아저씨〉에서 주인공 원빈은 악당을 쫓으며 "내일만 사는 놈은 오늘만 사는 놈한테 죽는다"며 카리스마 있게 말했지만, 사실 내일만 사는 사람이란 애초에 있을 수 없는 노릇이다. 내일이란 단어가 오늘이란 단어 없이는 탄생할 수 없기에 그렇다.

게다가 영화 속에서 원빈이 악당의 내일을 제거함으로써 내일만 사는 놈은 더 이상 내일을 살 수 없게 되어버렸다. 내일을 살 수 없는 내일만 사는 놈이라니. 거짓말쟁이의 역설 같달까. 역시나 명대사는 모순 속에서 탄생하나 보다.

이렇듯, 내일을 살기 위해서는 반드시 오늘을 지나쳐야 한다. 내일은 언제나 오늘의 연속선 위에 있다. 오늘의 내가 미룬 일이 내일의 나에게 전달될 수 있다면, 반대로 오늘의 부지런함이 내일의 나에게 한 줌 여유를 줄 수도 있지 않던가. (대체 어찌 된 일인지 내가 일을 끝내기만 하면 용케 어디서 새로운 일이 찾아오지만.)

그렇기에 오늘의 내가 내일의 나를 배려해야 함이 당연하면서도, 내일의 나를 오늘의 내가 미리 재단하여서도 안 될 일이다. 내일은 오늘을 지나쳐야만 다가오는 것이기에, 내일이 오늘과 같지는 않다. 오늘의 나를 기준으로 삼아 내일의 내가 할 일과 할 수 없는 일을 미리 정하는 것은 다소 불합리한 결정이다.

논리적으로나 물리적으로나, 오늘은 오늘이고 내일은 내일이다. 시간은 흐르는 강물과 같아서 쉴 틈 없이 변하고 또 변하지만 강물에 위아래가 있음은 변하지 않는다. 오늘이 윗물이라면 아랫물은 내일이다. 그 사이의 흐름 속에서 강물은 굽이굽이 모양을 갖춘다. 곧기도 하고 굽이지기도 한 과정 속에서 사람은 다소 성장한다.

전에 없던 아빠라는 세계에 점차 익숙해져 가는 일은 어찌 보면 개구리 올챙이 적 생각 못 하는 망각이고 저찌 보면 이제 조금 아빠에 가까워진 성장이다. 한편으론 좌충우돌 새로운 세상에 적응한 결과이기도 하고. 성장과 적응은 다른 것이라 구분할 사람도 있겠으나, 나는 별다를 것 없다고 여긴다.

새로움을 익숙함으로 만드는 과정 가운데에 성장이 있기 마련이다. 미국 속담 중에는 "인생이 너에게 레몬을 던지면, 그것으로 레모네이드를 만들어 먹어라"라는 말이 있다던데. 사람도 산전수전 겪어 단단해지고, 레모네이드도 많이 만들어본 사람의 것이 역시나 맛있다. 부단한 반복이 실력의 기본이다.

과연 '아빠'라는 말을 '실력'이란 단어로 수식하는 일이 합당키나 할까… 싶다가도, 아내의 배 위로 켜켜이 쌓인 시간의 흔적을 보면 영 말이 되지 않는 일은 또 아니겠구나 싶다. 아내 자신도 모를 입덧과 먹덧의 재즈에 매번 허둥지둥했던 때가 있었는데, 이제는 일주일이 채 안 되어 다 비워버린 참외 박스의 허전한 속을 보며 의연히 주말 마트 원정을 계획하고 있으니 말이다.

산전수전 다 겪은 아빠들이 보기엔 참으로 비웃음 살 실력이겠으나 아무것도 모르던 몇 달 전의 나를 돌이켜보면 나 스스로에게 왜인지 뿌듯한 마음이 들기도 한다. 선배 아빠들의 으름장은 하나같이 앞으로의 훤한 고생길을 예언하지만, 그 고생길 가운데서 성장하고 있을 아빠로서의 내 모습을 되려 기대하게 된다.

개구리가 올챙이 시절을 망각하듯 내일의 나는 오늘의 나를 풋내기로 기억하고 있을지도 모르겠으나, 그러한 비웃음까지도 실력이 있기에 꺼낼 수 있는 것 아닐까. 남이 나를 비웃는 건 비겁한 일이겠으나, 나 스스로 과거의 나를 비웃는 속내에는 현재에 대한 뿌듯함이 있다. 내일의 내가 오늘의 나를 한껏 비웃을 수 있기를. 기쁜 마음으로 오늘의 내가 비웃음당하기를 바란다.

내일의 나도 결국 오늘의 나다. 오늘의 충실함은 내일을 돕는 일이다. 내일의 실력을 위해서 오늘도 육아서를 읽고 자야겠다. 실전은 내일의 몫으로 남겨두고 이론은 오늘의 몫으로 챙겨두자. 오늘 할 수 있는 일은 오늘 하자.

논리적으로나 물리적으로나, 오늘은 오늘이고 내일은 내일이니까.

세대 차이

때는 바야흐로 1990년대. 그 시절엔 '만화 대여점'이란 간판을 내건 가게들이 많았다. 문자 그대로 만화책을 대여해 주는 곳. 책을 빌려준다는 개념에 비추어보면 도서관과 비슷하지만 빌리는 책이 오락용 만화책이라는 점과 빌리는 값이 유료라는 부분에서 달랐다. 기억하기로 한 권을 2-3일 정도 빌려 보는 데에 200원에서 300원쯤 하였다. 자주 방문하는 단골이 된 경우엔 만화책방 사장님이 몇 권 더 공짜로 빌려 가게 해주기도 하였다.

무협지나 판타지 소설 같은 오락용 소설을 만화책과 함께 대여하는 곳도 종종 있었고, 거기에 얹어서 여러 비디오까지 대여하는 곳도 있었다. 그렇게 어느 친구가 재미있는 만화책이나 판타지 소설을 몇 권 빌려 학교에 가져오는 날이면 모든 반의 아이들이 그 책을 서로서로 순서 매기며 돌려보곤 하였다.

그렇게 몇 권의 만화책이 아이들의 손을 두루 거치다 보면 한두 권의 책쯤은 행방불명이 되곤 할 텐데, 각자가 다음 권을 보고 싶어 하는 마음으로 어느 책이 현재 누구의 자리에 있는지 간파하게 되어 그런 실종 사건은 용케 일어나지 않았더랬다. 건전한 경계심이란 이런 것일까.

돌이켜보건대, 한 권의 만화책이라도 수십의 아이들이 한 날 한 장소에서 두루 돌려 읽었던 시절 속에서 자랐던 경험이 요즘 유행하는 복고문화의 바탕이 되었다는 생각이 든다. 그와 동시에 학교에서 아이들을 보고 있자면, 하나의 콘텐츠라도 각자가 각자의 기기로 각자의 시간 동안 소비하는 것이 익숙한 그들의 문화 소비에 쉽게 공감하기 어렵다.

이쯤 하여 확실히 해두자. 어느 문화 소비 형식이 더 좋다 나쁘다를 저울질하는 일은 나의 관심사가 아니다. 그저 아이들의 오늘과 나의 지난날을 돌이켜볼수록 선명히 느껴지는 것이 있으니, 나이 듦이란 만화책과 웹툰의 차이 같이 '문화의 종류'에 있는 것이 아니라 그 문화를 소비하는 '방식'에 있단 점이다.

요즘의 누구는 만화책도 홀로 보는 것을 쉬워할 것이고 옛날의 누구는 웹툰도 스마트폰을 손에서 손으로 건네주며 돌려보길 즐겨 하지 않을까. 요즘의 누구는 옛날 영화관에서 보았던 영화를 넷플릭스에서 다시 찾아볼 것이고 옛날의 누구는 그 옛날 비디오로 빌려 보았던 영화를 유튜브로 찾아보길 즐겨 하지 않을까.

옛날 사람처럼 옛날 얘기를 갑자기 꺼낸 이유는, 그 시절에 보았던 어느 추리 만화의 한 장면이 문득 떠오르는 일이 요즘 들어 잦아졌다는 단순한 사연 때문이다. 정확하게 어느 일화인지는 기억나지 않지만 그 만화의 제목은 분명히 떠오른다. 『소년탐정 김전일』이라는 만화다.

만화의 주인공은 당연히 김전일이다. 그저 평범하디 평범한 학생인 김전일을 특별하게 만드는 건 국적과 상반된 한국 이름 외에도 두 가지가 있는데, 하나는 그의 비상한 추리력이고 또 하나는 고등학교에 입학하고부터 그의 주변에 끊임없이 일어나는 살인사건이다.

보통 고등학생이라함은 공교육의 막바지에 다다른 불안감과 사춘기라는 질풍노도의 시기가 겹치며 각종 난투극이나 로맨스 또는 로드 무비 어느 한복판을 전전하기 마련인데. 김전일 학생은 유독 살인사건을 몰고 다닌다. 더욱이 납득하기 어려운 부분은, 김전일 학생의 추리력에 매료된 형사들이 이 점을 너무도 쉽게 간과한다는 점이다. 반복되는 살인사건에 반복적으로 등장

하는 인물이 있다면 그가 제일 유력한 용의자가 아닐까. 통계적
으로 말이다.

그럼에도 불구하고 워낙 김전일 학생의 추리가 논리적이고 그
럴듯하여, 게다가 범인들은 김전일의 추리에 압도당한 나머지
현장에서 하나 같이 자백을 해버리는 바람에 김전일은 매번 용
의선상에서 제외된다. 그래서일까. 언제부턴가 형사들은 살인
사건 현장에서 김전일을 만나도 그러려니 하기에 이른다.

이외에도 김전일 학생을 둘러싼 이상한 점이 한두 가지가 아
니지만, 막상 어린 시절에 『소년탐정 김전일』을 볼 때는 이런 의
문을 품지 못하였더랬다. 그만큼 나 자신이 어리기도 하였고 그
만큼 만화의 연출이 뛰어나서 그랬으리라 포장해 본다.

김전일이 활약했던 여러 사건들 중에 요즘 특별히 자주 떠오
르는 한 편이 있다. 사건의 자세한 전후 맥락은 떠오르지 않으
나, 그날도 역시나 평화롭게 살인사건의 한복판에 있었던 김전
일 학생은 어느 사건 현장을 발견하게 된다.

밤새 눈이 소복하게 내린 곳에서 발견된 어느 발자국. 그런데
그 발자국은 사건 현장으로 다가간 방향으로만 찍혀있다. 돌아
간 발자국이 찍혀있지 않았다. 발자국 주변으로는 그 어떤 흔
적도 없다. 단지 흰 도화지에 새겨진 얼룩처럼, 사건 현장을 향
한 발자국만 뚜렷이 찍혀있다. 돌아간 발자국은 어디로 사라진

걸까?

지금 생각해 보면 풀이가 당연한 트릭인데, 역시나, 막상 만화를 보던 당시에는 대체 어떻게 범인이 발자국을 남기지 않고 사건 현장을 꾸몄을지가 너무도 궁금했었다. 사건 현장을 본 김전일 학생은 눈 위에 찍힌 발자국을 보고서 처음 추리하기로 범인이 발자국을 그대로 밟으며 뒷걸음질하여 현장을 빠져나갔을 것이라 하였다.

지금 생각해 보면 그럴 리가 없는데, 만화를 보던 어린 나는 그저 주인공 김전일이 하는 말이니 그의 추리가 정답이라 믿었었다. 과연, 김전일도 자신의 추리에 무리가 있음을 알았던 것인지 후에 다른 방법을 생각해 내었다. 범인은 순순히 김전일이 자신의 범행 수법을 알아내었음을 자백했다.

요즘 떠올리는 장면이란 김전일이 진짜 범행 수법을 파헤치고 그의 빈틈없는 추리에 범인이 흑흑 눈물을 흘리며 자백하는 순간이 아니다. 마음속에 자꾸만 떠오르는 장면이란 되려, 눈 위에 찍힌 발자국을 조심조심 되밟아 돌아가는 모습을 상상하는 한 컷이다.

뒷걸음치는 모습이 자꾸만 떠오른다.

내 지나온 발자국을 뒷걸음질로 다시 걷는다는 생각은 학교에서 아이들을 만나는 첫날부터 꾸준히 가졌던 것이다. 가르친다 함은 결국 배운 것을 가르치는 일을 뜻하는데, 배운 것이란 통칭 국영수에만 있는 것이 아니기 때문에 그렇다.

책상에서 배우고, 일상에서 배우고. 교과서에서 배우고, 만화책에서 배우고. 수업에서 배우고, 영화에서 배우고. 성공에서 배우고, 실패에서 배우고, 후회에서 배워온 모든 것을 알려주는 일이 가르침이라 나는 배웠다. 다만, 나는 수학 선생님이라 아이들과 수학 교과서와 문제집을 함께 공부할 시간이 많은 것뿐이다. 그렇다 하여 아이들이 나에게서 배우는 것이 어찌 수학뿐일까.

사람은 누구나 보고 듣는 데서 영향을 받으니 아이들에게 보이는 말과 행동이 모두 그들의 배울 거리가 됨은 명확하다. 나의 말과 행동에서 본받을 점이 조금이라도 있다면 아이들에게는 좋은 배울 거리가, 본받을 점이 없다면 '저렇게 하지 않아야겠다'는 타산지석으로서 배울 거리가 될 것이다.

그러니 말과 행동을 만들어준 지난 시절을 다시 걸어보는 일은 아이들 앞에 선 사람이 당연히 반복해야 할 수련의 과정이라 꾸준히 생각해 온 터였다. 좋은 점을 아이들이 배우지 못하는 것도 아쉽지만, 무엇보다 나도 모르는 나의 좋지 않은 모습을 아이들이 배울까 걱정되어 그렇다.

그런데 선생先生이란 말은 그저 '먼저 태어난 사람'을 뜻하기에, 앞으로 만날 효자에게 나는 아빠이면서도 반드시 선생일 수밖에 없지 않을까. 한 장의 백지tabula rasa와 같이, 간밤에 눈 내린 땅과 같이 새하얀 효자의 눈에는 나의 오점이 유독 짙게 보이지나 않을까 걱정이다.

눈밭 위로 찍힌 발자국을 자꾸만 돌아보게 되는 사연이 이렇다. 이미 돌이키기에는 너무 깊이 찍혀버린 발자국이지만 그래도 부지런히 돌아보게 되는 이유는, 역설적으로, 사람이 뒷걸음질만 쳐서는 앞으로 걸어갈 수가 없기 때문이다.

지나온 페이지를 다시 펼쳐 볼 수 있는 만화책과는 다르게 지나온 시절을 다시 시작할 수 없는 게 인생의 비극이자 매력이라지 않던가. 후회되는 지난 시절을 한 쪽씩 발견할 때마다 몸서리가 쳐짐과 동시에, 후에 만날 효자에게 알려줄 인생의 위험 요소도 알게 되는 노릇이라 즐겁기도 하다.

돌이켜본 눈 위의 발자국에는 주변의 숱한 타산지석보다 미지의 롤모델을 찾는 데 눈을 빼앗겼던 시절이 찍힌 것도 있고, 좋은 친구 한 명보다 보통의 인맥 여럿을 부러워했던 시절이 새겨진 자국도 있다. 좀 더 가까이에는 책 냄새보다 술맛에 빠져있던 시절도 있고, 하늘의 고요함보다 책장 넘기는 소리를 소중히 했던 시절도 있다. 아주 가까이에는 삶의 해답이 저 밖에 있다고 여겼던 자국도 있고.

　이런 얼룩진 발자국을 하나씩 다시 되밟을 때마다 잊고 살았던 미니홈피의 흑역사가 살아나는 것 같아 호흡이 곤란해질 때도 있다. 그렇지만 지나온 시절을 다시 시작할 수 없는 인생의 매력 덕분에, 이미 지나간 일은 지나가 버렸기에 한편으론 안심이다. 게다가 훗날 효자에게 아빠 노릇 할 충고 거리도 생겼다고 생각하련다. 충고가 잔소리가 되지 않으려 조심하면서.

　삶이란 역시나 오묘하다. 앞으로 올 생명을 맞이하는 사람에게 지나온 시간을 돌아보게끔 만드니 말이다. 허물을 고치지 않는 것이 가장 큰 허물이라는 모순적인 진리처럼, 후회하지 않는 삶이란 얼마나 위태롭던가. 그렇기에 돌아봄은 역시나 나아감과 짝하나 보다.

　내일은 오늘과 짝하고 오늘은 어제와 짝하듯, 어쩌면 후회는 기대와 짝하는 것일지도 모르겠다.

덧1) 그나저나, 요즘 어린 친구들은 '비디오'가 무엇인지 알려나.
덧2) 그래서 범인이 눈밭 위에 발자국은 어떻게 새긴 거냐면….

이기적 공부

이 한 번의 생은 두 번 일어나지 않으므로, 뒤이어 나올 모든 이야기는 어쩔 수 없이 쓸모없는 낭비가 될지도 모르겠다. 그러나 역설적으로 삶은 단 한 번 있는 것이기에 꼭 남겨두고픈 말도 있는 법이라 생각한다. 누구처럼 깊은 수행 속에서 건져낸 말도 아니고 누구처럼 지식의 최전선에서 발굴한 이론도 아니지만 그저 '나'라는 1인칭의 소개 정도는 되는 말을 남겨두고픈 생각이 종종 든다.

내가 유명한 아이돌도 아니고 운세를 점치는 사주가도 아니 되는 마당에 1990년 9월 6일이라는 생년월일이 그러한 소개가 될 리는 만무하다. 혹여 『선생님의 목소리』의 저자라든가 『쓸모없는 수학』을 쓴 사람이라는 이력이 어쩌면 적절한 소개가 될 것이라 할 수도 있겠지만, 이러한 이력은 삶에 있어 결과적인 면이기에 부차적인 소개에 그친다.

결과주의적인 사람이라면 이력이야말로 진정한 소개가 될 수 있지 않겠냐고 반문하겠으나, 죄송하게도 나는 그런 사람이 아니다. 나는 미래란 알 수 없는 것이며 어디까지나 과거를 근거로 한 신뢰도 높은 예측만이 있을 뿐이라 믿는 답답한 사람이다.

세상만사를 예견한다는 사람들은 언제나 빗나간 자신의 예견 앞에서 다시금 '빗나갈 수밖에 없었던 사연'을 설명한다. 마치 과거의 자신은 옳았으나 어쩔 수 없고 갑작스러우며 난데없는 어떠한 이유로 예견이 빗나갔다는 식으로 말이다.

"이렇게 될 줄 몰랐지"라는 한 문장을 주절주절 여러 문장으로 만드는 숱한 타산지석을 보며 깨달은 바는, 이력이란 무언가를 이뤄보고자 했던 결심과 그것을 이룰 수 있게끔 불어온 타이밍이 만난 결실이란 것이다.

결심과 타이밍 사이에는 또다시 여러 가지 요소들이 배열되어야겠지만, 여하튼 이런 이유로 이력의 반쯤은 사실 나의 것이 아니다. 이력에서 그 반 정도를 제외한 나머지가 도리어 본질에 가깝지 않을까. 그러니 삶의 설득력은 결과보다는 차라리 그 결과가 있게끔 한 다짐, 있어 보이는 표현으로 추동력에서 온다.

인생은, 어느 정도는 돌이켜보아야 알 수 있고 추동력은 언제

나 돌이켜보는 중에 발견된다. 얼마 안 되는 시절이라도 돌이켜
보자면 몇몇 눈에 띄는 추동력이 있기 마련이고, 내게도 소중한
추동력이 여럿 있다. 그중에 하나를 꺼내어 나를 소개하는 한 줄
로 빚어보자면 아마도 이런 문장이 되지 않을까.

  선생님이 되길 잘했다.

  다음 생에 태어나도 선생님이 되겠다는 뜻은 아니다. 이번 생
을 끝으로 윤회를 마칠 요량이기에 다음 생은 없을 것이다. 게다
가 이미 말했지 않나. '이 한 번의 생은 두 번 일어나지 않으므로,
이어질 모든 이야기는 어쩔 수 없이 쓸모없을지 모르겠다'라고.
  다음 생이 과연 있을지 없을지, 그때에 또다시 선생님을 택할
지 고민하는 건 이번 삶으로도 충분히 무거운 나에겐 쓸모없는
일이다. 구르는 수레바퀴는 목적지를 모르지 않던가. 그저 구를
뿐이다. 굴러갈 길까지 바퀴가 선택할 수는 없기에 때로는 길가
의 크고 작은 돌에 덜컥거리기도, 때로는 파인 땅에 휘청이기도
한다. 단단한 아스팔트에 비 온 뒤 구멍이 뚫리듯, 어느 구르는
길에도 고난은 있다. 피한다 한들 또 다른 크고 작은 고난은 역
시나 찾아온다. 때로는 수레바퀴를 굴리는 마부가 난폭하여 "바
퀴고 뭐고, 그냥 탈출할까…" 하며 또 다른 삶을 꿈꾸기도 하고.

허나 '때로'가 때로인 이유는, 항상 그러하지는 않기 때문이다.

아이들과 보내는 대부분의 시간은 즐겁다. 수업을 준비하는 일도 수업을 하는 일도. 아이들을 웃겨주는 일도 혼을 내는 일도. 종종 아이들과 고생을 함께하는 일까지 모두가 즐거움이다. 내일도 이렇게 즐거울지는 모르겠으나 여태까지 수레바퀴가 굴러온 궤적엔 이러한 즐거움이 묻어있음은 사실이다.

즐거움에는 좋은 아이들을 만났다는 행운과 더불어 선생님이 되기 적당했던 나의 적성이 한몫했음은 분명하다. 좋은 아이들이 없었다면 무척이나 격앙된 나날을 보냈을 것이고, 적성이 맞지 않았다면 무척이나 우울했을 일이다.

행운과 적성만으로도 충분히 감사한 일이거늘 예견치 못한 한 가지 몫이 더 생겼으니, 바로 '효자'라는 몫이다. 효자가 삶에 들어온 후로 선생님이라는 수레바퀴가 더욱 거대해졌음을 느낀다. 선생님이 아니었다면 그려볼 수 없었을 아빠로서의 훗날과, 효자가 없었다면 알 수 없었을 선생님으로서의 역할이 맞물려 바퀴는 힘차게 굴러간다.

말과 글은 결국 추상적인 상징일 뿐이기에 책으로 얻는 앎에는 한계가 있다. 오죽하면 "연애를 글로 배웠어요"라는 웃픈 문장이 있을까. 그 어떠한 말과 글도 속세 없이는 완성되지 않는다. 철학자는 바깥의 사람들 속에서 앎을 완성하고 과학자는 실험하여 이론을 완성한다. 더욱이 철학과 과학이 모두 필요한 분야라면 말해 무엇하겠나. 글이 없는 삶이란 위태롭거니와, 삶이 없는 글은 공허하다.

육아와 자녀교육이 꼭 그렇다. 효자가 있기 전에도 자녀교육서를 읽기 좋아하여 십수 권을 읽었고, 효자가 있은 후에는 호기롭게 2000쪽이 넘는 두툼한 육아서를 두 번이나 읽었더랬다. 그러나 세상에 부모 노릇 다 해보고 시집장가가는 사람 없듯, 사람이 시간을 앞지를 수는 없다. 아이도 없이 육아와 자녀교육을 미리 겪을 수는 없지 않던가. 아무리 후기가 좋은 육아서와 자녀교육서라도 글을 읽는 내내 뭔가 배운 듯하면서도 허깨비를 좇는 듯함은 어쩔 수 없었다.

이런 생활 가운데서 거의 매일 수백의 아이들과 지낼 기회가 있었음이 크나큰 행운이 아니고 무엇일까. 거기다 수백의 아이들이 모두 가지각색이니 보고 듣고 말할 수 있는 유형有形 또한 수백이다. 글이 한 쪽 한 쪽 쌓여서 책이 되듯, 아이들 각자의 색과 선은 불현듯 하나의 장면을 이룬다.

아이들을 가만히 보고 있자면, 그간 읽었던 교육서에서 하고자 했던 말이 무엇이었는지 어렴풋이 알게 된다. 모든 교육서에서 빠지지 않고 말하던 인성이 무엇인지, 자기 주도성이 무엇인지, 자기 통제감이란 정말 무엇인지. 이러한 것들이 왜 그토록 중요하고 아이들이 지나온 시간 좌표에서 차곡차곡 쌓이면(또는 흩어지면) 어떠한 모습으로 드러나는지. 매일 눈앞에서 살펴볼 수 있는 나날은 크나큰 기쁨이고 행운이다.

아이에게 중요한 것과 사소한 것, 먼저 할 것과 나중에 할 것이 무엇인지를 이제야 비로소 깨닫게 되는 이유는 그간의 공부를 허술하게 했던 나의 모자람 때문이기도 하겠으나, 아무래도 효자라는 존재에 대한 끊임없는 의식 덕분이기도 하지 않을까.

비록 효자는 내 눈앞에 없지만 마음속에서는 꾸준히 자리하고 있기에, 그에 대한 의식으로 아이들을 더욱 입체적으로 볼 수 있게 되었지 않나 싶다. 아이들 각자가 가진 좋은 모습을 발견하고 채워갈 부분과 잘 다져진 부분을 분별하게 되는 이유는 선생님으로서의 역량이 조금씩 성장했기 때문이기도 하며 훗날 누군가 우리 효자를 이렇게 대해주었으면 하는 마음이 일어서이기도 하다.

잘한 건 북돋워 주고 모자란 부분은 채워주는. 그런 사람을 효자가 만났으면 하는 이기적인 마음에 학교의 아이들을 그리 대하게 된다.

또 하나 선생님이 되어 잘된 일은, 바로 공부에 대해서 진지하게 고민할 수 있었다는 것이다. 모든 육아서와 자녀교육서는 하나 같이 '아이는 부모로부터 배운다'는 전제를 바탕으로 한다. 그럴 수밖에 없기도 한 것이 아이는 태어나서 그야말로 우는 것 외에는 스스로 할 수 있는 일이 거의 없다시피 하기 때문이다.

아이는 태어나 먹고, 기저귀 갈고, 심지어 자는 것까지 부모의 도움을 받아야 한다. 무언가를 안다는 것은 주변의 세계와 상호작용하는 방법을 알게 되는 것인데 아이에게 주변이란 바로 부모일 수밖에 없다. 그러니 자연스럽고 당연한 귀결로 '아이는 부모로부터 배운다'가 성립하게 된다. 반대로 '부모는 아이에게 가르친다'이기도 하고.

어찌 먹고, 어떻게 자고, 언제 기저귀를 갈고, 무엇을 할지. 이를 결정하는 데 어려움을 겪는 부모를 돕기 위한 책이 육아서이기도 하다면, 반대로 이를 아이에게 어떻게 가르칠지 알려주는 책이 육아서이기도 하다. 어떻게 하는 것이 올바르게 아이를 먹고 재우고 놀게끔 하는지 알려주니 말이다.

다만, 그 알려주는 방식이 아이를 키즈 체어에 앉혀 칠판 앞에 놓고 하는 강의의 모습이 아닌 것이다. 아이는 그저 부모의 일거수일투족을 보아서 배운다. 부모의 말투를 따라 모국어를 배우고, 식탁 위에서 일어나는 일로부터 식습관을 배운다.

물론, 조금 큰 학생이나 어른이라고 가르쳐준 족족 모든 것을 다 배우는 것은 아니다. 가르치는 족족 이해하는 사람이 있으면 전혀 반대의 사람도 있기 마련이다. 어린아이가 커서 학생이 되고 어른이 되는 것이니 어린아이를 가르치는 일이라고 크게 다를 일은 또 없다. 오죽하면 부모 마음대로 안 되는 게 자식 교육이란 말이 있을까. 그러나 가르침이 마음대로 안 된다 하여 아주 아니할 수는 없기에 아이가 듣고 볼 모습을 다듬는 것이 부모의 과제라 생각한다.

그런데 이러한 실정은 학교에서 학생들을 가르치는 선생님의 처지와 매우 닮았다. 나도 한때는 어떤 지식을 어떠한 형태로 이쁘게 정리하여 능수능란하게 수업하는 일이 아이들을 잘 가르치는 일이라 믿었던 때가 있었다. 분 단위로 수업 계획을 다 세우고 A부터 Z까지 모든 배울 내용을 막힘 없이 설계하여 구성하는. 농담 하나까지 신경 써서 고른 다음에 마치 무대 위에 오르는 마음으로 아이들의 마음을 휘어잡는 것. 그것이 아이들에게 좋은 가르침을 준다고 여겼던 때가 있었다.

그러한 시절을 거쳤기에 이제 와서 이렇게 말하는 걸지도 모르겠다. 또는 시절을 거쳤다기에는 모자란 나의 실력을 무의식적으로 합리화하는 걸지도 모른다. 그러나, 나의 개인 사정과는 무관하게, 아이들에게 배움은 보통 그런 방식으로 일어나지 않는다.

아이들에게 필요한 것은 잘 다듬어진 양질의 정보 같은 것이 아니다. 아이들이 배우는 것은 선생님의 태도다. 아이들은 선생님이 수업을 대하는 자세에서 열정을 배운다.

특히나 요즘처럼 인터넷 강의뿐만 아니라 유튜브에만 하여도 좋은 강의와 자료가 수두룩한 세대에서는 더욱이 그렇다. 양질의 정보란 너무도 다양하고 많기에, 더 이상 존재만으로 아이들의 눈을 끌 수 있는 자료는 드물다. 정보와 자료가 부족하여 공부가 어려운 아이들도 있겠으나, 어디에 어떤 정보가 있는지 찾아주는 것은 상대적으로 쉬운 일이다.

중요한 것은 그러한 지식을 갈구하는 마음이고, 그러므로 지금의 상황에 만족하지 않는 마음이고, 그러면서 동시에 지금 가진 것에 감사할 줄 아는 마음이고, 배운 바를 감상할 줄 아는 자세다. 무언가를 배우고 성취하기 위해서는 무엇보다 중간에 꺾이지 않는 꾸준함, 꺾이더라도 다시 일어서는 용기, 시작한 만큼 끝까지 가는 마음이 중요하다. 이런 마음이 아이들을 더 높이, 더 멀리 데려다준다. 비밀 자료가 아니라.

이러한 마음은 본질적으로 공부라는 행위를 존중하는 자세에서 비롯된다. 배우기 전의 모습으로는 결코 돌아갈 수 없음을,

배우기 전과 배운 후의 모습이 달라져 있음을 알고 즐기는 자세 말이다. 공부를 존중치 않고는 갈구도, 감사도, 감상도 있을 수 없다. 꾸준함은 두말할 것도 없고. 언제부턴가 중꺾마(중간에 꺾이지 않는 마음)란 말이 유행하던데. 적어도 공부에 있어서 만큼은 중꺾마보다 공존마(공부를 존중하는 마음)가 더 본질적이다. 어감은 좀 별로지만.

이렇게 아이들에게 공부를 존중하는 마음과, 배움을 감상하는 태도를 길러주는 방법은 선생님 스스로가 공부를 좋아하는 일로 충분하다. 가르치는 과목과 상관없이 그저 어느 것이라도 배우는 것을 좋아한다면 더욱 좋다. 그만큼 수업 중에 아이들에게 해줄 얘기가 풍부해지니까.

원래 수학 시간에 하는 역사 얘기가 재밌고, 국어 시간에 하는 수학 얘기가 재밌는 법이다. 과목에 구애받지 않는 풍부한 얘깃거리 속에서 아이들은 신선함을 느끼고, 그 신선함의 출처가 선생님의 넓은 공부에 있음을 넌지시 어필하는 것으로 충분하다. 선생님이 공부를 좋아하는 모습을 보여주어야 공부를 좋아하는 삶이라는 것이 정말 있음을 아이들은 그제야 눈으로 보게 된다. 마치 부모가 가진 좋은 덕성을 아이들이 그저 눈으로 보고 배우듯 말이다.

공부는 수업이 끝난 후부터 시작되는 것인데, 눈에 보이지 않는 곳에서의 공부를 즐기는 누군가 있음을 알고 그 사람이 눈앞의 선생님이라는 것을 알면서, 아이들은 조금씩 변한다. 물론 일순간 아이들이 모두 변하지는 않는다. 그러나 꽃이 한 송이 피고 두 송이 피듯, 한 명이 두 명이 점차 변하여 퍼져 간다.

학교에 대한 낭만주의적인 포장이고 나 자신에 대한 포장이라 생각할지 모르겠으나, 나 개인의 경험이 그렇다. 남자는 등으로 우는 법이고 아름다운 사람은 머문 자리도 아름답다지 않나. 공부도 그렇다. 공부는 근본적으로 고독한 법이라 아무도 모르는 곳에서 꽃을 틔우는 일이다. 성적과 같이, 세상이 주목하고 세상이 만족하는 바를 위한 고행보다는, 어제의 나보다 오늘의 내가 나음을 느끼는 공부가 더 높이 그리고 멀리 아이들을 보내 준다고 나는 믿는다.

선생님이라는 직업과 효자 아빠라는 역할을 마주하며 나는 교학상장敎學相長이란 말의 뜻을 비로소 깨달았다. 가르침과 배움은 서로 성장한다는 말을 그저 단순히 교사와 학생은 서로 성장한다는 문맥으로, 학교라는 하나의 공간 속에서 서로 다른 역할을 가진 두 사람 사이의 상호관련성에 대한 이야기로 이해했더랬다.

하지만 교사와 학생이란 구분은 최근에야 생긴 것이니 그럴 리가 만무했다. 그럴 리가 없음을 알면서도 오랫동안 덮어놓고 그렇게 이해했던 이유는 가르침과 배움이 한 사람 안에서 이뤄지는 일임을 몸소 겪지 못했었기 때문이다. 습관, 지식, 태도, 자세… 무어라 이름 붙이든 결국 내가 배워온 모든 것은 언제나 어떤 식으로든 다른 사람에게 영향을 준다는 것을 자각하지 못했다. 효자가 삶에 오기 전까지는 말이다.

선생님이라 불린 지 꽤나 시간이 지나서야 비로소 책을 통해 배운 대로 아이들을 이해하고, 무엇보다 나 스스로 공부를 존중하고 좋아해야 함을 알게 된 까닭은 훗날 효자가 그리 대우받기를 바라는 이기적인 마음 때문이다.

백지의 아이에게 그려질 나라는 사람의 색깔과 선의 굴곡이, 훗날 아이 스스로 그려낸 장면에 한점 어울리는 굴곡이 되기를 바라는 마음. 그런 마음이 나의 공부를 더욱 독려키도 한다.

이런 면에서, 돌이켜보니, 선생님이 되기를 참 잘했다 싶은 것이다. 오해 마시길! 선생님이 아니어도 충분히 훌륭한 부모는 많고 많다. 그리고 좋은 부모가 되기 위해 선생님을 겪을 필요도 없다. 다만, 이 한 번의 삶을 오롯이 사는 1인칭 주인공 시점의 '나'를 돌이켜보건대, 선생님이 아니었을 평행우주의 나보다

는 지금의 내가 다행히 조금 더 나은 효자 아빠가 될 수 있음에
는 의심의 여지가 없다.

훗날 마지막으로 나의 삶을 돌이켜보는 때가 오거든, 그때에
도 나는 효자에게 "네가 있어 많이 배울 수 있어서 좋았다"고 말
할 수 있으면 좋겠다. 그러한 희망을 꿈꾸는 데 지금의 선생님이
란 수레바퀴가 큰 역할을 해주고 있음에 감사하다.

기왕이면 수레바퀴 구르는 길에 돌멩이와 구덩이가 좀 적어
졌으면 하고.

마부가 마음 수행도 조금씩 하였으면 하고.

노력하고픈 삶을 살고 있는 것 같아서

이어지면 인연이고,

그러지 못하면 운명이다.

3년 전에 처음 아내를 만났다. 아내와 같은 학교에서 근무하던 나의 친구 P가 자리를 주선하였더랬다. 사실 주선이라 하기엔 그 시작이 애매하다. P는 나에게 만남의 의사를 묻기 전에 이미 아내에게, 그러니까 당시엔 생면부지의 어느 여인에게 자신의 친구 아무개를 소개해주겠다 선약하였던 것이다.

P가 그렇게 일의 순서를 뒤바꾸었던 이유는 변명의 여지 없이 나의 전례 때문이었다. 나는 이미 한 번 P가 주선하였던 어느 자리를 거절한 적이 있었다. 그저 일이 바쁘다는 핑계였다.

그런 이유로 P의 강제 때문에, 결과적으로 P의 강제 덕분에 3년 전 작은 어느 양식당에서 아내를 만났다. 때는 요즘같이 푸른 4월이었다.

예약해 둔 식당에 미리 도착하여 미지의 여성(그때는 아내가 될지 몰랐던)을 기다렸다. 누군가 말하기를 데이트는 기다림부터 시작된다 하였는데, 그런 의미라면 우리의 첫 데이트는 예상보다 10분 늦게 시작됐다. 4월의 하늘만큼 파란 원피스를 입었던 아내는 10분만큼 지각하였다.

…라며 아내가 '아내'가 된 후로도 한동안 생각하였으나, 요즘에서야 아내의 10분 지각을 다른 관점으로 이해하게 되었다. 인생은 어느 정도는 돌이켜보아야 아는 것이라고, 진정한 의미로 지각한 사람은 도리어 나이기에 그렇다.

훗날 친구 P의 증언으로 알게 된 사실로, P가 먼저 제안했고 내가 거절하여 전례가 되었던 주선의 대상자도 여전히 아내였던 것이다. 그러니 아내의 관점을 원점 좌표로 놓고 보자면 그동안 아내를 기다리게 하였으며, 결과적으로 아주 오랫동안 지각한 이는 다름 아닌 나인 셈이다. 게다가 원래는 만나지 못했을 운명이 P의 강제 덕에 어찌어찌 이어진 인연이 되었으니… 역시나 인생은, 어느 정도는 돌이켜보아야 비로소 알게 된다.

그렇게 10분을 더 기다려 만난 그이는 갈색 단추가 무릎까지 길게 잠긴 하늘색 옥스퍼드 원피스를 입고 있었다. 당시 갈색 머리였던 아내를 보며 햇살에 비친 머리칼이 단추 색과 무척이나 잘 어울린다고 속으로 생각했던 기억이다.

　은밀함보다 더 잘 보이는 것은 없다.

　작은 양식당에서 처음 만난 우리 모습은 여타의 어색한 남녀와 다름없었다. 커피집에서 종종 목격되는 그런 한 쌍 있지 않은가. 커플이라기엔 서로의 거리감을 너무 지키고, 아무 사이 아니라기엔 서로에게 너무 친절한. 마주 앉아 있지만 눈은 서로에게 붙어있는 그런 사이. 우리도 여지없이 그러했다. 아내의 풀린 원피스 단추 하나를 발견하기 전까지는.

　아내보다 앉은키가 큰 나는, 같은 높이의 의자에 앉아서 아내를 내려다볼 수밖에 없었다. 게다가 나는 타고난 성향으로 눈썰미를 조금 가진 편인데, 하필 그때 아내의 원피스 단추 하나가 풀린 게 눈에 띈 것이다. 아니, 정확하게 말하면 풀린 단추 결합으로 인해 벌어진 옷 틈 사이로 아내의 배꼽단추가 눈에 띄었다.

　모르면 모를지언정 알고서는 모를 수가 없고, 못 보면 안 보일지언정 보고서는 신경 쓰지 않을 수가 없다. 신경이 쓰여 무척이나 괴로웠다. 단추의 직무유기를 알려주기엔 아내가 난처

할 것만 같았고, 모른 체 지나치기엔 후에 풀린 단추 구멍을 발견할 아내의 난처함에 복잡했다. 친절과 불친절 사이의 딜레마. 그 한 가운데서 커플이라기엔 지켜야 할 거리감과 아무 사이 아니라기엔 떼지 못할 눈 마주침 사이의 중도를 지키느라 마음이 몹시도 분주했다.

그래서… 어떻게 했냐고? 아무 말도 하지 않았다. 대신 기회를 보아 화장실을 다녀오겠다며 자리를 비웠다. 그 틈에 그이가 옷매무새를 챙겨보길 바라며. 그러나… 돌아온 뒤에도 그이의 배꼽단추는 제자리를 뚝심 있게 지켰다. 다행히 그이는 자신도 화장실을 다녀오겠다며 자리에서 일어섰다. 다행이었다. 화장실의 큰 거울 앞에 서면 벌어진 옷 틈을 스스로 발견하겠구나 기대하였다. 하지만 예상치 못하게, 아내가 일어서며 원피스의 맵시는 다시 정렬되었고 자연스레 벌어진 옷도 입을 닫아버렸다. 길게 늘어선 단추 사이에서 결합 되지 않은 단추 하나를 발견하기엔 늘어선 단추들이 이미 너무 많았다. 그렇게 아무 일도 일어나지 않았고 우리는 자리를 옮겼다.

자리를 옮겨 찾아간 카페의 의자는 식당의 것보다 훨씬 낮았다. 당연히 더 낮은 의자의 높이만큼 원피스 단추의 직무 유기는 더욱 심해졌고, 낮은 의자 높이만큼 더욱 커진 시야각에 들어온 배꼽단추는 카페 조명까지 받아서… 도미노처럼 연쇄적으로 무너진 딜레마 속에서 나의 머리는 중도를 지키느라 몹시도, 몹시도 분주했다.

성실은 하늘의 길이고,
성실함은 사람의 길이다.

시간이 흘러 그이가 아내가 된 후에도 종종 우리의 첫 만남을 얘기한다. 하늘색 원피스. 갈색 단추. 그리고 배꼽단추. 어찌 매번 같은 얘기를 하여도 질리지가 않는다. 그날의 배꼽을 떠올리는 일은 여전히 즐겁다.

배꼽 이쁜 사람이 평소 나의 이상형이었냐면, 결코 아니다. 나 자신의 배꼽도 볼 일이 드문데 남의 배꼽에 무슨 관심이 있겠나. 요즈음 다시 크롭티가 유행한다지만 그 유행은 나를 철저히 비켜 간다. 남자든, 여자든, 남의 것이든 나의 것이든, 배꼽 보는 일엔 여전히 관심 없다.

혹여 처음 만난 아내의 모습이 이상적이었기에, 그야말로 '배꼽 인사' 정도의 일이 귀엽게 보였느냐 하면 그도 결코 아니다. 아내를 만나던 시절의 나에게 이상 또는 이상형이란 이미 오래된 단어였다.

이상적인Ideal 이상형Idol의 이데아Idea. 방정식 $f(x)=0$을 만족시킬 단 하나의 근 x. 굴곡진 나의 영혼에 딱 맞춤하여 빚어진 짝. 그러한 존재의 존재함을 믿었던 시절이 있었다. 이 한 번의 삶에서 반드시 만나도록 결정된 상대가 있음을 믿었던 시절도 분명 있었다. 세상사 마음대로 되는 일이 정말 하나도 없음을 매 순간 겪으면서도 순진무구하게 이데아의 세상을 땅 위에서 추구하였더랬다.

비단 청춘의 상열지사만을 일컫는 말이 아니다. 학업에서든, 우정에서든. 취직에서든, 사회생활에서든. 이상적인 이데아를 추구했으나 손에 넣긴 쉽지 않았다. 쉽지 않기에 부단히 노력해야 했고, 노력해야 했기에 이데아는 이상적이지 않았다. 이상적이라면 어찌하여 이리도 가는 길이 멀고, 도착해선 쉽게 변하고, 변하지 않고선 짊어진 무게가 무거운지.

무릇 이상적이라 함은 쉽고, 가볍고, 빨라야 하지 않나. 이래선 언제쯤 이상형을 만날지, 만나서는 불안하지 않을지 도통 알 수 없었다. 알 수 없으니 이상형이 과연 이상형이 맞는지 눈앞에 두고서도 분별할 수 없었다. 분별하지 못하니 알 수 없고, 알 수 없으면 이데아는 어찌하여 이데아Idea인 건지.

여행의 즐거움은 여행 중에 있다.

이렇게 지지부진하고 복잡하며 끝없고 맛없는 고민을 씹던 나날 중에 언젠가 『중용中庸』을 다시 읽었다. 대학 시절 과제를 위해 읽은 후로 좀처럼 손에 쥐지 않다가 지금은 생각나지 않는 어떤 이유로 다시금 펼쳤더랬다. 과연 묻고서야 배울 수 있는 것인지, 세월이 흐르고 고민을 겪을 때가 되어서야 책이 제대로 읽혔다. 『중용中庸』엔 이상을 좇는 모든 이들의 고민이, 그리고 고민에 대한 답이 있었다. 답은 이러했다.

사람은 성실함을 좇아야 한다.

여행을 준비하며 설레고 여행이 끝나고서 여운을 느끼겠으나, 여행의 즐거움은 당연히 여행하는 중에 있다. 설레기만 하는 여행은 없고 여행 중에 미리 여운을 당겨 느낄 수도 없다. 여행의 의미는 여행을 하는 중에 있다. 그 목적지가 이상향이더라도 말이다.

일상의 권태와 현실의 팍팍함이 소멸되고 언제나 완전무결할 것만 같은 이상향. 오직 좋은 것만 있고 마음에 드는 일만 있고 변하지도 않을, 그야말로 흔들리지 않는 편안함. 매 순간 원하는 모든 바를 원하는 만큼 가득 채워줄 준비가 되어있는 '성실'이라는 이상형. 이는 하늘에 있다.

사람에게 허락된, 그래서 사람이 걸을 수 있는 길은 오직 '성실로 나아가는 성실함'이라는 형용사이고 동사다. 사람이 살지 않는 집은 금세 시들고 좋은 산책길도 누군가 걷지 않으면 흐트러지지 않던가. 길道이 사람을 넓히는 것이 아니고 사람이 길을 넓히는 바다. 구원으로 다가가는 과정이 곧 구도자의 길이며 이상형으로 나아가는 나날이 상열지사, 곧 연애의 길이다.

그러므로 비록 아내의 배꼽 인사는 예상치 못한 사태일 수 있겠으나 그이는 내가 성실해지고 싶은 사람이었기에, 성실해지고자 추구하고픈 사람이었기에, 시간 흘러 그이는 나의 아내가 되었고 나는 아내의 남편이 되었다.

아내는 내가 노력하고 싶은 사람이었다.

하늘엔 새가 날고,
못에는 물고기가 튀어 오른다.

어제는 아내와 근처의 바닷가로 마실을 다녀왔다. 날이 좋을 때면 저녁쯤하여 간단히 바다 내음 맡으러 찾아가곤 했던 곳이다. 조용하여 잔잔한 파도 소리가 들리는, 걷기 좋은 흙길이 있는 조그마한 바다 마을이다.

깨끗한 바다 내음을 맡으며 아내 손을 잡고 걸었다. 해가 지는 시간이 되기엔 다소 일렀는지 눈이 부셨다. 마주 본 햇볕에 눈이 부시고, 옆의 바닷물엔 햇빛이 연신 부서졌다.

걷던 흙길 옆으로 토끼풀이 흐드러졌다. 잠시 걸음을 멈추고 쪼그려 앉아 많은 토끼풀 중에 보송보송한 줄기를 하나 끊었다. 꽃반지를 만들어 아내의 왼손 약지에 끼워주었다. 손이 부어 반지를 빼낸 왼손 약지에는 자국이 여전히 뚜렷했다. 자국 위로 토끼풀 반지를 얹어주었다.

반지를 새로 한 아내의 손을 잡고 걷던 길을 마저 걸었다. 얼마 남지 않은 길 끝에는 흰 등대 하나가 우뚝 서 있다. 아내와 나는 등대까지 걷고서는 발걸음을 돌렸다. 돌아가는 길은 해가 등 뒤에 있어 눈이 편했다. 햇빛이 부서지는 잔잔한 바다가 보였다. 바다엔 빛나는 물비늘이 넓게 깔렸고 위로는 파란 하늘이 넓고 두꺼웠다. 바다와 하늘 사이에 굴곡진 4월의 산록이 멀리 보였다. 눈이 트여 편했다.

산란하는 물비늘의 가운데서 바닷고기 한 마리가 빛을 뚫고 튀어 올랐다. 물비늘이 더욱 잘게 부서졌다. 튀어 오르는 물고기를 보며 문득, 아내에게 프러포즈하던 날이 떠올랐다. 바다 대신 넓은 호수가 있고, 파란 하늘 대신 보랏빛 노을이 깔린 곳. 오늘처럼 아내의 손에 토끼풀 반지를 끼워준 날이었다.

소꿉장난 하듯 무심히 아내의 왼손 약지에 꽃반지를 끼워주며 "제가 돈을 많이 벌 수는 없어 이쁘고 비싼 다이아 반지는 못해주지만, 봄마다 꽃반지는 꼭 새로 해줄게요"라 하였다. 그저 한 말이었으나 아내는 프러포즈로 받아주어서 다행히 프러포즈는 한 셈이 되었다. 우리는 토끼풀 뜯던 곳 맞은편에 있던 작은 식장에서 결혼했다.

후로 어느새 1년이 넘는 시간이 흘렀으나 여전히 아내에게 다이아 반지를 해줄 여력은 없다. 곧 만날 효자를 누일 침대도 사야 하고, 카시트며 기저귀며 돈 나갈 일이 줄을 서 있다. 무엇보다 수박과 복숭아를 무척이나 좋아하는 아내를 위한 여름이 다가오는 중이다. 과일을 많이 사야 한다.

영원의 상징이라는 다이아는 여전히 멀리 있으나, 아내의 결혼반지를 대신 낀 나의 왼손과 꽃반지를 낀 아내의 왼손을 나란히 흔들며 걸었던 저녁 시간은 무척이나 행복했다. 바닷새가 나는 하늘과 물고기가 튀어 오르는 바다 사이를 평범한 부부가 되어 걷는 장면에 우리가, 우리 가족이 포함되어 있음이 행복이었다.

노력하고픈 삶을 살고 있는 것 같아서, 성실해야 하는 삶을 사는 것 같아서 뿌듯했다.

하늘의 일은 소리도 없고 냄새도 없다.

집으로 돌아오는 길. 조수석에 앉은 아내의 왼손을 조물거리다 오랫동안 잊고 지냈던 어린 시절이 떠올랐다. 어릴 적에 아버지는 가끔 토끼풀을 뜯어 나에게 반지를 만들어주곤 하셨다. 한 번은 꽃반지를 어찌 만드는지 찬찬히 알려주셨더랬다. 아버지와 나란히 쪼그려 앉아 꽃반지 만드는 방법을 배웠던 그 작은 추억이 지금은 손으로 만질 수 있는 일이 되었음에 새삼스러웠다.

새삼스러움의 결말로 하고픈 일이 하나 생겼다. 언젠가는 나도, 나의 아버지가 그리하셨던 것처럼, 효자와 토끼풀을 가지고 놀며 반지를 만들어주고 싶어졌다. 그래서 아내와 효자의 손에 토끼풀 반지를 하나씩 끼워주고, 조금 더 세월이 지나면 효자도 나에게 풀꽃반지를 하나 만들어주면 좋겠다는 바람이 생겼다.

오늘같이 어느 노을 지는 봄 저녁 나들이에, 꽃반지 하나씩 나눠 끼고 걷는 가족으로 보이고 싶었다. 그렇게 담백하여 보기 좋은, 소리 없고 냄새 없이 단단한 가족이 되고 싶다는 바람이 생겼다.

나의 성실함이 추구할 또 한 명의 이상형을 만나서, 돌아오는 길이 무척이나 행복했다.

그리고 아무 일도 없었다

임신 26주 차쯤 되면 보통 임신성 당뇨 검사(줄여서 임당 검사)를 받게 된다. 26주 차 임산부의 몸엔 어떤 극적인 변화가 일어나는지 나는 알지 못한다. 그렇지만 임산부에게 없던 당뇨가 생길 수도 있을 만큼 크디큰 변화가 생기는 기간인 듯하다. 게다가 우리의 몸은 사소한 기능 하나까지도 상호의존적이기에 당뇨 하나만의 문제인 경우는 드물다. 임당 검사를 받으러 가면 당뇨 외에도 빈혈, 혈압, 무기질 등 종합 검사를 받게 된다.

물론 산모의 건강과 함께 배 속 태아의 성장 상태도 중요하기에 이번에도 초음파 검사를 하였다. 일이 많고 일정이 맞지 않아 지난번 초음파 검사는 아내와 함께하지 못했었다. 그리하여 어언 두 달 가까이 되어서야 흑백 초음파로 효자를 보았다.

효자가 두 달간 자란 모습은 놀라웠다. 지난번에 본 효자는 의사 선생님의 말씀에 따라서야 어렴풋이 머리며 손이며 구분되었건만. 오랜만에 만난 효자는 골격이 하나하나 다 보여서 구태여 설명 없이도 어느 것이 어느 것인지 알아볼 수 있었다.

인간의 몸이 대칭형이라서 그런 것일까. 효자는 다리만 끌어당기지 않고 팔까지도 가슴팍으로 당겨 모으고 있었다. 마치 복서가 두 팔 올려 가드 하는 자세로 얼굴을 가리고 있었다. 펀치를 피하는 꿈이라도 꾸는 걸까. 아니면 언제 있을지 모를 비상 충격에 대비하는 걸까.

가드를 바짝 올리고 엄마 배에 얼굴을 파묻은 덕에, 이번에도 아이의 얼굴을 보지 못하였다. 정밀한 초음파도 26주 아기의 가드는 뚫지 못했다. 임당 검사는 초음파 검사 후에 진행되었다.

원활한 임당 검사를 위해서는 사전에 몇 가지 준비가 필요하다. 첫 번째, 당일 공복을 견딜 끈기. 두 번째, 부루펜 맛 검사 약품을 공복에 먹을 용기. 마지막으로 검사 당일 제일 이른 병원 방문을 예약(또는 오픈 런)할 성실함. 이 세 가지면 임당 검사 준비 완료다. 혹여 여유가 된다면, 아침 공복 상태로 한 시간 동안 검사를 대기하고 있을, 다소 예민해질지 모를 임산부를 위한 까까도 준비하면 금상첨화겠다.

임당 검사는 채혈실에서 진행된다. 5분 정도 소요되는데, 아내가 채혈실에 들어가 검사를 진행하는 동안 나는 병원 로비의 소파에 앉아 시간을 보냈다. 임신한 아내를 따라온 남편들(로 추정되는 많은 남성들)이 그곳에 모여있었다. 나처럼 검사실에 들어간 아내를 기다리는(것으로 추정되는) 나홀로 신랑도 여럿 있다.

병원에 온 사연이야 가지각색이겠으나 남편들의 앉은 자세는 하나같다. 다리를 꼬고 앉아 스마트폰을 새끼손가락에 걸치고 전자화면 위로 목을 쭈욱 빼어 굽어살피는, 21세기형 '생각하는 사람'이 한가득이다. 나는 그러한 모습을 살펴보는 재미에 스마트폰을 주머니에 넣고 주위를 두리번거리며 시간을 보냈다.

그러다 저기 로비 끝에서 아장아장 위태롭게 걸어오는 남자아이 하나와 그 뒤를 천천히 따라오는 어느 엄마의 모습을 보았다.

서너 살쯤 되어 보이는 아이다. 확실치는 않다. 나는 외형만 보고서 사람의 나이를 맞히는 일엔 남녀노소를 불문하고 재능이 없다. 그저 뒤뚱거리며 걷는 아이의 모습이 언제고 갑자기 넘어지더라도 이상하지 않을 만큼 엉성하였지만, 귀여운 아이였음은 확실하다.

어찌 아이의 걸음이 엉성하였다 확신하느냐고? 정말이지 아이의 걷는 모양새를 보고 '뭔가 불안한데…'란 생각의 마침표가 찍히기 무섭게 아이는 바닥을 향해 낙하했기 때문이다. 보통의 철퍼덕 주저앉는 낙하가 아니었다.

왜 그런 소리 있지 않나. 유리가 깨지거나 문틀에 발가락을 부딪칠 때처럼, 듣기만 하여도 '무슨 일이 났구나!' 하며 즉각적으로 알게 되는 소리. 아이는 '추-어-ㄹ-프-ㅓ-ㄷ-ㅓ-ㄱ' 소리를 내며 슈퍼맨마냥 팔다리를 쭈욱 뻗고 넘어졌다.

소리가 얼마나 찰졌는지. 스마트폰에 빠졌던 모든 영혼들이 일제히 고갤 들어 소리의 근원지를 바라보았다. 어디선가 읽기로 일본의 유명한 영화 음악 감독 히사이시 조는 음악을 삽입할 장면의 서너 프레임 뒤에 음악의 시작점을 맞춘다고 하였다. 장면과 음악의 시작점을 똑같이 맞추면 이상하게도 음악이 '먼저 들린다'고 하였다. 이를테면 청각이 시각에 앞서는 현상이다.

병원 바닥에서 무작정 들려오는 소리를 '먼저 듣고'선 아이의 넘어짐을 눈으로 확인하려는 다수의 모습을 보니 꼭 광속이 음속보다 빠른 것은 아닐지 모르겠단 생각이 들었다.

청각과 시각에 대한 뇌과학적 사태보다 더욱 신비로운 일이 남아있었으니, 아이가 넘어진 사건 뒤를 따라서 일어나지 않은 일이 그러했다. 아이는 전생에 컬링 스톤이었는지 병원 바닥을 주욱 미끄러져 갔으면서도 전혀 당황하지 않았다. 아이는 손발을 펴고 엎드린 포복 자세로 살짝 고개를 돌려서 뒤따르던 엄마를 보았다.

엄마는 아이를 보면서 가만히 서 있기만 하였고 아이는 머쓱하다는 듯 그냥 일어섰다. 그리고선 모든 상황이 종료되었다는 듯 다시 쌩쌩하게 걸어갔다. 엄마는 또 조용히 뒤따라 걸었고 사람들은 고개를 제자리로 돌려 전자 화면을 바라보았다. 그리고 아무 일도 없었다.

넘어진 아이가 으레 몰고 오는 당연한 울음이라든가, 넘어진 아이를 일으켜 세우려는 엄마의 당연한 데드리프트라든가, 울음 터진 아이를 달래려는 당연한 안정의 말. 그 어느 것도 없었다. 그저 평화. 평화만이 남았다. 대부분의 사람들은 고개를 숙여 못 보았겠으나, 아이가 다시 일어선 후 아이와 엄마가 보여준 장면도 놀랍긴 매한가지였다.

마침 아이의 어머니는 내 옆에 자리하였다. 병원 로비를 이리저리 누비던 아이는 엄마가 소파에 앉자 자신도 따라 앉고 싶었는지 소파를 향해 아장아장 걸어왔다. 그리고 기어코 나와 엄마 사이의 빈자리에 올라앉으려 힘썼다. 어른에게는 정강이 언저리쯤 오는 높이의 의자가 아이에게는 어깨높이를 넘어가는 장애물이다. 아이는 그 높은 장애물을 오르려 낑낑거렸다.

나의 눈은 옆자리를 차고 오르려는 아이의 앙증맞은 발발거림을 보면서도 온 신경은 옆의 어머니께 향했다. 왜냐하면, 아이의 엄마는 역시나 아이의 발버둥을 그저 보고만 있었기 때문이다. 엉덩이를 받쳐주거나 아이 겨드랑이에 손을 넣어 들어 올려주는 대신. 아이의 엄마는 그저 바라보고만 있었다.

아이는 몇 번의 시도를 거쳐 용케 혼자 힘으로 큰 장애물 위로 올라섰고, 마침내 털썩 주저앉았다. 그제야 아이 엄마는 아이의 앉은 자세를 고쳐주었다. 그리고 역시나, 아무 일도 없었다.

누구는 넘어진 아이를 일으켜주지 않고, 높은 의자에 오르는 아이를 돕지 않은 양육에 몹시 무정하다 생각할지도 모르겠다.

나는 학생을 가르치는 선생님이지만 결국 교육의 본질이란 지금 눈앞의 학생을 가르치는 데 있지 않고 아이가 훗날 '될 사람'을 가르치는 것이라 믿는다. 학교 교육의 목표란 학교 밖의 좋은 어른을 기르는 데 있다.

정情이란 본디 감정感情이어서, 사람과 세상의 만남에서 비롯된다. 여기서 사람의 세상이란 어디까지나 삶의 세계Lewenswelt일 수밖에 없다. 그러므로 정이란 반드시 통용될 수 있는 것이어야 하고 또한 지속 가능해야 한다. 이런 면에서 무정해 보이는 아이 엄마의 침착함이야말로 도리어 더없이 유정한 모습이었다.

인간이 이족보행 하도록 진화했다면 반드시 넘어지고 다시 일어서는 푸시업 능력 또한 함께 갖추었을 것이다. 그렇지 않으면 한 번 넘어졌던 모든 조상들은 두 번 다시 일어서지 못했을 것이고 이족보행이란 단어는 생겨나지 않았을 것이다. 그러니 넘어지지 않게 도울지언정, 넘어진 후에는 스스로 일어서도록 하는 것이 도리어 아이의 세상을 지속 가능하게 하는 일이다. 당연한 말이지만, 스스로 일어서려면 스스로 일어서야 하고, 스스로 하려면 스스로 해야 하지 않던가. 아이의 세계를 존중하려면 엄마가 다소 무정해져야 하는 아이러니다.

물론 인간의 삶은 0과 1의 이진법 사이의 소수점에서 꾸려지므로 넘어진 아이가 곧장 벌떡 스스로 일어나는自立 일을 바랄 수 없다. 그리고, 그렇기에, 양육자 또한 곧장 무정해질 수도 없다. 모든 스포츠 동작엔 구분 동작을 연습하는 과정이 필요하듯 무정함으로 다가가는 과정도 구분 동작으로 이루어지지 않을까. 아이가 넘어지지 않게 미리 예방하다, 넘어지면 곧장 달래어주고. 점점 간격을 두고서 달래주다, 어느 순간 매정히 아이를 두고 보기만 하는 순으로 말이다.

사람이 가지면 좋은 덕성은 매우 많다. 성실함, 끈기, 배려심, 화술, 용기, 건강, 자기 절제력, 인내, 집중력, 무심함, 적극성, 예의 바름…. 오랜 옛날부터 권장되어 온 덕목은 참으로 많지만, 이 모든 덕성엔 한 가지 공통점이 있다. 우리가 소위 좋은 사람의 조건이라 하는 모든 것은 한 사람의 장기적 가치를 담보한다는 점이다. 쉽게 말해 어떠한 사람의 '훗날'을 기대하게끔 하는 요인이 곧 덕성이다.

대표적으로 건강이 그렇다. 인생사 새옹지마라며, 새옹지마의 고사성어를 따라 꼭 건강이 좋은 일만 불러오는 것은 아니라고 말할지도 모르겠다. 고사성어에 따르면 말을 타다 떨어져 다리를 다친 덕에 전쟁터에 끌려가지 않은 경우도 있기에.

그러나 고사의 인물은 어쨌거나 건강했기에 말을 올라탔고, 또 건강했기에 다친 다리가 회복되었지 않겠나. 게다가 죽음엔 건강이고 뭐고 소용없는 법이다. 새옹지마 속 인물은 다리를 다치는 바람에 전쟁터에서 죽지 않고 건강히 살았기에 역설적으로 새옹지마의 증거가 된다.

진짜 성실함은 성실함을 유지하는 과정에서 드러나듯 진짜 건강은 곧 건강을 유지하는 과정에 있다. 구원으로 가는 과정이 곧 구원이듯, 진짜 좋은 것은 그 좋음을 꾸준히 유지하고서야 서서히 드러난다.

사랑엔 약간의 그리움이 필요하다. 소크라테스가 말하길 "사

랑은 사람을 성장케 한다" 하였는데, 성장이란 어디까지나 '나'
의 성장일 수밖에 없다. 내가 사는 세계의 성장이고, 나 스스로
의 성장이며, 그렇기에 스스로 일어서는 시간이 필요하고 스스
로를 위해 타인과의 거리가 필요하다. 결과적으로 사랑엔 언제
나 누군가에 대한 약간의 그리움이 생겨난다.

　이상의 말에 조금이나마 고개를 끄덕였다면, "그리움 없이는
사랑이라 할 수 없다"는 말에도 같은 정도로 고개가 끄덕여져야
한다. 'p이면 q이다' 명제와 'q가 아니면 p가 아니다'라는 대우 명
제는 참과 거짓을 같이 하기 때문이다. 무정함 없이는 사랑이라
할 수 없다는 결론이다. 음악은 음音과 음 사이의 공백에서 드러
나고, 그 어떤 좋은 집도 가득 차면 어두워진다. 사랑은 결국 거
리감 속에서 발생한다.

　누가 보기에는 무정해 보일지 모를 어머니의 선택이 되려 무
정하기에 아이를 스스로 일어나는 사람으로 만들고, 누가 보기
엔 무심한 남편들의 기다림이 되려 무심하기에 평화롭게 아내
를 기다릴 수 있다. 무정하기에 오래도록 갈 수 있고, 무심하기
에 다시 만나면 반갑지 않던가.

　나 또한 무심히 이런저런 생각으로 시간을 보내고 있으니, 조
금 지나 채혈실에서 나오는 아내가 보였다. 어느덧 불러온 배의
모양새를 보니 우리가 지나온 시간이 결코 적지 않음이 실감 났

다. 부른 배가 동그래서 그렇겠지만, 걸어오는 아내가 동글동글해 보였다. 귀엽다.

병원을 나와 아내가 좋아하는 토스트 집에 들러 각자 좋아하는 토스트를 야무지게 먹었다. 아내의 공복에 덩달아 나도 아침 끼니를 걸렀더니 오랜만에 먹는 토스트가 아주 맛났다. 나는 토스트를 두 개 먹었다. 토스트를 먹으며 아내가 채혈실에 있는 동안 보았던 아이와 그의 어머니와 그로부터 일어난 생각들에 대해 이야기하였다. 아내는 나의 말에 십분 공감해 주었다. 나의 생각이 나 혼자만의 것이 아니게 해주어 고마웠다.

집으로 돌아오는 길. 아내에겐 말하지 않았지만 내심 효자가 두 달 동안 가드를 바짝 올리고 초음파를 피하여 얼굴을 보지 못하였음이 아쉬웠다. 누구는 입체 초음파 사진에 AI 기술이니 뭐니 하며 실제 얼굴까지도 얼추 맞추어 본다는데. 그런 일은 고사하고 얼굴 한 번을 마주치지 못한 채로 다시 몇 주를 기다려야 하니, 돌아가는 길 곳곳에서 허무와 서운함이 묻어나왔다.

그럼에도, 꿈과 현실은 다르다고, 냉정한 현실에 맞서기 위해 벌써부터 가드를 바짝 올리고 있을 효자의 모습을 그려보니 한편으론 귀엽기도 하며 또 한편으로는 기특하기도 하다. 게다가 인생은 어느 정도는 돌이켜보고서야 알게 되기에, 이토록 효자를 그리워한 만큼 훗날 만나게 되어서는 더 반갑지 아니할까.

그럼에도 조그마한 바람이 있다면… 세상사 조금 두렵더라도 가드를 내릴 줄도 알아야 고개를 들 수 있고, 고갤 들어야 멀리 보이고, 멀리 봐야 오래갈 수 있는 법이니, 효자가 이런 마음을 가져서 다음번엔 가드를 살짝만 내려주면 참으로 고맙겠다. 게다가 첫딸은 아빠를 닮는다는데, 나보다는 이쁜 엄마를 닮아야 오래가는 데 좀 더 쉽지 않을까.

그러니까, 효자야. 엄마 닮았는지, 얼굴 한번 보자.

아직 안 겪어봐서 그렇다

1.

〈프렌즈〉라는 미국 시트콤을 아시는지? 30년쯤 전, 미국에서 방영되어 시트콤이라는 장르를 우리나라까지 전파한 아주 유명한 시리즈다.

아쉽게도 요즘은 우리나라에서 TV 시트콤이란 장르가 쇠락하였지만, 〈프렌즈〉 덕에 우리나라에서도 시트콤이란 장르를 시도했던 역사가 있다. 시도에 그친 것이 아니라 꽤나 성공을 거두었다. 〈프렌즈〉의 영향을 받았음이 아주 역력했던 〈남자 셋 여자 셋〉이라거나, 청춘남녀가 대거 등장하는 〈논스톱〉 시리즈, 현재는 보기 아주 어려워진 대가족이 등장하는 〈순풍 산부인과〉나 〈웬만해선 그들을 막을 수 없다〉 등. TV를 챙겨보지 않는 나도 여전히 기억하고 있을 만큼 유명한 작품이 많다.

이렇게 재미있는 시트콤이 많이 존재했기에, 그리고 당시엔 TV 외에 영상물을 볼 수 있는 수단이 딱히 없었기에 누구나 스치듯 시트콤을 몇 편 정도는 볼 수밖에 없었다. 그 누구나 중엔 당연히 나도 끼어 있었고. 다만 시트콤이 번성한 시절의 나는 아주 어렸기에, 스쳐본 여러 에피소드의 흔적은 머릿속에 남아있되 오래된 LP의 잡음처럼 선명하지 않다. 어느 시트콤에 어떤 인물들이 출연했는지는 모르겠지만, 스토리만은 용케 기억에 남은 에피소드가 여럿이다.

그중에 한 편을 꺼내 본다.

A는 제대로 된 짝을 찾지 못한 지 오래다. 연애는 하고 싶으나 마음에 드는 상대를 찾지 못하여 방황하는 보통의 청춘이랄까. 기억 속 시트콤에서 A는 여러 번의 소개팅을 전전 중이었다. 누구에게 누구를 소개받고, 누구에게서 또 누구를 소개받고. 이런저런 사람을 만나보았으나 잘 이어지지 않았다.

기억이 하도 흐릿하여 어찌 A가 그리도 소개팅을 전전하였는지 그 사연을 알 수는 없으나, 아마도 A는 완벽한 상대를 찾고 있었던 것 같다. 흐릿한 기억 중에도 건져 올린 몇 장면에서 A는 소개받은 상대들과 항상 냉면을 같이 먹었고, 눈앞의 상대가 냉면을 먹는 방식이 맘에 들지 않는다며 매번 퇴짜를 놓았다. A 본인은 냉면을 먹기 전엔 항상 냉면 위로 올려진 삶은 달걀에서 노른자를 먼저 골라 먹는데 상대는 흰자를 골라 먹었다는⋯ 문자 그대로 자신과 딱 맞는 사람을 만나고 싶다는 다소 믿기 힘든 이유였다. (어쩌면 지금까지의 글에서 '노른자'와 '흰자'의 자리가 바뀌었을지도 모르겠다.)

이런 에피소드가 현실 세계에서 일어났다면, 그리고 A가 나의 친구였다면, 거기다 이러한 '노른자주의자'스러움을 버리지 못하고 또 다른 소개팅을 주선해 달라 투정을 부린다면 아마 절교하고 말았을 테다. 그러나 시트콤은 시트콤이니까, 그냥 그러려니 하고 스윽 넘어가자.

여하튼 A는 어느 인물과 또다시 냉면집 만남을 갖게 된다. 훤칠하고 인물 좋고 매너 좋은 상대방과 역시나 냉면 한 그릇씩을 놓고 자리에 앉았다.

A는 노른자주의자답게 냉면 위에 놓인 삶은 달걀에서 노른자를 우선 쏙 빼어 입에 넣었다. 그 모습을 보던 상대는 A에게 말하기를 "A씨는 노른자부터 먹네요? 노른자는 조금 뻑뻑해서 잘 안 먹게 되던데. 저는 그래서 흰자부터 먹어요" 하였다. A는 속으로 '역시, 이번 소개팅도 글렀구먼'이라 생각하였다. 냉면 한

그릇을 다 먹고서는 돌아서야겠다 마음먹던 차, 흰자를 먹던 남자는 A에게 이어서 말했다.

"잘됐네요. A씨는 제 노른자를 먹어요. 저는 A씨가 안 먹는 흰자를 먹을게요."

지금 보면 당연한 일인데, 당시 어린 나에게는 서로의 필요를 교환하여 만족의 균형을 찾는다는 '냉면 에티튜드'가 심히 놀라웠다. A도 그러했나 보다. 그녀는 계란 바꿔치기라는 상대의 재치에 눈이 동그래졌다. 노른자주의는 흰자주의를 배척해야 하는 것이 아니고, 도리어 그와 만나야만 자리잡을 수 있다는 사실을 깨달은 듯하였다. 딱 맞는 상대란 이런 것이었다.

어느 노른자주의자와 흰자주의자의 만남이라는 에피소드는 이쯤 하여 (기억 속에서) 마무리된다. 에피소드의 마무리와 함께 오랜 세월을 머릿속에만 보관하였던 기억이 아저씨가 되어가는 요즘에서야 다시 떠오른 이유는 지난주 아내와 오랜만에 다녀온 여행을 곱씹어볼수록 솟아오르는 설렘 때문이다.

날이 아주 푸르고 깨끗하여 좋았던 이틀은 아이가 태어나기 전 마지막으로 오롯이 둘의 시간을 보내는 아쉬움이기도 하였으나, 도리어 아쉽기에 달콤하였다. 다음번 이곳에 도착한 우리는 둘이 아닐 것이기에 설레었다. 이곳이 예전에 엄마랑 아빠가 데이트하던 곳이었다고, 네가 태어나기 전에 마지막으로 여행 온 곳이 여기였다고 말해줄 아이가 있을 정해진 미래 때문에 우리는 '여행 중'에 즐거웠다.

2.

"You only live once"라는 말을 누가 처음 하였고 누가 이를 퍼뜨려 밈으로 탄생시켰는지 나는 모른다. 그러나 이 말처럼 곡해되고 오용되는 말이 드물다는 것은 잘 안다. 우리말로 '인생 한 번뿐이다' 정도로 번역할 수 있는 문장이 욜로YOLO라는 축약어로 변하면서 대체 어떤 이유에선지 의미가 와전된 듯하다. 다이어트가 너무 심하면 사람을 알아볼 수가 없는데, 이 문장도 꼭 그렇다.

물론, 인생은 한 번뿐이다. 좀 더 정확히 말하자면 이번 인생은 한 번뿐이라고 말하는 것이 좋겠다. 전생에 코끼리였다든가 다음 생엔 세상 걱정 없는 반려묘로 태어나고 싶다는 등의 이야기를 할 수도 있겠으나, 그럼에도 불구하고 이번 생을 두 번 살 수는 없는 노릇이다. 이는 어찌할 수 없는 사실이다. 이번은 다음이나 저번과 다르니까. 고로 (이번) 인생은 한 번뿐이다.

그래서… 뭐? 인생은 한 번뿐인데, 그래서 어쩌라는 말인가? 이에 한참 유행하였던 욜로가 들려준 답은 '그러니까 지금 즐기라고'였다. 어차피 한 번뿐인 인생, 뭐 그리 참고 참으며 사는가. 어차피 두 번 없을 인생, 뭐 그리 모으고 모으며 사는가. 미라가 되어 부활을 꿈꾸며 살 파라오도 아니면서, 어찌 그리 영생할 듯 현생을 사는가. 그저 즐기라.

그러나 잠시 한숨 고르고 다시 생각해 보면 '인생 한 번뿐이다' 라는 말은 그저 그뿐이라서, 그 후에 덧붙여지는 말은 모두 어느 누구의 해석이고 창작이며 제안일 뿐이다. 어쩌면 이 말을 처음 세상에 꺼낸 사람이 등장하여 어느 신난 욜로족에게 "난 그런 말 한 적 없는데?"라 핀잔 줄지도 모를 일이다.

더군다나 '인생'이란 단어를 사용하는 이상 욜로는 무용지물 이 되고 만다. 인생은 그렇게 오늘로만 가득하지 않기에 그렇다. 밝다는 말은 어둡다는 말이 있어야 탄생하고 안쪽은 바깥이 있 어야 탄생하듯, 오늘이란 말은 어제와 내일이란 말이 있어야 탄 생한다. 제논과 베르그송의 철학을 논하자는 것이 아니다. 과녁 은 과녁의 바깥이 있어야 존재하듯, 한 단어는 그 단어가 아닌 것 과 탄생을 동시에 한다는 다분히 당연한 얘기를 하고플 뿐이다.

어제 없이 오늘이 어찌 있겠으며 오늘뿐인 내일은 또 어찌 있 겠나. 오늘은 어제와 내일의 사이에 있을 수밖에 없다. 그런고 로 참는 일도 내일을 위해 오늘 참는 것이고, 어제 모은 한 줌에 오늘의 한 줌을 더하는 중임을 우리는 잊어선 안 된다. 오늘 미

룬 일을 내일의 내가 어떻게든 해내기야 하겠지만, 내일 허덕이
게 된 사연은 언제나 오늘에게 있음이다.

이러한 사연으로 오늘의 설렘은 언제나 내일의 기대에 뿌리내
리고 있기도 하다. 퇴근의 설렘은 퇴근 후의 안락함에 근원이 있
듯, 임신 중 여행의 설렘은 출산 후의 기대에 닿아있었다. 어느
유명한 숲길을 걸으면서도 이 좋은 곳에 언젠가 아이와 함께 다
시 올 날이 그려졌고, 한 손에 아이 하나씩 쥐고 가는 어느 단란
한 가족의 뒷모습을 보면서는 아내의 부른 배가 감격스러웠다.

아내는 종종 나를 '현실적이지 않다'고 평하곤 한다. 그런 평을
들을 때면 항상 '현실적이지 않을 수 있는 인간이 현실에 있을 수
있나…?' 하는 논리적 반발심이 일어나곤 한다. 그러나 이내 가
라앉히고 만다. 결혼 전에도 아내로부터, 그리고 여러 사람들로
부터 꾸준히 들어오고 있는 평이기에 그렇다.

대체 현실적인 사람은 어떠하길래, 현실적이지 않다는 말이
존재할까? 너, 나, 우리 모두 현실을 살아가고 있는 것이 아니었
나? 혹시 누구는 현실을 살고, 나는 매트릭스 세계 속에서 사는
것일까? 나도 그대들과 같이 땅을 밟고 하늘 아래 사는 사람이
라 생각했는데. 현실적이지 않다고 평하는 말을 들을 때면 대체
그들이 말하는 현실이란 무엇이기에 서로를 구분하기에 이르렀

나 생각지 않을 수가 없다.

그러다 아내가 임신을 하고 비로소 고민을 해결할 단서를 얻게 되었다. 아내의 임신 소식을 들은 사람 중에 상당수의 반응은, 우리가 무엇을 하고 무슨 말을 하든 부정적이었다. 임신 7주차에 임신 소식을 알렸을 때에는 너무 이른 '임밍아웃'이라 하였고, 내가 육아 휴직을 하겠다 하니 아내에게 "남편을 믿을 수 있냐"고 하였다. 모유 수유를 하겠다니 고생이라 하였고, 자연분만을 하겠다고 하니 얼마나 고통스러울지 앞서 걱정해주었다. 천기저귀를 쓰고 싶다 하였더니 '모르는 소리'라 하고, 조리원을 가지 않고 집에서 조리하겠다 하니 '아내 고생시킨다'는 말도 하였다. 정작 아내가 원한 결정인데도 말이다.

이러한 부정적 반응 중에서 가장 인상 깊은 것은 아무래도 'Welcome to Hell'이다. 출산 후엔 어마어마한 고통이 기다리고 있으니 임신 기간은 그래도 행복한 것이다… 하는 식이다. 결혼 전에는 자녀 계획을 묻더니, 자녀가 들어서면 기다렸다는 듯 온갖 '부정'이 줄을 잇는다. 어쩌란 말이냐.

둘, 셋을 낳고 싶다는 말은 꺼낼 수도 없다. 이쯤 되면, 대한민국 저출산의 원인을 너무 먼 곳에서 찾아왔지 않나는 생각도 든다. 너, 나, 우리 모두 21세기의 대한민국을 사는 사람인데, 어쩐 이유로 우리는 같은 시간과 다른 현실을 살아가는 것일까. 그들에 따르면 나 자신이 현실적이지 않은 사람이기에 그들의 마음을 온전히 이해하지는 못하겠으나, 구태여 이해해 보고자 찾아낸 단서는 이렇다.

오늘에 비추어 오늘을 보는 사람이 현실주의자요, 내일에 비추어 오늘을 보는 사람은 비현실주의자다. 적어도 임신이란 세계에 있어서는 그렇다. 이것이 내가 내놓는 답이다.

$$1 + 2 = 3.$$

노른자만 있거나 흰자만 있는 알은 부화하지 못한다. 더군다나 노른자만 있는 알이 있다는 소식은 들어보지도 못하였다. 흰자만 있는 달걀이 종종 발생한다고는 하지만 부화하지 못한다. 오직 노른자만 고집해서는 한 쌍 연인이 되지 않듯, 생명이 발생하기 위해선 노른자와 흰자가 반드시 만나야 한다.

어제와 오늘과 내일도 그러하다. 어제는 오늘을 비추는 거울이기도 하며, 동시에 어제의 일만으로 오늘을 평가하여서도 곤란하다. 새 마음 새 출발은 그야말로 새로운 것이기에 과거와의 단절을 선언하며 시작되지만, 선언의 설득력은 아이러니하게도 어제까지 보여준 성실함에서 나온다.

사람이 내일 없이 오늘만 보고 살아서도 아니 될 노릇이지만 내일만 보고 살아서도 아니 될 일이다. 오늘의 만족 없이 내일의 만족만을 위해 산다면, 내일엔 또 그날의 내일만 보고 살기에 언제나 공허만 남는다. 반대로 내일에 대한 담보 없이 당장의 만족만으로 하루를 끝내서는 모든 일에 당면한 뒤에야 처리하기에 도리어 피곤하여 오래가지 못하거니와, 무엇보다 사람으로 하여금 신뢰를 얻을 수 없다. 신뢰는 장기적인 기대에서 온다.

그러므로, 당연한 말이지만, 현실은 반드시 과거와 미래의 사이에 위치해야 한다. 아내와 내가 만난 지난날의 결실이 지금의 효자라면 아내의 부른 배를 보고 설레는 근원은 아이가 태어날 가까운 미래에 있다. 아이가 태어나고서는 지난 인연이 켜켜이 쌓여왔음에 감격스러울 것이고, 똥기저귀를 갈고 아이를 달랠 새벽을 지내면서도 점차 커갈 아이의 모습을 상상하며 즐겁기도 할 것이다. 아이가 학교에서 바라던 성적을 받아오지 못하면 아이가 괴로워함에 따라 괴롭겠으나, 아이가 지나온 노력에 칭찬하고 앞으로 고쳐갈 공부에 전력하듯 말이다.

여기까지의 글을 읽으며 '역시나 이상주의적이다'라거나 '아직 안 겪어봐서 그래' 같은 마음을 떠올리신 분들이 있다면 되려 묻고 싶다. 그렇게 고통으로 점철된 나날로 과거를 기억한다면, 시간을 되돌려 모두 없던 일로 할 수 있는 기회가 왔을 때 되돌릴 선택을 하겠느냐고. 아이도, 가족도, 추억도 모두 없던 일로 되돌려 신혼 시절로 돌아가겠느냐고. 또는 그 전의 머나먼 곳으로 돌아가겠느냐고.

'그건 아니지'라 답하셨다면, 나와 같은 '현실'을 살고 계신 것이리라 믿는다. 다만, 나는 무지의 동굴 속에 살면서 끊임없이 햇살을 동경하는 마음으로 사는 한 사람이라 말하고 싶다. 동굴을 나선 사람에게서 햇살의 따가움과 함께 따스함의 소식도 듣고 싶은 어느 젊은 부부라고 말하고 싶다.

여행지 곳곳에서 우리 부부는 함께 사진을 찍었다. 결혼식에서 쓰려고 샀다가 정작 그날엔 못 쓴 폴라로이드 사진기로 여럿을 찍었고, 그중에 몇몇을 골라서는 집에 돌아와 벽면에 붙여두었다. 붙여둔 사진 중에는 푸른 갈대밭을 배경으로 두고 아내의 배를 찍은 사진도 있다. 아내가 하트모양으로 손을 만들어 배 위에 올려둔, 오직 부른 배와 아내의 손과 푸른 배경만이 나오도록 찍은 사진이다.

앞서 오롯이 둘의 시간을 보낸 여행이었다 하였으나, 실은 효자도 함께 한 여행이기에 부러 몇 장 남겨두었다. 효자도 함께 여행을 왔었다는 기억도 남기고 싶어 그리하였다. 언젠가 우리 가족이 다시 이곳에 오거든 효자에게 이렇게 말해주기를 기대하며 말이다.

"엄마랑 아빠랑 효자랑 옛날에 여기 왔었는데, 기억나? 안 난다고? 그럴 리가 없는데! (네모난 폴라로이드 사진을 스윽 꺼내며) 여기 사진 봐봐. 여기 갈대밭이랑 사진에 나온 갈대밭이랑 똑같지? 엄마가 손으로 하트 만들고 있잖아. 여기 하트 속에 효자가 그때…."

아름다운 오월

오월이다.

서른네 번째 맞이하는 오월이면서도, 이만한 아름다움은 처음이다. 하늘은 몹시도 깨끗하고 청량하여 파랗다. 가로수는 새로 뿜어낸 이파리의 밝은 초록으로 무성하고, 습기가 아직 찾아오지 않은 탓에 바람이 건조하다. 건조한 바람이 쓸어대는 가로수의 바스락 소리가 귀에 익는다. 노을이 시원하고 새벽은 보랏빛이다. 봄도 아니고 여름도 아닌 오월은 무척 아름답다.

이번 오월이 유독 푸르러서 그럴 리가 없다. 이번 오월만 유독 봄과 여름 사이에 끼었을 리가 없고, 벚꽃 지고 피어난 이파리가 이번만 유독 밝을 리가 없다. 여름 오기 전의 바람이 바삭거리는 이유는 그저 봄의 건조함과 여름의 훈풍이 만나는 지점이기 때문이고, 노을이 시원하고 새벽이 보랏빛인 이유는 공기가 건조하여 증기가 햇볕을 흩어놓지 않기 때문이다.

그러니 앞서 지나쳤던 서른세 번의 오월이 한결같이 흐리고 탁했을 리가 없다. 오로지 지난 서른세 번의 오월을 바라보던 '나'와 서른네 번째 오월의 '나' 사이 어딘가에서 무언가 달라졌음이 유일한 정답일 것이다. 어쩌면 이번 오월은 지난 서른세 번의 오월과 결별해야 하는 시점일지도 모를 일이다.

로켓을 궤도에 올려놓은 추진체의 운명처럼, 지난 오월이 나를 멀리 밀어놓고 조용히 떨어져 나간다.

아름다운 오월이다.

오월의 아름다움을 말한 시를 일찍이 읽었으면서도, 이만한 감동은 처음이다. 대학 시절, 이미 돌아가셨던 피천득 선생님의 수필을 읽었던 적이 있었더랬다. 도서관 저기 구석진 곳에 꽂혀 있던 『인연』이란 수필집. 고전古典이란 무엇인가에 대해 누군가 말하기를 '누구나 알면서도 누구도 읽어보지 않은 것'이라 하였지만, 나는 그분의 수필을 서늘한 서가 한 편에서 꺼내어 몇 번이고 읽었다.

피천득 선생님이 돌아가시기 몇 해 전에 〈내 여자친구를 소개합니다〉라는 영화가 개봉하였다. 영화에는 배우 전지현이 경찰,

배우 장혁은 물리 교사로 등장한다. 영화 속에서 장혁은 수업 중이었나 조례 중이었나… 여하튼 교실에서 학생들과 시간을 보내던 중이었는데 전지현이 불쑥 교실로 침입한다. 장혁이 급히 전지현을 교실 밖으로 쫓아내던 중에 전지현은 교실 어딘가에 붙어있던 『인연』의 한 구절을 보고서 이런 대사를 날린다. "천득이가 누구니! 천득이가 '인연'을 썼구나! 대단한데?"

아무래도 각본을 쓰셨던 분은 로맨스 코미디 장르에 어울리는 유머 요소로 이 한 줄을 넣었으리라. 본디 유머란 서로가 가진 공감의 요소를 상대가 예상치 못한 방향으로 굴절시키며 발생하는 것이니만큼, 각본가는 천득이가 쓴 '인연'이란 피천득 선생님의 수필 『인연』을 의미하고 있음을 관객이 숙지하였으리라 여겼을 것이다.

교사가 학생의 수준을 어림짐작하여 수업에 임하듯, 각본가도 관객의 독서력에 착각을 품었을지도 모를 일이다. 이렇든 저렇든, 그러한 짐작 또는 착각을 바탕으로 유머 코드를 활용할 만큼 피천득 선생님의 『인연』은 '누구나 아는' 작품이었다.

과연 유머 코드가 개봉 당시에 얼마나 잘 작동하였는지는 모르겠지만, 나 한 명만큼은 '천득이'라는 표현에 감명(?)을 얼마나 깊게 받았던지 세월이 한참 지나서도 서가 한 편에 꽂혀있던 그분의 수필집을 곧장 알아보았다. 내 생의 첫 수필집이었다. 그분이 남기고 간 시집은 내 생의 첫 시집이 되었다.

　무척 아름다운 오월이다.

　무릇 생명이란 유한하고 앎이란 무한한 것이라서, 유한한 것으로 무한한 것을 좇으려면 힘에 부친다. 도서관을 자주 들락거리면 이런 사실이 진정 '사실'임을 애써 알려 하지 않아도 알게 된다. 책은 끝이 없는 서가에 가득하고 새로운 책은 소리 없이 생겨난 빈자리에 또 가득 꽂힌다. 그러니 활자를 가득 채우기에 이 한 번의 삶이란 비좁고 비좁다.

　이러한 허울 좋은 핑계에 기대어 변명하자니, 나는 시집을 많이 읽지 않는다. 지금껏 구매한 시집은 손가락에 꼽고, 그중에는 한쪽도 읽지 않은 시집이 반이다. 그러니 진짜 '읽었다'라고 할 수 있는 시집은 대여섯 권이 전부다. 그마저 두 권은 학교의 아이들에게 책을 읽게 하려, 감수성보다 나 스스로 우선 읽어야겠다는 의무감에 읽었을 따름이다. 김소월 선생님, 윤동주 선생님의 시집이 그렇다(죄송합니다).

　나머지 세 권의 시집 중에 한 권은 실상 그 시집에 실린 딱 한 편이 마음에 들어서 구매하였다. 그러니 정말 '읽었다'라고 할 수 있는 시집은 두 권이고, 그중에 한 권이 피천득 선생님의 시집이다. 몇 번을 읽고 또 읽었는지 모른다. 마음이 힘들 때나 번잡할 때. 평화롭거나 잔잔할 때. 어느 때 읽어도 좋았다.

그래서 며칠 전에 다시 꺼내어 읽었고, 여러 편의 시 중에서 유독 「창밖은 오월인데」에 오래 머물렀다. 아내가 잠에서 깨지 않은 새벽. 샤워하고 커피 한 잔 마신 뒤에 나는 「창밖은 오월인데」(이하 「오월」이라 한다)를 읽었다.

창밖은 오월인데
너는 미적분을 풀고 있다
그림을 그리기에도 아까운 순간
…

무척 아름다운 시절이다.

창밖은 오월이다. 오월이라서 푸르고 바삭하고 맑고 밝다. 그러한 오월이 창밖에 있다. 고갤 들어보기만 하여도 눈이 부실 텐데, '너'는 고개 숙여 미적분을 풀고 있다.

'너'는, 나의 주관적인 생각으로는 아마도 피천득 선생님의 따님을 지칭하는 듯하다. 내가 곧 딸의 아빠가 된다는 이유로 과한 의미부여를 하는 것이 아니라, 실로 피천득 선생님의 수필집 『인연』에는 따님에 대한 글이 많고도 많다. 아드님도 있었으나 아드님에 대한 수필은 한 편도 없다. 어쩌면 내가 가진 수필집에서

만 그러할지도 모르겠으나, 여하튼 수필집에 들어갈 만큼 잘 쓰인 수필에는 아드님 이야기가 없다.

그러니 아마도 '너'는 딸일 테다. 요즘은 과도한 선행학습의 결과로 유치원생이 미적분 문제를 풀기도 한다던데, 그러한 현실은 낭만적이지 않으니 그저 '너'는 고등학생이라 믿자. 그러한 '너'는 미적분을 풀고 있다. 푸른 오월 곁에 앉아 미적분을 사각거리며 풀고 있는 '너'를 시인은 보고 있나 보다.

'너'와 오월이 푸르러서 이 모습 그림 한 장 그려주고 싶으나, 그럴 수가 없다. 그림을 그리려면 종잇장을 보려 너에게서 눈을 떼어야 하는데, 그러한 찰나의 단절도 아쉽다. 그는 '너'를 그려줄 수 없어서 시를 썼나 보다.

그렇게 쓰인 「오월」을 읽은 나는 수학을 전공하여서, 수학 선생님이 되어서, 미적분을 가르쳐줄 아이들이 있어서, 하필 요즘에 아이들에게 미적분을 가르치고 있어서 참으로 다행이라고 시를 읽으며 생각했다. 푸른 오월 앞에서 미적분을 푼다는 말이 어떤 말인지, 그러한 아이를 보는 마음이 어떠한지 새벽에 시를 읽고 알게 되었다.

지난 서른세 번의 오월 중에는 한 번도 알지 못했던 일을, 지난 시절 동안 읽었던 여러 번의 「오월」 중에는 한 번도 알지 못했던 바를 이번 오월에는 알게 되니, 과연 내가 달라져 있나 보다.

서른세 번의 지나간 오월이 서른네 번째 오월을 추진하고서 돌아오지 않게 되었나 보다.

이번 오월에 「오월」을 다시 읽은 우연은 행복이었다.

돌아오지 않는 오월이다.

동이 트고, 출근하였다. 타자를 열심히 쳐서 「오월」을 화면에 적었다. 글자체도 섬세한 녀석으로 골라 넣었다. 시는 무릇 담박하여야 좋으니 그리 크지 않은 크기로 프린트를 수십 장 하였다. 이날은 세 번의 수업을 하여야 했다.

수업 종이 울리고. 나는 매 수업에 「오월」이 새겨진 종이를 충분히 챙겨 들어갔다. 수업 중에 짬을 내어 아이들에게 「오월」을 나누어주었다. 마침 날이 맑아서 다행이었다. 아이들에게 「오월」을 읽어주었다.

도통 아이들에게 이런 '낭만'적인 모습을 보여주지 않는데, 이번엔 어쩔 수 없었다. '어쩔 수'가 없었다. 마침 푸른 오월에 미적분을 공부하는 아이들 앞에서 「오월」을 읽지 않을 수학 선생님은, 시를 모를지언정, 알고서는 읽지 않을 수가 없었다.

곧 몇 해가 지나면 아이들에게서 미적분이 사라지고, 사라지는 미적분을 따라서 덩달아 사라질 지금의 오월은 돌아오지 않을 테다. 수학 문제를 풀기에는 아까운 순간이다.

수학 선생님이 시를 수업해서 그럴까, 아이들의 반응은 미적분을 알려줄 때의 모습과는 확연히 다르다. 물론 '미적분을 풀고 있다'는 구절에서 아이들은 다소 생뚱맞아하였으나, '너'란 시인의 딸이라는 소식에, 그리고 그러하기에 '그림을 그리기에도 아깝다'라고 말한 시인의 쩔쩔맴에 아이들은 감동한 눈치다. 「오월」을 읽어준 선생님 말고 '너'를 바라보는 시인의 시선에 말이다.

어떤 지점에서 누구에게 왜 감동했는지 이유를 캐는 것이 중요하겠나. 그저 아이들이 자신의 '고행'이 누군가에게는 눈을 떼기에도 아까운 순간임을, 그 단서라도 알아챘으면 그것으로 충분했다. 날씨가 맑고 푸른 오월인데 공부를 해서 괴로움이 아니라, 책상 앞에 앉은 너로 인해 오월의 푸르름이 살아날 수 있음을 알게 됨으로 충분했다.

정말로, 삶은 돌이켜보아야 비로소 알게 되는 것일까.

어쩌다 읽게 된 시집과 어쩌다 보니 공부하게 된 수학이 이런 시절을 만나고서야 비로소 형태를 갖추게 되었음을 이제야 알게 된다. 그리고 이에 대한 귀납적 결론으로, 이 형태 또한 훗날 나의 딸이 미적분을 (순순히) 공부하게 되는 시절이 오면 다시 새롭게 조형될 것임을 알게 된다. 나의 딸이 미적분을 공부할 때가 되어서는 그때의 창가 앞에 앉은 아이를 보며 '오월'이 새롭게 느껴질 것을 이미 안다.

그때에는 나의 딸을 떠올리며 다시 「오월」을 읽고 있으면 좋겠다. 푸른 오월은 결코 그 자체로 푸르지 아니하며, 미적분이라는 고행이 있기에 비로소 그리 보이는 것임을 내가 잊지 않으면 좋겠다. 그리하여 어느 좋은 오월에 아이에게 작은 「오월」을 건네주어야겠다.

어떤 훌륭한 그림도 시작부터 드러나지 아니하며 점선면이 자리를 잡고서야 서서히 모습을 보이지만, '너'는 그렇지 아니함을. 스스로의 자리에 앉아 열심인 모습만으로 오월의 푸름이 시가 되는 증거를. 그림을 그리기에도, 사진을 찍기에도 아까운 찰나의 순간을 아빠는 마주하고 있노라고. 나 스스로에게도, 그리고 효자에게도 꼭 그리 말해주어야겠다.

그리 말하겠다고 말하였음을, 잊지 않아야겠다.

전원일기 轉院日記

전원轉院 : 환자가 치료받던 병원에서 다른 병원으로 옮김.

(출처 : 네이버 국어사전)

30주쯤 하여 있는 정밀 검사를 기점으로 전원하였다. 그간 다니던 병원에 특별한 문제가 있었다거나 모자람이 있어서 옮긴 것이 아님을 미리 밝힌다. 그동안 다닌 병원은 집에서 가깝고 평도 좋은 편이라 만족하며 지금껏 다녔다. 병원의 직원도 다들 친절하였고.

다만 출산이 임박해 오며 우리 부부의 필요가 조금 변했을 따름이다. 그동안은 아내와 효자의 건강과 이상 유무에 우리의 필요가 있었지만 임신 30주 차가 넘어서며 점차 현실적인 문제를 고민해야 했다. 출산과 산후조리가 대표적이다. 우리 부부는 자연분만과 24시간 모자동실이 필요했지만 다니는 병원에서는 이를 만족시켜 줄 수 없었다.

그리하여 우리는 필요를 따라 다른 곳을 찾아 나섰다.

여기서 잠깐. 글을 쓰는 현재에도 느껴지는 독자의 여러 물음표를 위해 몇 가지 설명이 필요할 듯하다. 먼저, 우리 부부는 자연분만과 유도분만의 차이를 주지하고 있음을 말씀드린다. 앞서 여러 번 말하였듯, 나의 아내는 '가정' 교사다. 분만 방법에는 어떠한 것들이 있으며 어떠한 특성과 차이를 보이는지 자세히 알고 있다. 따라서 자연분만은 아내가 내린 자기 주도적 결정임을 알린다.

24시간 모자동실 또한 마찬가지다. 24시간 모자동실이란 문자 그대로, 아이가 태어난 이후 24시간 동안 엄마와 함께 같은 공간에서 지내는 것을 말한다. 24시간 모자동실과 일반적인 모자동실의 차이에 대해서 주지하고 있으며, 아내 스스로 아이와 24시간 함께 하기를 선택하였음을 알린다. 아내는 태어난 아이와 출산 직후부터 연속적으로 함께하고 싶어 했다.

구태여 주지 사항과 주도적 선택임을 알리는 데 지면을 할애하는 이유는 순전히 외부로부터 파생된 나의 노파심 때문이다.

결혼 직후에는 자녀 출산 여부에 그렇게도 관심을 갖던 주변에서, 아이를 가지게 되니 출산 계획을 물어왔다. 그로부터 파생된 노파심의 퇴적물이 독자님의 손끝에 달린 종이로 현현한 것이다.

내가 너무 순진하였던 것일까. 물어오기에 대답을 순순히 하였기로서니, 자연분만이라는 구절에는 진통이 어떻고 골병이 어떻고… 24시간 모자동실이라는 굽이에는 엄마도 쉬어야 한다든가 벌써부터 고생하려 하느냐 등의 조언을 너무도 많이 들은 터다. 글을 쓰는 나의 노파심에 독자의 너른 이해를 바란다. (우리 부부는 산후조리원도 가지 않기로 하였다. 대신 산후관리사님을 집으로 모셔 '셀프 조리'하기로 했다는 결정적 한 방까지 더했을 때 주변의 반응이 어떠했을지… 상상하는 것은 독자의 몫으로 남겨둔다. 물론 셀프 조리 또한 아내의 자기 주도적 결정이다. 딸 셋 집의 첫째인 아내는 막내가 태어날 무렵 열여섯 살이었다. 아내는 막내가 태어나고 엄마의 미역국을 직접 끓여 조리를 도와주었다고 하였다.)

주변의 조언을 탓할 생각은 없다. 그저 자연분만과 24시간 모자동실 각각의 일반적 반응이 이러하니, 그 비좁은 교집합에 속한 우리 부부를 받아줄 곳은 더욱 흔치 않았음을 밝힐 뿐이다. 의료도 결국 수요와 공급의 균형을 따라갈 수밖에 없는 노릇인지 크다고 하는 대학병원에도 우리의 필요가 안착할 곳은 없었다. 근처의 대학병원 세 곳 모두 그러했다.

삶은 객관식 시험과 같지 않음을 누구나 안다. 보기의 개수가 정해져 있는 시험에서는 앞의 세 개 보기가 오답임을 알면 자연히 나머지 보기에 정답이 있음을 알게 된다. 그러나 현실이 과연 그러하던가. 애초에 보기라는 것이 있는지, 몇 개의 보기가 있는지 알 수조차 없는 경우가 허다하다.

우리 부부의 경우가 그랬다. 몇 개의 보기가 남았는지, 남은 보기가 있는 것인지, 보기가 있기는 한 것인지. 어쩌면 우리가 찾는 것이 실은 오답인 것인지. 그래서 탐탁지 않은 보기일지라도 어쩔 수 없이 선택해야 하는 순간인지. 알 수는 없었고, 선택의 시간은 무심히 다가오는 중이었다.

그런 낙담의 순간. 우연히 우리 부부는 그리 멀지 않은 거리에 바로 우리를 위한 병원이 있다는 소식을 알게 되었다. 차를 타고 20분 정도 떨어진 곳에 있는 산부인과다. 진통이 언제 시작될지 알 수 없는 자연분만의 특성상 휴일 없이 야간에도 출산이 가능한지, 수면시간에도 아이와 함께 있을 수 있는지, 전화를 걸어 이런저런 사항들에 대해 물어보았고, 과연 우리의 필요에 딱 맞는 병원임을 알게 되었다.

30주쯤의 정밀 검사에 임박하여 우리에게 맞는 병원을 찾았다. 운이 좋았다.

전원을 하기 위해서는 그동안 다니던 병원에서 여러 가지 검사 결과, 보험 이력, 접종 내역 등의 기록이 적힌 서류를 모두 받아야 한다. 어떤 서류가 필요한지 하나하나 확인할 필요는 없다. 병원 측에 '전원하려 하니, 필요 서류를 챙겨달라'는 말을 하는 것으로 충분하다. 뒷일은 병원에서 능숙하게 처리해 준다.

게다가 전원은 흔한 경우다. 출산이 임박하여서는 제왕절개 수술과 같이 마취 전문의가 필요하여 이동하는 경우도 있고 출산 후 조리를 도와줄 양가 부모 집에 가까운 곳으로 이동하는 경우도 많다. 출산할 즈음하여서는 전원하는 일은 흔하기도 하고 어쩌면 임산부에게는 당연한 선택지 중의 하나니까 부담 없이 전원에 필요한 서류를 요청하자.

우리 부부는 조금 다른 이유로 전원을 결정하였지만 선택의 결과는 아주 대만족이었다. 여러 좋은 점이 많았지만, 무엇보다 자연분만과 24시간 모자동실 등에 대한 필요가 자연스럽게 합의된 분위기가 가장 만족스러웠다. 의사는 물론이거니와 병원 직원들과도 대화가 빨라서 이전처럼 구구절절 우리의 선택에 대한 설명을 해야 할 이유가 없었다. 전원한 병원에서도 다른 분만법과 산후조리를 선택할 충분한 여지가 여전히 있지만 말이다.

사람이 당연함에 길들여지는 것만큼 위험한 일도 없지만 가끔은 우리가 당연하게 여기는 것이 정말로 당연하다고 말해주는 사람과 함께할 필요도 있다. 전원하여 찾아간 병원에서 내가 느끼는 바가 그러했다. 그동안 우리 부부의 사정을 설명하고 필요를 요구해야 하는 상황에서 느꼈던 배타적인 분위기, 그리고 그로부터 파생되는 스스로에 대한 의심이 사그라졌다. 우리의 선택이 여전히 정상 범주에 있음에 안심하게 된다.

이쯤 되니, 출산일 전쯤에 전원해야 할 이유가 있는 임산부라면 애당초 해당 병원으로 쭈욱 다니기를 권하는 것도 좋겠다는 생각이 든다. 거리 등의 현실적인 문제로 고민하는 경우가 아니라면 전원을 해야 할 이유를 굳이 출산이 다가오는 시점에 해결할 필요가 무엇이겠나 싶다.

너무도 당연한 이야기라 생각할지도 모르겠다. 그러나 생각만큼 당연하지 않은 일이기도 한 것이, 우리 부부와 같이 첫 아이를 가진 경우에는 모든 사태를 처음 겪기에 훗날 어떠한 필요가 생겨날지 당최 알 수 없다.

아이가 생기기 전부터 분만법이나 산후조리 방법에 대해서 고민하고 합의가 되어 계획이 타다닥 세워져 있는 초보 부모가 어디 흔하겠나? 세상 사람 모두가 산부인과 의사 한 명씩 알고 지내는 것도 아닌 데다, 알고서도 막상 당면하여서는 헷갈리는 일이 임신과 출산이다. 아이 낳아 길러 보고 시집장가가는 사람 없듯, 지나 보면 당연한 것이 그때에는 당연하지 않다. 그러니 전원할 이유가 이미 있는 경우에는 고민하지 말고 그냥 옮기는 것도 좋겠다.

"둘째 때는 여기로 곧장 오는 것도 좋겠어요."

아내는 전원한 병원에서 검진을 마치고 나오며 말했다.

다시 말하지만, 이전에 다니던 병원이 부족하였다거나 문제가 있었다는 뜻은 전혀 아니다. 그저 우리가 바라는 필요가 정확해지면, 그 필요를 정확히 만족시켜 줄 곳을 찾는다면, 큰 제약이 있지 않다면, 나서지 않을 이유가 전혀 없다는 말이다.

임신을 하면 이런저런 검사 때문에 병원을 아주 자주 다녀야한다. 2-3주 간격을 두고 진료를 받아야 하고, 출산이 다가오면 그 주기는 더욱 짧아진다. 임박하여선 일주일에 한 번씩 검진을 받게 되니, 건강한 사람의 경우에는 살면서 받았던 모든 병원 진료 횟수보다 임신 기간 동안 방문한 병원 진료 횟수가 더 많을지도 모른다.

그러니 전원이 하고 싶고, 전원할 병원이 있고, 할 수 있다면, 하자.

양수, 뽈살, 손바닥, 그리고 수박과 복숭아

양수

이번 정밀검진에서야 비로소 효자의 얼굴을 보게 되었다. 다행히 이번엔 엎드려 있지도, 가드를 바짝 올리고 있지도 않았다. 단지, 병원을 오기 전에 아내가 블루베리를 먹어서 그런지 아이는 손가락을 열심히 빨고 있었다. 그 탓에 또 손이 얼굴을 조금 가리고 있었다. 다행히 정밀 초음파를 찍을 때가 되어서는 손가락을 입에서 빼더라.

카메라와 얼굴 사이에 다소 거리가 있어야 셀카가 잘 찍히듯, 양수가 아주 충분하여 태반과 아이 사이의 공간이 널찍해야 초음파 촬영이 잘된다는 당연한 이치를 처음 알았다. 초음파 검사를 담당하신 의사 선생님 말씀으로는 분만에 필요한 양수로는 충분하지만 정밀 사진을 촬영하기에는 태반과 아이의 얼굴 사이 간격이 좁아서 촬영이 어렵다 하였다.

고등학생 시절 지구과학 시간에 배운 지진파가 떠올랐다. 지구의 지각과 맨틀은 밀도가 달라서 지진파의 움직임이 달라진 다 배웠다. 지진파의 급격한 변화를 측정하여 지각, 맨틀, 핵의 구분을 알아낸다고. 아마도 아내의 배가 지구의 지각이라면, 양수는 맨틀에 해당하는 것 아닐까.

맨틀의 두께가 얇고 지각과 핵이 가까우면 지진파의 변화가 적어서 정확한 관측이 어려워지는 것과 같이, 양수가 부족하여 태반과 아기의 얼굴이 가까이 있게 되면 초음파를 이용한 내부 경계의 측정이 어려워지는 것 아닐까. 그렇기에 양수가 충분하면 태반과 아이 얼굴의 구분이 잘되어 촬영이 잘되는 것 아닐까… 하는 생각을 하였다. 아무래도 낭만적인 생각은 아닌 것 같아서 조용히 입을 다물고 초음파 검사 화면만 보았다.

정밀 초음파를 앞둔 임산부는 검사 한 달 전쯤부터 물을 아주 많이 마시도록 하자.

뽈살

역시나, 안 되는 건 안 되는 건가… 싶은 마음이 일던 차. 아내가 의사 선생님에게 "(30주가 되도록) 아직 아기 얼굴을 한 번도 못 봤어요"라 말하자 의사 선생님은 화들짝 높아진 목소리로 "여태 한 번도요?"라 되물었다. 그렇다는 아내의 대답에 의사 선생님은 눈썹을 바짝 추켜 올리고 미간을 찌푸렸다.

초음파 촬영실의 어두움을 뚫고도 뚜렷이 보일 만큼 비장한 표정이다. 그리곤 "그러면 이번에도 그냥 (집으로) 돌아가게 할 순 없좃!"이라 말하며 초음파 기기를 아내의 배 위로 연신 움직였다. 뫼비우스 띠를 따라 움직이는 초음파 기기에는 필사적인 마음이 묻어있었다.

의사 선생님의 마음이 하늘에 닿은 것일까. 드디어 효자의 얼굴이 드러났다. 눈을 감은 아기가 화면에 드러나는 순간. 의사 선생님은 "푸하핫!"이라 웃음을 터뜨렸다. "뽈살이 엄청난데요!"

정말로, 의사 선생님은 '뽈살'이라 하였다. 그도 그럴 것이, 효자는 정말 대단한 '뽈살'을 가지고 있었다. 어디서 가져온 것인지 모를 사탕 두 개를 양 볼에 하나씩 물고 있었다. 아내도 아이의 뽈살이 웃겼는지, 검사 때문에 크게 소리 내어 웃지는 못하고 침대에 누워 다리를 바들바들 떨며 웃었다. 나는 아내의 바들거리는 다리가 웃겨서 웃었고, 그동안 아내가 먹어온 수많은 수박이 생각나서 웃었다.

의사 선생님은 아이의 몸과 팔다리는 날씬하다고 하였다. 다행이다.

손바닥

초음파 검사가 끝나고, 또 다른 의사 선생님에게서 진료를 받았다. 의사 선생님은 먹고 있는 영양제 유무나 몸의 이상 변화에 대해 물었다. 이런저런 접종 유무에 대해 묻기도 하고. 무엇보다 아내에게 몸무게를 물었다.

순간, 나는 아내의 남편임에도 불구하고, 그리고 효자의 아빠임에도 불구하고, 진료실에 괜히 따라 들어왔을지도 모른다는 생각을 하였다. 그런 나의 멋쩍음을 아내도 느꼈던 것일까. 아내는 짧게 나의 눈치를 보며 웃더니 별일 아닌 듯 자신의 몸무게를 말하였다.

아내의 대답을 들은 의사 선생님은 임신 전에 비해 체중 증가가 얼마나 되었냐 물었고, 아내는 10킬로그램쯤 늘었다고 답하였다.

"딱, 적당하네요"라 답하신 의사 선생님은 공백을 허락하지 않고 서둘러 말하다. "그런데 여기까지만. 더 늘면 안 돼요. 아기 때문에 느는 건 어쩔 수 없으니까, 일주일에 딱 300그램만 합시다"라 하셨다.

300그램만 '하자'라니. 증가하는 체중에 자유의지라도 있는 것일까. 체중 증가에 '하자'라는 자동사를 붙이는 것이 과연 타당한

가에 대한 잡생각이 일었다.

의사 선생님의 말은 또 한 번 이어졌다. "물 많이 드시고, 몸 많이 움직이시고. 걸으시면 좋아요." 그리고 아내를 흔들었던 마지막 말. "과일은 손바닥의 반만큼만 드세요."

나는 보았다. 의사 선생님의 말이 끝나기 무섭게 자신의 손바닥을 바라보는 아내를. '내 손은 왜 이렇게 작은 걸까…'라 생각하고 있는 아내의 눈빛을. 나는 보았다.

진료실을 나오며 아내는 말했다.

"과일을 손바닥 위로 쌓는 건 어때요?"

(몸무게와 관련된 모든 이야기는 아내에게 확인 및 허락을 받은 후 작성하였음을 고지합니다.)

수박과 복숭아

다음 날. 학교로 출근하여 우리보다 한 달 정도 빠른 출산을 앞둔 남자 선생님과 병원에서 있었던 이야기를 나누었다. '과일은 손바닥의 반만큼만 드세요' 부분에 와서는 "손바닥이 과일의 반만 하더라도 한참은 부족한 아내한테는 너무 가혹한 처방이었습니다"라 말하였다. 그러자 남자 선생님은 나를 아련하게 쳐다보며 말했다.

"그래도 선생님 아내분은 수박을 좋아하시잖아요. 제 아내는 복숭아를 엄청 좋아합니다. 복숭아의 계절이 다가오고 있어요. 복숭아… 그 비싼 걸…."

선생님의 촉촉한 눈빛과 복숭아를 등에 짊어진 가장의 목소리에 나도 하고픈 말이 있었으나, 그저 입을 다물고 속으로 삼킬 수밖에 없었다. 삼킨 말 대신 "우리… 야근 열심히 합시다"라는, 전우애의 다짐만을 간신히 꺼내었다.

선생님은 알까. 내가 속으로 삼킨 말이 무엇인지.

선생님, 제 아내는 수박보다 복숭아를 더 좋아해요.

과거의 궤적

삶을 앞으로 추동케 하는 힘은 가장 낮은 곳, 발가락에서 온다는 사실을 한참 잊고 살았다. 단지 뜬 눈이 앞을 향하고 있다는 이유만으로 말이다. 인생의 궤적이란 시선의 끝자락을 따라 비행한 흔적이 아니며, 꼬물거리는 발가락이 남겨온 자국의 끝자락에서 시작된다.

우리 모두, 어느 정도는, 과거를 밟고 살아간다.

지난주엔 학교의 아이들 몇몇과 나들이를 다녀왔다. 우리나라 굴지의 공과대학교에서 우리 학교의 학생을 선별 초청하였던 것이다. 우리나라 최고 수준의 연구실을 내부까지 공개하는 흔치 않은 일이었다. 나들이보다는 근엄 진지한 단어로 견학을 쓰기에 좋은 기회였다.

불행인지 다행인지, 흔치 않은 긴 연휴의 끝자락 토요일에 견학 일정이 잡혀있었다. 그런고로 누구도 쉽게 아이들의 견학을 도맡으려 하지 않았던 사연이 불행이라면 불행이었고 때마침 만삭이 가까워진 아내를 두고 긴 연휴 계획이 없었던 나에게는 어쩌면 행운이었다. 교육사범대학만 모여있는 특수한 대학교를 다녔고 수학, 과학에 관심이 많은 나는 공학의 세계를 무척이나 동경해 왔기 때문이다.

특히나 요즘처럼 '의대 보내기'에 모두의 관심이 쏠리는 시절에는 '공과대학 견학 인솔자'로 나 같은 비현실주의자가 적합이다. 적합하고도 유일하다는 말이 적절하겠다. 기나긴 연휴에 집 밖으로 나서야 하는 운명에 다소 불행하기도, 적합하고도 유일한 운명에 행복하기도 했다.

문제는 공과대학 견학을 신청하고 또 선정될 만한 인재가 있냐는 현실적 물음이었다. 시절이 하도 요상하여 인재라는 인재는 대부분 의과대학 진학이 확고한 목표가 되어버린 탓에 공학에 뜻이 있는 인재를 찾기가 어려운 지경이니 그렇다. 아주 가끔 공학에 관심 있는 학생을 만나게 되더라도 시간이 다소 흐르고 보면 어느새 진로희망란엔 '의예과'라 떡하니 새겨져 있다. '의사'

도 아니고, '의예과'라니.

그럼에도 될 일은 어떻게든 되는 것일까. 운이 좋았다. 여전히 공학에 뜻이 있는 인재를 셋이나 발견했다. '운이 좋다'라고 표현할 만한 사안이 아님에도 이렇게밖에 표현할 수 없는 요상한 현실에 어느 비현실주의자의 기분은 한참 동안 오묘했다.

게다가 아이들에게도 긴 연휴는 달콤한 유혹이었기에 견학 길로 오르는 일이 순탄치는 않았다. 뇌와 직접 연결된 시신경의 특수성과 중요성, 그렇기에 넓은 세상을 안구로 직접 보는 것이 사피엔스의 자격이요 의무라는 설득의 시간이 꽤나 지나고 나서야 아이들은 간신히 나들이 길로 발걸음을 옮겼다. 주말 학원 수업을 가지 않아도 될 짭짤한 핑계와 함께.

모두가 행복한 결말이다.

우리 모두가 어린 시절 학교에서 배워 알듯, 점과 선과 면은 현실 세계에 존재하지 않는다. 점은 오직 위치를 나타내는 일종의 좌표일 뿐이라서 길이를 잴 수 없다. 얼굴과 몸에 새겨진 까만 세포 군집을 흔히 '점'이라 부르지만, 그 크기가 작다 뿐 길이를 잴 수 있기에 온당한 '점'은 아니다. 마찬가지로 선은 길이만 있으며 너비가 없다고 배운다. 도로에 새겨진 노란 중앙선은 너비와 폭이 눈에 띄어야 하는 것이 되려 존재의 이유이기에, 그런 의미로 온당한 '선'이 아니다. 면 또한 그렇다. 면은 길이와 너비를 잴 수 있으나 두께가 없다고 배운다. 독자들이 손에 쥔 이 책의 종잇장은 한 장의 면과 같아 보이겠으나 실상은 얇게나마 두께가 분명 있다. 손끝으로 느껴지는 두툼함과 거친 손맛이 이를 증명한다. 그렇기에 종잇장은 사실 '면'이 아니다.

그러니 실상 '면'에는 앞과 뒤가 없다. 두께가 없는 대상의 앞과 뒤를 구분할 수는 없다. 흔히 한 대상의 상반되는 두 성향을 비유하기 위해 '동전의 앞면, 뒷면'과 같은 비유를 사용하고는 하지만 동전에는 두께가 있기에 앞과 뒤라는 말을 붙일 수 있다. 두께가 있기에 앞면의 그림이 뒷면의 숫자에 비쳐 보이지 않는다. '면'에는 앞도 뒤도 없다.

그러면 대체 '앞면'과 '뒷면'이란 말은 무엇을 일컫는 말인가? 언어라는 것이 으레 그러하듯 앞과 뒤는 면이 가진 자체적인 속성이 아니다. 단지 그 대상, '면'을 바라보는 제삼자가 일방적으로 붙인 이름일 뿐이다. 묵묵히 세월을 지탱하고 있었을 따름인 어느 넓은 존재에게 '아메리카'라 이름 붙인 누군가의 건방짐과 땅 위에서 오래도록 이어진 어느 존재들에게 '인디언'이라 이름 붙인 누군가의 코미디가 '면'에게도 변주되어 일어났을 뿐이다. 위에서 내려다본 사람이 '앞면'이라 이름 붙이고 아래에서 올려다본 사람은 '뒷면'이라 이름 붙였을 뿐이다. 아이들과 다녀온 견학이 불행이기도 행복이기도 하였다는 말은, 이와 같은 이유로, 불행이기도 행복이기도 하였다.

긴 연휴의 흐름을 끊고 집 밖으로 나서야 했다. 목적지로 향하는 교통이 마땅찮아 어쩔 수 없이 아이들을 모두 나의 차에 태우고 직접 수 시간을 운전하여 다녀와야 했다. 이러한 노고의 위치에서 내려다본 견학은 불행처럼 보여야 하겠으나 이윽고 행복의 측면이 드러났으니, 출발까지만 하여도 다소 심드렁했던 아이들이 실제로 대학교의 모습을 면면히 들여다보는 시간 동안에 밝은 모습으로 변해갔던 것이다.

그동안 '입시 합격 커트라인 점수'로만 알던 대학교를 땅 위의 실제 모습으로 접하며 비로소 눈을 뜨는 아이들의 모습을 보면서도 그러했지만, 뇌세포의 관념이 아닌 시신경의 빛깔로 드디어 마주친 '공학'의 공간에서 나는 무척이나 설레었다.

공학은 본디 '경계 없음'과 '자율'로 그 정신을 삼건만 공교육은 교과목이라는 편의를 위해 모든 지식을 토막 내어 가르친다. 과학을 물리학, 생명과학, 지구과학, 화학으로 나누고 수학을 대수, 미적분, 확률 등으로 토막 낸다. 그러나 풀 한 포기를 바라볼 때에도 교과목이라는 구획정리가 가당찮음을 누구나 안다.

지식은 뇌세포의 자기만족을 위해 건설되지 않았음을, 무릇 땅에 뿌리내리기 위해 있음을 누구나 안다. 그리고 이에 대한 자연스러운 결론으로 지식이란 표현되어야 생명을 얻고, (윤리적인 선에서) 시도되어야 피어나는 것임 또한 누구나 안다.

누구나 아는 당연함이 여전히 당연하게 지켜지는 곳이 내가 밟은 땅 위에 있음을 보게 되었으니 어찌 눈이 뜨이지 않고 설레지 않을 수 있을까. 게다가 후에 대학에서 배출할 노벨상 수상자를 위해 미리 마련해 두었다는 빈 석단을 보고서는 과연 지적 낭만이 살아있는 대학교가 이 땅에 남아있음을 알게 되어 마음 한편이 뭉클하였다.

'경계 없음'과 '자율'이라는 무형의 분위기와 높은 수준의 시설이라는 유형의 물질. 그 사이에서 빚어진 유채색의 연구 문화. 이를 두고 어쩌면 견학자를 위해 꾸며진 모습과 과장된 소개일 뿐이라는 말을 누군가는 하고 싶을지도 모르겠다.

그러나 실체 없는 그림자가 있을 수 없듯, 그림자의 테두리를 더듬어 지적 낭만의 흔적을 상상이라도 할 수 있었으니 어찌 즐겁지 않을 수 있겠나. 공자님이 "배우고 익히니 즐겁지 아니한가"라 하셨으니, 정말로, 나들이보다는 견학學이 어울린 일이었다.

보고 배우는 즐거움에 불행의 여지가 무엇이 있겠냐 싶을지 모르겠으나, 견학하는 아이들의 뒷모습을 가만히 지켜보는 동안 그들이 즐거움에 나 또한 즐거웠고, 나의 지난 시절이 수없이 떠올랐기에 다소 불행하기도 하였다. 단지 모교에서 선생 일을 하고 있기에, 그래서 제자이자 동시에 후배인 아이들을 보며 과거 회상에 젖은 게 아니다.

그저 내가 저 아이들과 같은 나이였던 시절. 내가 나 모르게 잃었던 견학의 존재를 세월이 한참은 지나서야 깨달은 것 같아서, 견학의 기회가 있었다면 달라졌을지도 모를 나의 오늘을 이제야 눈치챈 것 같아서, 견학을 누리는 아이들의 뒷모습을 보는 내내 매우 행복하고 동시에 매우 불행했다. 저 아이들의 뒷모습이 나의 것일 수도 있었을, 일어나지 않은 과거와 일어나고 있는 현재의 모습에 마음이 몹시도 분주하였다.

어느 개그맨의 말처럼 늦었다고 생각할 때는 너무 늦었다. 역사에 가정은 무의미하기에 '나'라는 소小 역사에도 역시나 가정법은 무의미하다. '그러했을 수도 있었을' 현재에 대하여 생각하는 것은 비루하고 비루하고 비루하다. 그럼에도 지면과 시간과 뇌 내 글리코겐을 상당히 할애하여 견학 이야기를 이어가는 이유는 '비루함'이라는 언어도 역시나 관점에 따라 붙인 이름에 지나지 않기에 그 뒷면 또한 공평히 살펴보고자 함이다.

우리 모두 어느 정도는 과거를 살아간다. 이는 과학적으로도 설명 가능한 부분이다. 우리가 인지하는 감각과 생각은 모두 사건과 '동시에' 이루어지는 것이 아니기에 그렇다. 시각, 촉각과 같은 모든 감각은 모두 뉴런이라는 신경세포를 통해 뇌로 전달된다. 전달된 감각은 뇌의 중심 허브를 향하게 되고, 허브는 각 감각을 적절히 해석할 수 있는 뇌 부분으로 다시 적절히 분배한다. 최종 분배지에 도착한 감각 신호는 그곳에서 해석되고, 그 결과 우리는 비로소 '알게' 된다.

마치 발송된 택배가 옥천 허브를 거쳐 우리 집으로 도달하는 것과 비슷한 과정이다. 그리고 택배 운송에는 시일이 걸리듯 감각 전달에도 짧게나마 시간이 소요된다. 그 짧은 시간 동안 '발생 사건'이 뇌 내 뉴런을 이리저리 건너다닌 후에야 비로소 뇌의 주인은 사건을 겪게 된다. 아주 짧은 순간의 즉각적인 반응이라 할지라도 실제로는 그다지 즉각적이지 않은 셈이며, 뉴런에 새겨진 기억은 사건의 궤적이 남긴 잔상에 불과하다.

과거의 경험과 지식에 근거한 행동은 더욱이 즉각적이지 못하다. 배웠던, 경험했던 일에 따라 행한 일은 과거로부터 이어진 궤적의 연장선에 맺힌다. 뿌리에 줄기가 맺히고 줄기에 가지가 맺히며 끄트머리에서 열매가 열리듯 현재는 과거에 매달린다.

주사위와 같은 무작위성에 의존하지 않는 한, 우리 모두는 어느 정도 과거를 살게 된다.

이력서도 지나온 과거의 이야기로 현재의 모습을 설명하는 시도에서 등장한다. 이력서履歷書의 이履는 『주역』에서 '밟는다'라는 뜻으로 해석된다. 즉, 땅을 밟아온 내력과 그 위로 새겨온 발자국의 궤적을 '이력서'라는 세 글자로 줄여 부를 따름이다. 과거의 궤적이 현재를 설명한다.

이러한 방향에서 견학의 뒷면을 바라보면 문득 지나온 과거가 어떠한 궤적을 그리고 있는지 깨닫게 된다. 견학할 세상이 있는지도 모른 채 오직 좁은 책상 위의 세계만 알던 개구리 시절은 부지런히 구부정한 곡선을 그려댔고, 선생이 된 지금에서야 그 곡선이 하나의 목마름으로 완성되어 있음을 보는 식이다.

과거가 그려놓은 심상心象은 아이들을 이끌고 연휴 주말 이곳까지 오는 추동력이 되고, 그 결과로 나는 그들의 뒷모습을 바라보며 그들의 발자국을 따라 걷고 있지 않나. 아이들이 걷고 남긴 발자국 꽁무니가 나의 앞코에 닿는 장면을 내려다보며 '나'의 에필로그는 언제나 무언가의, 또는 누군가의 프롤로그에 닿아 있음을 알았다.

과연, 윤회란 이런 것이구나 하였다.

견학이 끝나고 다시 수 시간을 운전하여 돌아왔다. 오랜만의 먼 거리 나들이에 피곤했던지, 아이들은 돌아오는 차에서 곯아떨어졌다. 돌아오는 내내 조용히 저무는 보랏빛 노을을 보았다.

아이들을 깨워 하나씩 집 앞에 내려주고서야 집에 도착했다. 캄캄해진 늦은 저녁이다. 아내는 나와 함께 저녁을 먹으려 기다리고 있었다. 서둘러 샤워를 마치고 아내와 저녁상을 차려서 같이 밥을 먹었다. 먹으면서 오늘의 견학이 어떠했고 어떠한 생각으로 하루를 보냈는지 말해주었다. 행복했다가 불행했고, 불행하다가 행복했다는 이야기. 그리고 이어 붙이기를, 언젠가 효자에게 지적인 목표가 생길 즈음 하여서는 여러 대학교를 견학하면 좋겠다고 말하였다.

입시 따위라든가, 내가 못 이룬 꿈 효자 네가 대신 이뤄달라는 옹졸한 욕심 때문이 아니다. 그저 견학, 그것을 해주고픈 마음이다. 지난 삶을 돌이켜보아 후회되는 바를 전해주지 않고 싶어서, 그러나 다만 보여주는 선에서 그치고 싶을 따름이다. 후에 눈앞의 길을 걸어갈지 비켜서 다른 길을 걸을지는 효자 스스로 결정할 몫일 테다.

흠 많은 누군가의 과거가 효자의 나아가는 발자국에 조금이나마 보탬이 된다면 그것으로 나는 만족이다. 윤회는 끊어내야 할 사슬이라지만, 어느 비뚤어진 과거의 궤적이 아름다운 호arc의 시작과 맞닿을 수 있다면 그것만큼 행복한 윤회도 없지 않을까. 과연, 나 또한 견학이 잘된 것 같아서 좋았다.

덧) 며칠 전, 근처 마트에서 싱싱한 고춧잎과 청양고추를 한 아름 사다가 간장 장아찌를 (내가) 담갔다. 양파도 조금 썰어 넣었다. 나 어릴 적처럼 진한 간장을 독한 짠 내 풍기며 끓여 만들지는 않았다. 요즘은 간장 회사에서 판매하는 '붓기만 하면 되는 장아찌 간장'이 있더라. 가격도 저렴하기에 몇 통을 사서 손질한 재료에 부어 담갔다. 며칠 지나, 견학을 다녀온 저녁 식탁에 장아찌를 꺼내 올렸다. 먹어보니, 의외로 괜찮은 맛 정도가 아니었다. 맛이 꽤나 좋았다. 장아찌를 먹으며 생각했다.

역시 (밥상) 문화를 이끄는 건 (식품) 공학이야.

여름에 만삭을

임신 32주 차에 접어들었다. 보통의 경우 38주 차쯤 제왕절개를 통해 세상으로 나오는 아가들도 있으니, 32주는 '슬슬 만삭'으로 고쳐 쓸 수도 있겠다.

그저 '만삭'이라 깔끔히 이름 붙이기엔 앞으로 남은 두 달을 어떻게 새로이 표현해야 할지 마땅히 찾기 어렵기에, 어느 글 쓰는 남편의 이기심을 고려하여 '슬슬'을 구태여 붙여 쓴다. 그렇다 하여 또 깔끔히 '만삭'을 떼어내고 부르기에는 지난 1-2주 사이에 아내를 둘러싸고 분명 눈에 띄기 시작한 현상을 설명할 수 있는 단어가 마땅찮은, 역시나 글 쓰는 남편의 모자란 어휘력이 걸림돌이다.

원래 큰일은 언제나 일어나기 전에 조짐을 보이기 마련이고 큰 균열은 가장 취약하고 미세하여 눈에 띄지 않는 작은 일에서부터 드러난다. 작은 일에서 나타난 조짐을 사소하다는 이유로 지나치거나 애써 덮어둔 일들 말이다. 사소하다는 이유로 사소한 일을 묻어둠이 몸에 배고 시냅스에 배어들어 결국엔 '보고도 못 본' 지경이 되는 동안, 사소함은 시간 위로 소복이 쌓여 큰일로 누적되는지도 모르겠다.

그래서 조짐兆朕이라 하는 걸지도. 조兆는 억의 만 배를 뜻한다. 그런고로 '조짐'이란 억의 만 배를 벌어들일 만한 일이라는 뜻이다. 무일푼이 수조 부자가 되는 이야기를 꾸미기에 적합한 단어이기도 하며, 수조 부자가 다시 무일푼으로 돌아가는 일을 설명하기에 적절한 단어이기도 하다. 그러나 같은 단어로 설명된다 하여 그것의 대상이 되는 이야기 속 주인공에게 같은 삶이 주어지는 것은 아니다. 잃을 것 없는 사람이 업적을 이루는 일과, 잃을 것 많은 사람이 무업적으로 돌아가는 일은 다른 것이다.

'사소'하다든가 '조짐'이라든가 하는 가치평가는 실제 세상과 아무 관련이 없다. 그저 우리가 사건을 바라보는 관점을 드러낼 뿐이다. 하나의 사건이 사소하다 말해진다면 그 일이 정말 사소하기에 그리 불리는 것이 아니라, 단지 사건의 관찰자가 서 있는 방향을 알려주는 단서가 된다는 말이다. 사건의 사소한 면이 보이는 방향에 자신이 있다는 일종의 정신적 GPS로서 단어는 작동한다.

그러니 입에서 나오는 말이 '나'가 아닌 대상에 붙으려 할 때는 조심해야 한다. 세상은 인간 이전에도 세상이었고 이후에도 여전히 세상일 것이기에 사람의 말 따위에 갇히지 않는다. 목표를 맞추는 데 실패한 탄환 하나도 사수의 위치를 노출시키는데, 말은 거의 매번 세상을 포집하는 데 실패하기로서니 결국 '나'를 노출시킨다. 너무 멀리 가는 말은 나에게 돌아온다遠日反.

그렇다면 나는 아내에게서 어떤 '조짐'을 보았나?

순환 논리의 당연한 결말이겠지만, 사람의 일은 모두가 사람의 일이다. 무슨 말인고 하면, 사람이 발생시키는 일은 사소한 것까지도 모두 사람의 감각과 만족으로 돌아오는 일이 된다는 미래지향적인 의미이기도 하며, 동시에 사람이기 위한 조건에서부터 사람의 일이 꽃핀다는 조건지향적 의미이기도 하다. 나는 아내라는 한 사람이 흔들리는 모습에서 조짐을 보았다. '슬슬만삭'이 여름의 손을 잡고 해맑게 다가오는 모습을 보며 아내는 입맛과 잠을 잃었다.

먹지 않고 살며, 자지 않고 깨어있는 사람은 없지 않던가? 식욕과 수면욕을 사람의 기본적인 조건이라 하는데 32주의 부른 배는 아내에게서 이 둘을 부지런히 거두어들이는 중이다. 단순히 배의 부피가 증가했다는 문제가 아니다. '부른 배'라는 함수는 여러 변수가 조합된 결괏값에 불과하다. 배의 부피에는 양수의 양, 효자의 무게 증가라는 최소한 두 개의 변수가 관여한다. 두 변수가 완전히 독립된 것은 아니겠지만 말이다.

태아는 세포 분열을 반복하며 크기를 키워간다. 하나의 수정란이 두 개의 세포가 되고, 두 개의 세포가 네 개의 세포가 되어가는 식이다. 그리하여 점차 크기를 키워가다 어느 정도 크기가 만들어지면 부피 증가보다 세포 기능의 세분화를 추구하게 된다. 일부는 심장 세포로 변하고 일부는 뼈로 변하는 식이다. 물론 이 와중에도 부피 증가는 계속 이루어지지만 이전과 같이 두 배씩 증가하는 모습은 아니다.

하지만 체감에 있어서 부피 증가는 더없이 크게 느껴진다. 극단적인 비유로, 하나의 수정란이던 시절에 두 개의 세포로 분열하여 부피가, 즉 무게가 두 배 증가하던 시절도 있었으나 두 배 된 세포의 무게는 극히 적어 느껴지지도 않는다. 임신 초기에 몸 조심하라는 이유 중의 하나도 이렇게 몸으로 체감되는 무게가 느껴지지 않아 임신 사실을 잠깐씩 잊기에 그렇다.

태아가 어느 정도 성장한 후로 일추 임신 30주쯤 되어가면 부피 증가의 비율이 확연히 감소하지만, 그 무게는 1주마다 몇백 그램씩 증가한다. 그리고 임산부는 증가한 몇백 그램을 한 발짝 움직일 때마다 옮겨야 한다. 사람은 하루에 적게는 몇천 보, 많게는 몇만 보를 걷는다.

중간쯤으로 5000보를 걷는다고 가정해 보자. 하루 100그램을 들고서 5000보를 걸으면 단순한 계산으로 50킬로그램을 들고 100걸음을 걷는 꼴인데, 이는 보통의 여성 한 명이 보통의 여성을 짊어지고 하루에 100걸음을 걷는다는 뜻이다. 여성의 평균 보폭이 70센티미터쯤 되니 100걸음이면 7000센티미터, 70미터다. 일반적인 학교 운동장의 대각선 거리를 대강 재어보면 70미터쯤 된다.

부른 배 때문에 불편한 자세와 부은 발바닥, 그리고 출산을 준비하며 자연스럽게 늘어난 임산부 자신의 체중 증가에 따른 핸디캡은 계산에서 제외하였다.

늘어난 태아의 무게는 당연히 아이를 둘러싼 양수의 무게 증가도 초래한다. 아내가 짊어진 무게가 점점 불어나는 꼴이다. 그러나 세상 모든 일을 하나의 변수로만 생각할 수 없으니, 양수의 증가라는 현상은 '무게' 외에 다른 변수를 통해서도 이해할 수 있다. 바로 양수라는 글자에 들어있는 '물'이라는 변수다.

물은 비열이 높은 물질이다. 비열은, 쉽게 말해 저장할 수 있는 열의 총량이란 뜻이다. 배터리가 전력을 저장하듯 물은 열을 저장한다. 아프리카 대륙의 건조한 기후에서 살던 사람도 우리나라의 습한 여름을 덥다고 한다지 않나. 공기 중의 수분은 열을 저장하기 때문에 습한 여름은 쉽게 서늘해지지 않는다.

따뜻한 물이 임산부의 배에는 가득하다. 최소 임산부 체온만큼의 36.5℃의 물 말이다. 따뜻한 물을 배에 한가득 채우고 있으니 체온 조절이 쉽게 될 리가. 게다가 불편한 자세로 무게가 누적된 걸음을 걷다 보면 조금만 움직여도 숨이 차고 체온이 쉽게 오름에 더욱 힘들다. 힘듦이 쌓이면 피로가 쌓인다.

임신 이전의 경우이거나 임신하지 않은 남편이라면 쌓인 피로를 운동, 영양제 등의 외적 투입으로 이겨낼 선택지가 많을 것이다. 그러나 아무리 곰 같은 기운을 불러온다는 좋은 강장제라도 쉽게 먹을 수 없는 임산부가 쌓인 피로를 푸는 방법이라고는 양질의 수면 외에는 딱히 없다. 부른 배는 이 남은 하나의 선택지마저도 흔들어 댄다.

부른 배를 안고서 바로 눕자니 폐를 비롯한 여러 장기를 누르는 무게 때문에 몹시도 불편하다. 그게 뭐 그리 불편하냐 싶은 사람이라면 두툼하고 커다란 베개 하나를 배 위에 깔고 손으로 눌러 잠을 청해보자. 무게를 피해 돌아눕자니 배의 무게가 돌아누운 쪽의 혈류를 방해하여 새벽 중에 다리 저림과 쥐를 일으킬 것이다.

운 좋게 다리 저림이 없이 자더라도, 커진 자궁의 부피와 무게가 방광을 압박하는 바람에 소변이 자주 마려워 결국 잠에서 깨어나게 된다. 요즘 아내는 새벽에 일고여덟 번을 잠에서 깬다. 양수의 비열 때문에 오른 체온으로 더워 깨는 것을 제외하고서도 말이다.

이런 '슬슬 만삭'이란 애증의 녀석이 여름을 손에 잡고 함께 왔다. 어찌 입맛이 돌고 잠이 솔솔 오겠나. 여름은 슬슬 만삭의 불편함을 증폭시키는 촉매다. 그것도 아주 강력한. 더움을 더 덥게 만들어 더욱 빨리 지치게 하고, 남아있던 입맛도 그마저 사라지게 한다. 건장한 사람도 여름이면 체력이 줄고 입맛이 사라지는 와중에 임산부의 경우는 불 보듯 뻔하지 않겠나.

입맛이 줄고 땀이 많이 나니 물을 많이 마시게 되고, 그만큼 화장실을 자주 찾아야 한다. 몸이 무거워 일어나기 힘들어지는 와중에 걸음을 더욱 늘린다. 수면 중에 화장실을 찾느라 깨는 횟수가 늘어남은 덤이다. 피곤은 소리 없이 쌓여간다.

이 틈바구니에서 임신한 아내를 도울 남편의 덕목이란 무엇일까? 먹고 잠이라는 기본적 조건의 흔들림 앞에서 내가 내놓은 방법이란 것은 그만큼 기본적이라서 사소하다. 아내가 좋아하는 수박을 사고, 복숭아가 얼른 과일가게에 등장하기를 기원하고, 배 뭉침에 좋다는 호박손 끓인 물을 시원하게 보온병에 담아 아내 출근길에 챙겨주는 것이 전부다. 아침저녁으로 아내의 다리를 마사지하여 푸는 일도 생색에 그친다.

다시금 말이 너무 멀리 뻗쳤다. 본론으로 돌아와, 대체 여름과 만삭의 조합에서 어떤 '조짐'을 보았다는 것인가? 결론은 싱겁다. 만삭의 고단함은 '오히려 좋다'는 뻔하디뻔한 결말.

내가 사랑하는 맹자께서 말씀하시길 "하늘은 사람에게 큰일을 맡기기 전에 커다란 시련을 먼저 준다. 마음과 뜻을 괴롭히고, 근육과 뼈에 고통을 주고, 사람을 빈궁함에 빠뜨려 어지럽게 만든다. 하늘이 그리하는 이유는, 지금껏 없던 일로써 더욱 강하게 자라도록 하여 사람이 지금껏 못하던 일을 이뤄낼 수 있게 하기 위함이다"라 하셨다. 마음을 괴롭게 하고, 몸에 고통을 주고, 삶이 어지럽다니. 꼭 임산부의 만삭을 두고 하는 말처럼 들리지 않는가?

누군가는 귀한 말씀을 사소한 데에 붙인다고 생각할지 모르겠으나, 앞서 말하였듯, 나는 사소한 일이란 없고 사소하게 보는 사람만 있을 뿐이라 생각한다. '비 오는 날 결혼하면 잘 산다'는 속설은 강수량과 이혼율 사이의 인과관계를 뜻하는 것이 아니오, 비 오는 날의 고생을 이겨내고서 결혼하였다는 자부심이 행복한 생활을 이끈다는 말 아니겠나. 고생에서 기필코 행복을 발견하는 마음이 사람에게 없었다면, 이러한 속설은 있지도 않았을 것이다. 그저 '비 오는 날 결혼하면 망한다'라는 '사실'만이 둥둥 떠다녔을 테다.

이런 이유로 나는 만삭의 고생을 '조짐'이라, 수억의 만 배를 버는 일이라 이름 붙였다는 짧은 결론에 기나긴 생색을 드러내었다. 만삭의 고단함이 드러날수록, 시련이 크게 느껴질수록 하늘이 맡긴 일의 크나큰 크기가 드러난다. 좋은 이야기는 원래 서사가 길고 결말은 짧다.

종종 학교의 아이들에게 하는 말이 있다. 청춘靑春이란 단어에 대한 것으로, 십 대의 삶을 흔히들 이팔청춘이라 부르는 이유는 너희의 모습이 그야말로 '푸른 봄'과 같기에 그러하다는 해석(잔소리)이다.

파란 싹이 거친 흙과 단단한 나무껍질을 뚫고 나오는, 푸른 봄은 뭇 생명이 피어나는 상징이다. 그러나 동시에 푸른 봄은, 당연히, 초록의 여름이 아니다. 수박이 맺히고 복숭아가 열리는 여름이 아니며 밥상에 오르는 쌀알을 수확할 붉은 가을은 더더욱 아니다. 그렇기에 푸른 봄에는 부단히 땅을 갈고 씨를 뿌리는 것이 미덕이다. 땅을 갈지 않고 수확하기를 바라며 복숭아씨를 심지 않고 복숭아를 먹기를 바랄 순 없다.

청춘의 사명은 가을의 수확을 꿈꾸되 땅을 성심껏 고르고 어떤 씨를 심을지 고심하는 것이라 부지런히 말하였고, 나를 떠나 아이들에게 닿기를 목표했던 그 말들은 도리어 나에게 돌아온다. 여름을 지나지 않고서 가을을 맞이할 수 없다는 이치 말이다.

씨를 뿌리지 않고 여름을 기다림이 부당하듯 만삭을 겪지 않고 아이의 탄생을 기다리는 일도 부당하다. 그렇기에 고단함은 실상 고통이 아니라 어떠한 일의 조짐이라. 물론 고단함이라는 감각은 심히 불쾌하지만 멋진 근육을 만드는 일 하나에는 온갖 고통을 감내하는 우리다. 그런데 한 사람을 만들고, 그로부터 한 가족을 일구어내는 일에 있어서는 고단함이 오히려 반갑다.

아니, 고단함으로 인해서 반갑다. 눈 내린 뒤에야 푸른 솔의 푸르름이 드러나듯 무더운 여름이 지난 뒤에 찾아올 가을은 얼마나 반가울까. 비유적으로, 그리고 직설적으로. 여름의 만삭이 지나고 찾아올 올해 가을은, 얼마나 반가울까.

덧) 임산부를 도울 방안으로 배우자를 위한 임산부 마사지 수업을 개설하는 건 어떨까.

마라탕후루 어쩌고 저쩌고

여름이다. 그리고 감기에 걸렸다. 언제부터인가 여름의 문턱에 다다를 때면 꼭 감기를 앓게 된다.

이번 여름을 지나며 학교에서 만나는 아이들 나이의 두 배를 넘게 되었다. 그래서일까? 아마 그래서겠지. 여태껏 아이들의 웃음과 그들의 단어에서 신선함과 의아함의 매력을 발견할 때가 많았지만, 요즘은 종종 아득함과 아찔함이 한발 먼저 찾아온다. 이런 걸 두고 세대 차이라 하는 것일까? 아마 그렇겠지.

며칠 전 쉬는 시간. 차창 밖으로 유월의 초록 나무를 감상하던 평화를 깨고 아이들 한 무리가 갑작스레 들이닥쳤다. 다짜고짜 우르르 곁에 다가와서는 "선생님, 저희가 보여드릴 게 있어요!"

274

란다. 빛바랜 현수막에 새겨진 흐릿한 홍보 문구 같다. '뭔가 보여드리겠습니다!'

뭘 보여주겠다는 걸까. 옆으로 쪼르르 둘러싼 아이들의 빈손을 보며, 그 무엇이 무엇일지는 모르겠으나 분명 무형의 무엇임을 짐작하였다.

거절하고 싶었다. 됐다고. 나도 좀 쉬자. 선생님도 쉴 때는 좀 쉬어야 교실에서 활기차지 않겠니? 그러나 아이들은 이별의 말을 꺼내지 못하게 후다닥 대열을 갖추기 시작했고 이내, 춤 비슷한 것을 추기 시작했다. 꿈틀거리는 모양새가 아마도 춤이었을 것이다. 아이들은 노래까지 부르며 춤을 췄다.

노래였는지도 사실 확실치 않다. 그저 춤동작에 곁들인 어떤 음성이었기에 노래라 구태여 적을 뿐이다. '마라탕, 탕후루 어쩌고 저쩌고'라는, 당최 무슨 맥락인지 알 수 없는 문자를 곁들여 아마도 춤이었을 몸짓을 춰댄다. 눈앞으로 무슨 일이 벌어지고 있는 것인지, 도통 알 수 없었다.

나는 어릴 적부터 앓고 있는 병이 하나 있다. 병이라기보다는 '정신적 장애물'이라 부르는 게 더 적합하겠다. 일종의 무대 공포증이다. 누구나 무대에 서는 일에는 어느 정도 공포심을 느낀다지만, 나의 공포증은 무대의 주인공이 나 자신이 아닐 때 발동

된다는 점이 특별하다.

꼭 시각적인 무대가 아니어도 그렇다. 〈전국노래자랑〉이나 〈스걸파〉 같은 공연은 물론이거니와, 요즘은 들을 일이 드문 라디오 애청자 참여 코너 같은 청각적 무대에서도 여지없이 병이 도진다. 온몸에 소름이 돋고 몸이 배배 꼬이는 것이, 마치 나 자신이 준비 없이 무대에 올라서진 기분이다. 그런 한 사람에게 아이들은 들입다 '마라탕, 탕후루 어쩌고 저쩌고'를 보여주었다.

호흡이 멈추고 온몸은 굳어버렸다. 멈춰버린 육체의 고요함 속에서 오직 뇌만이 분주하였다. '마라탕후루 어쩌고 저쩌고'에 열심인 아이들에겐 미안하게도 내 눈은 그들을 보고 있지 않다. 동공은 그들에게 고정하였음에도 주변 시야를 통해 선생님들의 이목 집중을 보고 있었다. 선생님들은 아이들의 재롱을 보며 웃음이 나기도 하셨겠지만, 동시에 재롱 앞에 석화石化되어 버린 나의 모습이 대비되어 더욱 웃음 지었다.

뇌는 눈앞의 정보를 처리하기에 바빴다. 우뇌가 말하길 "그래. 아이들의 부모님과 그 부모님의 부모님이 내신 세금으로 내가 먹고살잖아. 옷도 입고, 결혼도 하고, 아빠 준비도 하고. 그래. 춤추는 게 불법도 아닌데, 아이들이 잠시 즐겁게 그저 보아주자. 이것도 교사의 임무 중의 하나라 믿자" 하였다.

그에 좌뇌는 대답한다. "아니 근데, 쟤들도 내가 낸 세금으로 학교에 다니는 거 아냐? 왜 날 이렇게 힘들게 하는 거야. 그나저나. '마라탕후루 어쩌고 저쩌고'가 대체 뭐야?"

다행히 무대는 그리 길지 않았다. 삼십 초쯤 지났을까? 주관적인 느낌으론 30분은 족히 된 것 같은데. 무대를 마친 아이들은 무언가 뿌듯한 표정으로 물었다. "어때요? 어때요?" N명의 아이는 각자 "어때요?"를 두 번 붙여 물어왔다. 이때 김쌤이 들었을 "어때요"의 총 횟수를 구하시오.

머리가 아파왔다. 대체 뭐가 어떻냐는 걸까. 이를 알아야 답을 들려줄 텐데. 나의 호흡 상태가 어떻냐는 걸까. 우뇌와 좌뇌의 분주함이 어떻냐는 걸까. 너와 나 사이 세대 차이의 아득함이 어떻냐는 걸까. 자신들의 무대가 어떠했냐는 물음인 걸까. "어, 어… 음… 어떻냐고? 뭐라고 표현해야 할까. 흠… 참… 인상적이네."

오답인가 보다. 인상적이라는 심사평에 아이들은 "에이, 그게 뭐예요오"란다. 바란 적 없던 무대를 강제 주입 당한 나의 입장과 취향을 고려하자면 인상적이라는 평은 더없는 호의인데도 말이다. 이번엔 내가 하나 물어야겠다. "근데… 방금 한 거 있잖아. 마라탕인가 탕후룬가 하는 거. 대체 뭔데 이게?" 삼십 초의 복잡했던 머리로 물을 수 있는 것이라고는 '뭔데 이게?'가 최선이었고, 그에 돌아온 아이들의 답은 짧고 투명했다. "요즘 유행하는 챌린지예요."

'챌린지'란다. 영어로 Challenge. 챌린지나 Challenge나 둘 다
영어인 건가. 우리말로 하자면 '도전'이라는 뜻이다. 대체 아이
들이 무엇에 도전한 것인지 당최 모를 일이다. 도전의 상대가 왜
하필 나였는지는 더욱 모를 일이다. 선생님 앞에서 마라탕후루
어쩌고 율동을 추는 일이 왜 도전인 것이고, 왜 도전하려는 일인
지, 모를 일이다. 이러한 모를 일에 도전이란 단어를 써버렸으니
훗날 정말 도전해야 할 일 앞에서 아이들은 어떤 단어를 붙일 수
있을지, 그 또한 모를 일이다. 머리가 아파왔다.

마라탕후루와 아이들의 도전 의식에 잠시 정신이 아득해졌
다. 뒷덜미를 타고 들어오는 에어컨의 냉기가 느껴졌다. 그렇
게 감기에 걸렸다.

그날 밤. 머리가 지끈거리고 약한 선풍기 바람에도 몸이 으
슬으슬하더니, 다음 날 아침이 되어서는 걸음마다 뒷골이 흔들
린다. 콧물이 스멀스멀 내려오고 목이 칼칼하였다. 확실한 감
기다.

밤중 깊은 잠에 몸의 기력이 충전되었던 탓으로 출근까지는
그럭저럭 버틸 만했다. 몸이 조금 무겁고 머리가 다소 띵할 뿐이
었다. 눈이 조금 뻑뻑하기도 하였다. 코가 막힌 탓에 비강의 압

력이 높아져 그런가 보다 하였다.

해가 뜨면 밤이 물러나듯, 밤중에 충전된 기력은 출근길에 오르기 무섭게 닳기 시작하였다. 시간의 속도를 따라잡으려는 듯 감기는 무섭게 몸의 기운을 갉아 먹었다. 하도 갉아먹은 터에 몸은 더 이상 무겁지 아니하고 가벼웠다. 감기가 온몸을 갉아 놓은 틈새로 기력이 모두 흘러 나간 듯하였다. 몸이 흐느적거렸다. 등은 굽고 손과 발끝이 기분 나쁘게 저렸다.

이마에서 뒤통수까지 이어진 두통의 자취는 선명했다. 긴고아가 따로 없구나. 쉬지 않고 지끈거리는 머릿속에 몽롱한 아지랑이가 피어올랐다. 피어오르는 아지랑이를 따라 정신은 휘청였고, 휘청이다 흩어졌다. 아이들을 위한 상비약으로 마련해 놓은 두통약을 꺼내어 털어먹었음에도 감기 기운은 전진을 멈출 줄 몰랐다. 감기는 약 먹으면 일주일, 그렇지 않으면 7일 간다던데. 정말 그럴 성싶었다.

손발이 저리고 머리가 지끈거리는 것이, 마치 온몸에 아지랑이가 피어오르는 듯하다. 여름을 찾아가던 아지랑이가 부러 나에게 잠시 들른 이유는 무엇일까. 마라탕후루에 이끌려 왔을까. 온 김에 나의 목덜미를 타고 들어와 잠시 쉬어 가는 것일까. 머리가 아파왔다.

머릿속 아지랑이를 붙잡고 간신히 오전 수업을 끝냈으나 도저히 감기의 전진을 오후까지 막아낼 용기가 없었다. 어설프게 감기를 버텨보려다 오후 늦은 퇴근길 운전에 문제가 일어날지도 몰랐다. 군자는 미리 대비하여야 한다고 공자께서 말씀하셨는데. 감기는 미리 막지 못하였지만 후의 문제는 미리 대비하여야겠다.

조퇴를 했다.

다행히 집까지의 거리가 멀지 않았고 한낮의 도로는 한산하여 운전이 어렵지 않았다. 길게 뻗은 대로 끝으로 파란 하늘과 초록 산이 보였다. 장마가 오지 않아 건조하고 여름이 찾아와 색이 짙은, 파랑과 초록이다.

무사히 집에 도착했다. 한낮의 아파트는 역시나 한산하다. 주차장이 휑하여 편히 주차할 수 있겠다. 매일 조퇴를 하면 좋겠다는 생각이 문득 들었다. 물론 아프지 않은 조퇴 말이다. 집까지 가는 경로가 짧은 위치를 찾아서 대충 주차를 마쳤다. 출근 가방은 차에 남겨놓은 채 휴대전화만 대충 챙겨 차에서 내렸다. 얼른 침대에 누워 의식을 잃고 싶었다.

땅을 디디니 다시 느껴지는 머릿속 아지랑이와 손발의 저림. 머릿속 아지랑이는 손발에서부터 피어올라 오는 걸까. 손발의 저림은 아지랑이의 흐릿한 시작점인 것일까. 알 수 없었다. 나는 왜 이런 생각을 하며 걸어가고 있는지, 그 또한 알 수 없었다.

몇 번이나 왕복하여 익숙해진 인도를 따라 걸었다. 걷다 보니 역시나 익숙한 사철나무가 눈앞으로 보인다. 집 앞 공공화단의 울타리를 겸하여 심어진 사철나무는 여름을 맞아 이쁘게 정돈되어 있다. 각을 잡아 잘 깎여진 모양새가 슬램덩크의 채치수 헤어스타일만 같다. 매우 인공적이면서 동시에, 그렇기에 보기 편하다. 나는 채치수 사철나무를 따라 목적지까지 얼마 남지 않은 걸음을 조심히 옮겼다.

사철나무의 끄트머리가 보인다. 역시나 채치수의 바짝 올려진 옆머리 같다. 이 끄트머리만 돌면 화단이 보이고, 화단 옆의 1층 집이 보이고, 1층 집 옆으로 공동 현관이 나오고, 공동 현관을 들어서면 엘리베이터가 나오고, 엘리베이터를 타면 집으로 곧장 올라갈 수 있다. 정말 얼마 남지 않았다. 지끈거리는 머리를 아래로 떨구고 발끝만 바라보며 걸었다. 걷다 보면 멈출 때가 보이겠거니.

역시나, 천천히 옮기던 발걸음이 마침내 사철나무 모퉁이에 다다랐다. 모서리마저 깔끔하게 정돈되어 있다. 모서리가 꺾인 각을 따라 몸의 진로를 바꾸려 고개를 들었다. 푸른 사철나무의 정돈된 모습이 눈에 들어온다. 채치수의 정수리 같다. 넓고 푸르고 평평한 정수리. 푸른 정수리 가운데에서 회색빛 반점 단 하나가 눈에 뜨인다. 꼭짓점이 둥그스름한 역삼각형 반점. 회색 반점은, 회색 날개 한 쌍의 겹쳐진 모습이다.

나비다. 초록의 사철나무 위에 나비 한 마리가 앉아 있다.

암먹부전나비. 암먹+부전나비라 읽어야 한다. 암먹색 날개를 가진 부전나비라 그렇다.

엄지손톱만 한 크기의 암먹부전나비의 날개는 앞뒷면 색이 다르다. 오므린 날개는 밝은 회색으로 보이지만 펼치게 되면 반대면의 짙은 먹색이 드러난다. 얇고 검은 테두리 속의 먹색은 햇빛을 받아 청색이 살짝 비친다. 암청부전나비가 좀 더 어울리는 이름이지 싶다.

오랜만이다. 아주 어릴 적엔 곤충채집을 한답시고 쏘다니며 많이도 잡았더랬다. 많이 잡을 수 있었던 이유는 이 녀석들이 사람 손을 겁내지 않을 만큼 워낙 얌전하기도 하거니와, 그땐 정말로 많이 있었기 때문이다. 주변에 맑은 개천이 흐르고 들판이 넓은 동네에서 살았기에 그렇기도 하고.

도망을 가지 않는 데다 많기도 하였던 이 녀석들은 곤충채집 놀이에 있어서는 아주 손쉬운 사냥감이었다. 사실 사슴벌레나 매미들은 덩치가 크고 우악스러워서 손으로 잡기엔 조금 겁이 났음도 인정해야겠다. 환경 보호나 생명 존중 같은 어려운 말은 전혀 몰랐던 어린 시절이었다. 정말 무지가 죄의 근원인 건지, 철없던 어린 나에게 이 녀석들은 쉽게 잡혀 들곤 하였다. 그러던 녀석들이 어느샌가 좀처럼 눈에 띄지 않았다.

내가 곤충채집을 좋아하였기로서니 그 많던 녀석들을 나 혼자 다 잡아버렸을 리가 없다. 점차 나이가 들며 곤충채집으로 보내는 시간이 줄어든 탓도 있겠거니와, 그들의 모습은 기억 속에만 있는 듯하였다. 대체 어디로 사라진 것일까. 동네 근처로 도로가 새로 생기고. 개천이 메워지고. 뒷산을 깎아 학교를 짓고. 슈퍼를 허물고 마트가 지어지기는 하였으나, 여전히 녹지는 많이 남아있는데 말이다.

학교에서는 나비의 실종이 산업화 때문이라 배웠다. 산업화로 인해 공기 오염이 심해지자 밝은색 나비는 눈에 잘 띄어 포식자에게 쉽게 먹혔다고 하였다. 밝은 나비를 먹은 포식자의 식욕이 줄어들기도 하거니와, 어두운 나비는 본의 아니게 보호색을 띠게 되어 살아남았다는 이야기. 날개 한 면은 밝고 한 면은 어두웠던 암먹부전나비는 하루 종일 날개의 어두운 쪽만을 펴놓고 있을 수 없는 고로, 반쯤은 산업화의 물결을 타고 포식자의 배 속으로 사라졌다는 결론.

이해되지 않았다. 공기가 탁해졌기로서니 낮은 풀밭에 사는 나비의 어두운 날개가 가려질 정도는 아닌데. 설령 그렇다 하더라도 나머지 반의 나비는 어디에 갔으며 살아남은 이들의 자손은 왜 불어나지 않는가. 왜 나비는 사라지기만 하고, 왜 포식자는 항상 굶주려있는가. 어린 나는 당최 알 수가 없었다.

어느새 사람들은 산업화라는 단어를 개량하여 환경오염이라 말하기 시작하였다. 도로 옆으로 새겨진 녹지는 우리 눈에 그럴싸한 푸르름으로 보이지만, 하도 큰 차들이 웅웅거리며 지나고 매연까지 뿜어대니 몸집이 극히 작은 곤충은 위협을 느껴 그곳에 머무를 수 없다 하였다. 머무를 수 없으니 떠나야 했고, 떠나려니 멀리 가야 했고, 멀리 가는 중에 기력이 다하여 죽음을 맞이한다 하였다. 인간에게는 몇 걸음 거리가 그들에게는 만 리 길이다.

야행성 곤충은 밤하늘의 별과 달의 밝음을 좇아 이동한다. 그러나 사람의 산업화는 밤을 밝게 만들고 온갖 가로등과 간판은 밤하늘 별보다 밝은 빛을 쏟아낸다. 어찌나 밝은지 사람 자신도 별을 보려면 자신들이 만든 빛을 피하여 깊은 산속으로 가야 한다.

그러니 빛을 좇는 운명을 타고난 곤충의 슬픈 결말은 당연하다. 야행성 곤충은 별 아닌 것을 별이라 생각하여 달려들어 끝없는 밝음 아래에서 갈증과 피로 속에 죽어간다 하였다. 에반젤린을 쫓던 레이의 결말은 그나마 행복한 편이었다.

산업화는 얼마나 지독한 놈이길래, 사람들은 21세기에 들어 네시나 빅풋 같은 미확인 괴생명체가 더 이상 발견되지 않는 이유까지 환경오염에서 찾기 시작했다. 안 그래도 인간을 피해 다니는 녀석들이라 살아있는 채로 발견하기도 힘든데, 환경오염 때문에 알지도 못하는 곳에서 죽게 되어 발견이 더 어려워졌다는 식이다. 미확인이 미확인되는 이유라니. 칼 포퍼라면 이러한 설명에 어찌 반응했을까.

포식자는 왜 항상 굶주려있는가. 얼마나 굶주렸기에 미확인 생명체까지 먹어 치우는가. 나로서는 도통 알 수 없다. 나는 차창에 부딪혀 죽은 곤충의 사체가 드물어진 뒤에야 그들이 사라지고 없음을 눈치채는 인간의 아둔함만을 알 뿐이다.

곱상하게 정돈된 사철나무와 그 위에 앉은 한 겹 나비를 두 눈에 담고 머리의 지끈거림을 느꼈다. 몽롱한 정신에는 으레 이런 생각이 피어오르는 것인지, 이런 생각으로 인하여 머리가 지끈거리는지. 알 수 없었다. 얼른 집으로 들어가 의식을 잃고 싶었다.

걸음을 옮기려 고개를 살짝 들었다. 뒷골이 가볍게 울렁였다. 눈을 질끈 감았다 떴다. 햇빛에 눈이 부셨다. 부신 눈을 멀리 두어 이어진 화단을 보았다. 키 작은 조경 나무들 사이로, 어느 나무의 동그란 밑동이 햇빛을 받아 밝게 보였다. 1층 집의 조망권을 해친다는 이유로 작년 봄에 잘려 나간 단풍나무다.

아파트의 시작과 함께 심어졌던 단풍은 20년간 무사히 자란 보람으로 밑동만 남기고 베어졌다. 그마저도 더 이상 자라나지 못하게 사람들은 드릴을 써서 베어진 면에 대고 큰 구멍을 숭숭 뚫어놓았다. 둥근 밑동에 삼각형으로 뚫린 구멍이 흡사 두 눈에 코 하나처럼 보였다. 어쩌면 두 눈에 입 하나일지도 모른다.

얼굴을 갖게 된 밑동은 사계절을 지나면서 바짝 마르고 시커메져 점차 갈라지기 시작하였다. 두통과 햇빛 때문에 가늘어진 눈으로 밑동의 벌어진 틈새가 들어왔다. 혼돈칠규混沌七竅는 그저 우화가 아니라 장자의 적나라한 르포였음을 오늘에서야 깨닫는다. 어쩌면 밑동은 구멍이 세 개만 뚫리고 말았으니 그나마 행복한 결말이었을까. 머리가 어지러웠다.

어지러운 머리에 달린 두 눈으로 사철나무의 단정한 머리와 암먹부전나비의 암청색 날개가 들어왔다. 마지막으로 걸음을 옮기기 전, 나비를 쓰다듬고 싶었다. 지금이 지나면 언제 다시 만날지 모를 기억이다. 저린 손을 조용히 들어 나비에게 천천히 가져갔다.

나비는 그만 날아가고 말았다.

덧1) 7일 간다던 감기는 내게서 사흘을 알차게 머물고 떠났다.

덧2) 그렇다. 감기는 아내에게 옮아갔다.

아내는 7일을 꼬박 앓았다.

3인칭 외아들 시점에서

1.

2023년 4월 8일. 나와 아내는 결혼했다.

어쩌면 "나와 아내는 결혼했다"는 말은 문장이 될 수 없을지도 모른다. 아이 낳아 길러 보고 장가가는 총각이 없듯 결혼 전부터 아내가 아내인 것은 아니기에, 결혼이 선언된 후로 아내는 아내가 되는 것이기에 그렇다. 올바른 문장을 위해서는 "나와 권○○은 결혼했다" 또는 "나와 나의 여자친구였던 권○○은 결혼했다"라고 써야 할지 모를 일이다.

그러나 이러한 문장은 살갑지 않다. '아내'라는 주어와 '결혼했다'는 술어의 시점 불일치로 인하여 자격 미달의 문장일지는 모르겠으나, 그저 "나와 아내는 결혼했다"로 쓰련다. 2023년 4월 8

일. 나와 아내는 진주의 어느 호숫가의 야외에서 결혼했다.

날이 참 맑았다. 4월 1일과 15일은 이미 식장 예약이 완료되어 어쩔 수 없이 선택한 날이었다. 기후변화로 따뜻해진 날씨 때문에 다소 덥지는 않을까 걱정하였더랬다. 그러나 4월 1일은 봄비가 내려 흐렸고 4월 15일은 황사가 찾아와 세상이 노랬다. 8일엔 이미 벚꽃이 지고 없었지만 쾌청하여 좋았다. 운이 좋았다.

그러한 날에 나와 아내는 결혼을 하였다.

친구 S가 사회를 맡아주었다. 미안하게도 나는 그의 결혼 축가를 거절하였지만, 고맙게도 S는 나의 결혼을 가장 가까운 곳에서 보아주었다.

요즘의 여타 결혼식처럼 나와 아내의 결혼식에도 주례가 없었다. 그리고 여타 결혼식에서 신랑과 신부가 함께 하는 성혼선언을 우리는 하지 않았다. 정확히 말하자면 성혼선언을 하기는 하였으나 "신랑 뭐뭐 군과 신부 뫄뫄 양은…"이라 쓰인 글을 읽으며 가족 앞에서 일종의 혼인서약서를 낭독하지 않았다는 말이다. 그보다는 우리 뒷모습을 보아주기 위해 식장에 앉거나 서 있는 친구와 가족에게 고맙다고 말해주고 싶었다. 서약이란 맹세한다고 지켜지지 않음을 알 나이가 되기도 하였거니와, 이때가 아니면 도저히 많은 가족과 친구들 앞에서 후련하게 '고맙다'는 한마디를 전할 기회가 없음 또한 알았기 때문이다.

부모님의 형제에게 더욱이 그러했다. 언젠가 꼭 한번은 모든 삼촌과 고모에게 '감사하다'고 말하고 싶었다. 내가 보고 들어 아는 일보다 나 모르게 부모님이 겪어 보냈을 더 많은 시절이 어딘가 분명 있음을 안다. 그러한 시절이 여전히 나 모르게 남겨져 있음은 분명 내가 아닌 누군가가 부모님에게 힘이 되어주었기 때문임도 안다.

그래서 그 누군가에게, 부모님의 뒷자리에 앉아계신 모든 삼촌과 고모에게 감사하다고 말하고 싶었다. 내가 기댈 곳이 되어주는 부모님의 기댈 곳이 되어주셔서, 나의 엄마와 아빠가 살며 힘들었을 많은 순간을 함께 보내주셔서 감사하다고 말하였다.

앞으로도 엄마 아빠의 든든한 가족이 되어주시기를 염치없이 부탁드리기도 하였다.

2.

한때 〈나만 없어 고양이〉라는 제목의 노래가 유행했었다. 세상에서 제일 귀엽고 사랑스러운 고양이를 나만 빼고 모든 사람이 하나씩 맡아 보살피고 있다는 노래다. 어린아이가 "나만 빼고 친구들은 다 갖고 있단 말이야!"라며 바락바락 떼쓰는 억지의 고양이 버전이랄까.

언제 그런 노래가 유행했었냐, 그게 무슨 소리냐 싶어도 괜찮다. 나도 유행이 한참 지나고서야 그러한 노래가 유행했었음을 알았다. 원래 유행은 유流행이라, 흘러가고 나서야 비로소 흘러가는 줄 아는 거니까. 그렇게 시절이 흐르고 흘러서 뒤늦게 알아챈 사실이 또 하나 있으니 내 주변엔 외아들이 드물고 드물다는 것이다. '아들딸 구별 말고 하나 낳아 잘 기르자'는 말을 우리 집만 지켰던 걸까. 유독 내 주변은 그렇다. '나만 없어 형제'다.

문자 그대로 내 주변에서 가장 가까운 사람인 아내도 그렇다. 아내는 딸만 셋 있는 집의 첫째로, 역시나 '나만 없어 형제'를 흥얼거리게 한다. 더군다나 둘째 처제는 아내와 다섯 살 터울, 셋째 처제는 열다섯 살 터울이다. 지금 내가 학교에서 가르치는 아이들과 셋째 처제는 같은 나이다.

이쯤 하여 애매한 일이 하나 생겨난다. 과연 둘째 처제, 셋째 처제라는 표현은 적합한 것인가? 아내(처)의 형제(제)는 둘뿐인데, 두 처제 중에서 나이가 많은 처제는 둘째라 부르는 게 맞는 건지, 아니면 첫째라 해야 할지 애매하다.

아내는 태어난 순서대로 나이 많은 처제를 둘째라 부르지만 처제라는 기준에 있어서는 첫째 처제가 아닌가라는 모호함. 셋째 처제라는 표현이 성립할 수 있다면 과연 첫째 처제도 있어야 하는데, 그렇다면 다시 둘째 처제는 어디에 존재하는가?

큰 처제, 작은 처제라 하기에도 어색하다. 셋째 처제가 키는 제일 크기 때문이다. 이러한 형국이니 큰 처제, 작은 처제라 나눠 부르기에도 '크다'와 '작다' 사이의 부등호 결정 기준이 모호하여 부적합하다. 키는 가장 큰 셋째 처제가 손은 또 가장 작다. 머리가 어지럽다.

여기서는 편의상 나이 많은 처제를 둘째 처제, 막내 처제는 그대로 막내 처제라 부르기로 하자.

나는 동생이 둘이나 있는 아내가 몹시 부럽다. 더군다나 두 처제가 모두 바르고 밝으니 더욱 그렇다.

종종 두 동생과 티격태격하기도 하고, 그중에 가끔은 해결되지 않는 갈등을 친정 부모님에게 누가 누가 이러저러해서 이렇고 저렇다며 토로하는 아내를 보게 되어도 여전히 그렇다. 이들을 '바라보고' 있는 내가 느껴져서, 아내가 몹시 부럽다.

막상 형제 있는 사람들은 나와 같은 외동이 좋은 거다, 모르는 얘기다 말할 수 있겠다. 그러나 공유된 과거가 없는 공허함을 형제 있는 이들이 모르기도 매한가지다. 외동에게 있어 과거와 추억은 오직 나만의 기억으로 자리매김한다. "그때 그랬잖아", "기억나?"와 같은 추임새는 외동에게 들려오지 않는다.

아무도 찾아오지 않는 미니홈피처럼, 공유되지 않는 추억은 혼자만의 감상으로 가라앉는다.

　살며 겪는 어려움을 부모에게 한껏 털어놓는 일이 어느 순간
부터 점차 어려워짐을 알게 되지 않나. 부모가 기억하는 나의 모
습이란 언제나 자식의 모습일 수밖에 없고, 그렇기에 '나'의 고
민이 '자식'의 고민으로 자동번역됨을 알게 되는 순간 말이다.
　털어놓은 고민의 문장 속에서 '나'라는 주어가 자식으로 자동
교체되고 있었음을 알게 되는 때. 나의 고민은 부모의 자식 걱정
에 보탬이 될 뿐이라는 사실을 알게 되는 때. 부모님의 한결같은
자식 걱정과 벗어날 수 없는 해석의 지평 앞에서 나의 세계가 무
수히 미끄러져 왔음을 알게 되는 때.
　나에게도 그러한 순간이 있었고, 이후로 나에겐 형제가 필요
했다. 이제 와서 형제가 생길 리 만무했지만 필요는 존재와 관계
없이 찾아왔다. 친구에게는 너무 내밀하고 부모에게는 속 아픈
나의 이야기. 갈 곳 없는 이야기가 남모르게 요란하였다.

　언젠가 아내와 두 처제가 나란히 바닷가를 걷는 모습을 뒤에
서 보았던 일이 있다. 추석을 맞아 처가 식구를 모시고 바닷가에
휴식을 취하러 간 날이었다.
　두 처제와 아내를 데리고 근처의 횟집으로 저녁거리를 사러

가는 길. 저녁 햇빛이 부서져 반짝이는 바다 앞으로, 둘째 처제가 양팔에 언니 동생을 끼고 걸어갔다. 아내는 둘째 처제의 발랄함에 덩달아 신나 보였고, 막내 처제는 볼이 발그레해져서 딸려 갔다.

셋은 뒤에서 따라 걷는 나를 알고 있었겠으나, 내가 무얼 보며 걷는지는 몰랐을 테다. 언어의 낮은 해상도로는 결코 묘사할 수 없을 이들의 과거와 현재와 관계를, 그저 바라보는 것으로 모두 읽은 듯하였다. 부서진 햇빛에 눈이 시렸다.

두 처제가 나의 처제여서, 두 처제가 아내의 동생이어서. 참으로 부럽고도 고마웠다.

3.

효자가 세상에 나오기 얼마 남지 않은 이 시점에 우연히 막내 처제는 고등학생이고 그녀의 형부가 괜찮은 수학 선생님인 고로, 막내 처제는 틈틈이 나에게 수학을 배워왔더랬다.

훌륭한 사람은 모두 그러하듯 막내 처제도 자신이 일궈낸 성과 앞에서 스스로의 모자람을 먼저 보는 것인지, 며칠 전 학교 시험이 끝나던 날 아내에게 메시지를 보내왔다.

"효자야, 이모는 시험을 못 쳐서 좋은 이모가 될 수 없어."

처제의 귀여운 메시지를 읽고 세 가지 생각이 들었다.

(1) 내게서 배운 어느 누구보다 잘하고 있으니 자책하지 않으면 좋겠다. 시험이 뭐라고.

(2) '좋은 이모'란 시험지나 성적이나 대학 간판에 있지 아니하고, 효자의 엄마에게 잘해주는 데 있다.

(3) 이걸로 이번 주 글감을 삼아야겠다.

그리하여 이 글을 쓴다.

(4) 효자에게도 좋은 형제가 생기면 좋겠다.

덧1) "일단 하나 낳아 길러보고 생각해라"는 말은 이미 너무 많이 들었다.

덧2) 『초발심자경문初發心自警文』의 말씀을 남긴다.

"초심을 굳게 다지고 스스로 채찍질해 (…) 부지런히 닦아 나아가면 더욱 깊어지고 단련하고 갈아 나아가면 더욱 청정해지리니 (…) 이러한 마음을 낸 것이 얼마나 다행스럽고 경축할 일인가 생각하여 끝까지 물러서지 말라."

덧3) 큰일을 이룸은 초심을 낮추는 데 있지 아니하고, 초심을 지켜가는 데 있다. 초발심자를 격려해달라.

그렇게 아빠가 되어간다

슬슬 가방을 꾸려야 할 때다. 신혼여행을 다녀온 이후로 창고에 고이 모셔두었던 자그마한 캐리어를 꺼내야 한다. 어두운 창고에 고이 모셔두었던 작고 빨간 캐리어. 먼지를 털고 깨끗이 닦아 목욕재계시켜 거실 한복판에 고이 눕혀보자. 마침 며칠 전 가구 위치를 옮겨대며 한층 넓어진 거실이다.

다소곳이 누운 캐리어의 옆구리 지퍼를 열어젖히고 속을 채워넣어야 한다. 무엇으로 채울까. 산부인과에서 손에 쥐여준 일련의 목록을 다시 꺼내 본다.

공통 준비 사항

손 소독제, 마스크, 수저 세트, 손수건(10장 이상), 세면도구, 속옷, 양말, 배냇저고리, 속싸개, 겉싸개(퇴원, 퇴실 시), 바구니 카시트(퇴원 시 차량 이동의 경우)

병원(분만실)

산모 수첩, 작은 물병(빨대 필요), 입술보호제, 보호자 이불, 제대혈 키트, 가습기(환절기), 산모 영양제(오메가, 철분제), 신생아실용 기저귀 1팩(70매 기준), 물티슈(신생아실, 개인용)

* 귀중품은 가져오지 마시고 화장, 매니큐어는 지우고 오세요.

산후조리원

긴 면양말, 개인 물컵, 갑 티슈, 물티슈, 타월(5장 이상 – 개인용), 세탁 망, 모유 저장 팩(유축기 사용 시), 개인 실내화

목록엔 이미 마련된 것도 있고, 마련해야 할 것도 있고, 예상치 못한 것이 고루 적혀있다. 손 소독제는 없고 마스크는 있고. 손수건은 있고 신생아용 기저귀는 없고. 산후조리원은 가지 않기로 하였기에 모유 저장 팩은 필요 없겠다 싶었으나 집에서 조리할 때 결국 필요하다는 당연한 결론은 예상치 못했다. 괄호

속에 딸려 있는 유축기도 미리 준비해 두어야 한다는 당연한 얘기까지.

출산 준비 가방을 꾸리기 위한 준비를 해야 한다.

출산 예정일까지 3주 정도가 남았다. 그러나 자연은 스스로 그러한 탓에 인간의 온갖 예상과 예측과 달리 무심히 흐르는 탓으로, 자연분만 또한 예정은 그저 예정에 그칠 뿐이다. 의사 선생님께서 말씀하시기로는 예정일에 딱 맞추어 아이가 태어나는 자연분만의 경우는 극히 드물다고. 나와 같이 강한 계획형 인간은 이러한 상황에 언제나 마음이 싱숭생숭하다.

일에 당면하여 처리하면 서두르게 되고, 서두르면 놓치게 되고, 놓치면 허술해진다. 고로 미리 준비하여야 한다. 그런데 자연분만을 준비하는 우리에게 출산일이라는 시점은 확실치 않아서 오차마저 가늠하여 미리 준비해야 한다. 제대로 된 준비에는 역시나 준비가 필요하다. 3주 동안 부릴 여유는 그리 많지 않다는 결론이다.

참으로 다행인 것은, 일에 앞서 준비하기에 매우 편리한 시대에 살고 있음이다. 손바닥만 한 전자기기를 손에 들고 손가락 몇 번을 움직이면 새벽보다 빠르게 필요한 물건이 집 앞에 놓여 있다. 손가락이라 하였지만 검지 하나일 뿐이고 전자기기는 심지어 무선 인터넷에 언제나 연결되어 있다. 새벽이 내려오는 땅 위에는 반듯한 도로가 어디에나 깔려있다. 우리 집 코앞까지.

그뿐이랴. 사이버 공간도 여지없는 공간이기에 수많은 사람들이 새겨놓은 문자로 가득하여 내 머릿속에 떠오른 질문은 반드시 누군가 먼저 해두었고, 그 질문에는 반드시 누군가가 답을 내려두었다. 그저 나는 질문할 필요도 없이 답을 알 수 있다. 글로 적힌 답도 있고 영상으로 설명된 답도 있다. 취향껏 고르기만 하면 된다.

그뿐이랴. 그마저도 부족하면 산부인과 의사를 직접 만나 물을 수도 있고, 만나러 가는 길엔 편히 탈것을 이용할 수 있다. 병원이 들어선 번듯한 건물이 튼튼히 구석구석 지어져 있기에 가능한 일이고, 많은 사람이 탈것을 열심히 개발해 준 덕이다. 심지어 도로는 선물도 아니면서 포장까지 되어있다!

이 모든 일이 하루아침에 이루어진 것이 아니며, 한 사람이 이룬 것이 아니며, 세월이라는 시간의 퇴적물을 수많은 사람들이 쌓고 다져온 덕분이다. 이를 쉽게 앉은자리에서 이용할 수 있는 시절에 살고 있으니 참으로 다행이라 어찌 말하지 않을 수 있을까. 당장 옆집에 사는 사람을 나조차 모르고 살고 있음은 허술한 사실이지만, 아이 하나를 키우는 데 온 동네가 나서고 있음 또한 여전한 사실이다.

온 동네와 온 세월이 이미 빨간 고추장 색 캐리어 안에 담기고 있다.

누군가는 자신을 두고서 세상에 빚진 바 하나 없이 자수성가하였다고, 자신이 누리는 모두가 자기 스스로 이루어낸 일이라 할지도 모르겠다. 맨땅에서 동전 한 푼 없이 시작하여 여기까지 왔다고.

그럴 리가 있나. 그 맨땅을 디뎠던 몸뚱어리는 어디서 왔고 몸뚱어리에 걸쳤던 옷가지는 어디서 왔던가. 입으로 들어갔던 음식들은 어디서 자라났고 어떻게 입 앞까지 옮겨졌던가. 입에서 나와 사람에게 전달했던 수많은 말은 어디서 배웠으며 그 말은 또 누가 만들었나. 그렇게 힘들여 벌었던 돈이란 대체 어디서 왔고 어떻게 발생했던가. 돈은 돌고 도니까 돈인데, 세상에 오직 나뿐이라면 돈이 돌아다닐 궤적이란 있을 수가 없다.

'가진 것이 많다'는 문장은 '가진 것이 적다'라는 문장이 함께 있기에 성립할 수 있다. 이는 '많다'와 '적다'에 한정된 이야기가 아니다. 모든 단어가 그러하고, 좀 더 정확하게는, 그 단어를 통해 표현하고자 했던 모든 존재에게 통하는 이야기다. 집합 A가 결정되는 순간 집합 A의 여집합이 발생 되듯, 존재는 무릇 자신이 아닌 모든 것에 기대어 있기에 존재할 수 있다. 무릇 '있다'

라고 하는 것은 있지 '아니한 것'과 짝해야만 비로소 드러난다.

나는 존재의 이중성을 믿는다. 그림자가 짙을수록 빛의 밝음이 드러나고, 눈 내린 추운 겨울에야 푸른 소나무의 푸르름이 드러나고, 그리울수록 만나면 반가운 이유는, 무릇 존재란 서로에게 기대어 있는 것이기 때문이다. 프로이트는 에로스와 타나토스라 그럴싸하게 말하였으나, 나는 그저 삶의 오묘함이라 쉽게 말한다.

부모라는 말은 자식이란 말의 탄생과 함께 한다는 사실을 놓고 보면, 오직 부모만이 자식을 낳는 것이 아닐지도 모른다. 부모와 자식이 함께 기대어 있는 것이라면, 자식 또한 자신의 출생과 함께, 그리고 비로소 한 부부를 부모로 탄생시킨다. 자식도 부모를 낳고 부모도 자식에 의해 탄생한다.

삶이란 이토록 오묘하다. 오묘하고도 오묘하기에 효자의 탄생을 준비하며 나는 그토록 많은 지난날을 돌이켜보아야 했던지도 모르겠다. '지난날'이란 나 자신의 과거를 뜻함과 동시에, 알지 못하는 수많은 사람들의 지난날이기도 하다.

겪었고, 후회했고, 기뻤고, 배웠고, 의지했고, 만들었고, 고마웠고, 도전했고, 실패했고, 유지했고, 버렸고, 잊었고, 남아있고… 다시 떠올렸던 모든 지난날. 나 모르게 조용히, 묵묵히 발

아래를 디뎌주고 머리 위를 덮어주어 몸을 감싸주고 있었던 모든 누군가의 지난날. 그 지난날 속 어느 누군가의 출산 후기를 이어받아 어느 누군가는 출산 준비 가방을 꾸리게 된다. 우리는 연기緣起에 감사해야 한다.

인생은, 어느 정도는, 돌이켜보아야 아는 이유는 인간이 과거에 얽매여 있기 때문이 아니다. 도리어 사람은 누구나 내일을 준비하며 살기 때문이다. 효자의 탄생을 준비하는 동안 "인생은, 어느 정도는, 돌이켜보아야 안다"는 말을 나조차 어찌할 수 없이 반복해야 했던 이유는, 내일의 내일이 몇 번 지나면 효자를 만난다는 단순한 귀납적 결론 때문이다.

흐르는 강물은 반드시 웅덩이를 가득 채우고서야 흘러 내려가듯, 시절은 반드시 '나'에게서 멈추고 흘러간다. 시절이 아이에게 흘러들기 전에 나는 한 번쯤 지나온 나날을 돌이켜보아야 했다. 그런고로 이 책은 '아빠라는 세계'의 기행문이기도 하며 나에 대한 회고록이기도 하다.

그렇게 나는 아빠가 되어간다.

에필로그

세상에 나온 효자의 목에는 탯줄이 두 바퀴 감겨 있었다. 매번 초음파 검사마다 탯줄이 효자의 목덜미를 지나치고 있음을 보았으면서도 그저 탯줄의 궤적과 효자의 모습이 겹쳐 보이는 탓이겠거니 하였다. 아기가 건강하게 태어나길 바라는 아내와 나의 마음이 빚어낸, 일종의 부정에 의한 환상. 환상 속의 그대는 그것이 환상인지 알 수 없기에 비로소 완성되고 우리 부부는 환상의 무결함 속에서 진통을 맞이하였다.

예상보다 늦어지는 아이의 출생 조짐에 우리 부부는 유도분만을 시도하였다. '우리 부부'라 칭하기엔 다소 겸연쩍기도 한 것이, 최종적으로 출산의 주체는 나의 아내이고 그렇기에 아내의 주도적 결정에 의해 유도분만이 결정되었다. 양가의 부모님은 기어코 진통을 겪느니 제왕절개 수술을 적극 권하셨으나 나는 아내의 결정을 더욱 존중하였다. 유도분만을 시도하고 유의미한 진통을 겪기에는 이틀이 걸렸다.

때마다 아내의 배에는 이런저런 기계장치가 들러붙었다. 간호사님은 배 속 아기의 심박수와 진통의 강도를 측정하는 기기라 설명하였다. 기기에 연결된 모니터로 아이의 심박수와 진통이 그래프로 나타났다. 초록은 아이의 심장이었고 파랑은 아내의 자궁이었다. 자잘하고 평평하기만 하던 파란 선이 점차 주기적으로 진동하였고, 유도분만 이틀 차에는 아주 높은 진폭과 잦은 주기로 나타났다. 그리고 파란 선의 진동에 발맞춰, 초록 선은 내리막을 걸었다.

바이털 사인을 지켜보던 담당 의사 선생님은 제왕절개 수술을 급히 하기를 권하였다. 더 기다려보기에는 앞으로 더욱 심해질 자궁의 수축을 아이가 견디기 어려워 보인다고 말하였다. 우리 부부는 의사 선생님의 말씀을 따라 수술을 결정하였다. 아내는 덤덤하였고, 나는 수술 동의서를 작성하였다. 의사 선생님과 간호사분들은 급히 수술 준비를 위해 분주하게 병실을 나섰고, 그 덕에 아내와 나는 잠시 둘만 남겨졌다. 아내는 눈물을 보였다.

제대로 된 남편이라면 그때 무슨 말을 해주어야 했을까. 나는 알 수 없었다. 이러한 상황에 대해 들어본 적도 없거니와 배운 적도 없다. 아둔한 나는 듣거나 배우지 않고서 미리 아는 민첩함도 없다. 머릿속에 떠오른 일이란 고작 침상에 누워 눈물 흘리는 아내의 머리를 쓰다듬어주어야겠다는 생각이었다. 쓰다듬으며 고생했다고 위로하였다. 고생했고, 잘한 결정이라고. 최선을 다했다고. 그리고 아직은 울면 안 된다고. 아이가 무사히 나오고서야 눈물 흘리자 하였다.

얼마 지나지 않아 아내는 간호사분들의 부축을 받아 수술실로 들어갔다. 수술실로 향하는 아내의 모습을 나는 그저 보고 있을 수밖에 없었다. 아내는 수술실로 들어서는 와중에도 뒤를 돌아 나를 보아주었다. 수술실 문은 닫혔고, 남겨진 고요 속으로 극심한 무력감이 밀려왔다. 빈 병실에 돌아가 아내의 자국이 남은 침상을 보며 기다렸다.

고개 숙여 있던 시간이 얼마나 흘렀을까. 귓속 깊은 곳에서 아기 소리가 깨어나듯 들려왔다. 환청이었을까. 벌떡 일어나 병실 밖을 바라보았지만 공간은 조용하기만 하였다. 착각이었나. 앉지도 서지도 못하고 좁은 병실을 종종 걸었다.

얼마쯤 걸었을까. 수술복을 입은 간호사 선생님이 서두르는 걸음으로 병실에 들어왔다. 의학 드라마에서만 보던, 파란 수술복 하나를 손에 들고 있었다. 급히 나의 손을 소독해 주고서는 가져온 파란 옷을 입혀주었다. 그리고 수 분이 채 지나지 않았거늘. 또 다른 간호사 선생님이 병실로 들어오셨다. 자그마한 아이 하나를 품에 안고 있었다. 나는 처음 보는 그 아이를 조용히 넘겨받았다. 그렇게 나는 아빠가 되었다.

자궁이 수축하는 힘을 받아 세상으로 나오려던 아이의 목을 탯줄이 휘감아 잡아당기고 있었다고 한다. 그리하여 진통 때마다 숨이 막혔으며, 세상으로 나오지는 못하고 엄마의 골반에 끼어있었다고. 나는 아내의 상태를 물었다. 다행히 수술은 잘 끝났다고 하였다. 조금은 안심이다.

그제야 다시 품에 안긴 효자를 보았다. 초음파로만 보았던 그 뽈살은 세상에서도 여전하였다. 볼은 토실토실하고 발그레했다. 손으로 찔러보니 폭신한 것도 같고 쫀득한 것도 같은. 처음 느껴보는 감각이 밀려왔다. 아이는 울지 않고 조용했다. 이상이 있는 것은 아니고 그냥 아이가 조용한 편인 거 같다며 옆에 선 간호사님이 말해주었다. 다시금 안심이다.

아내는 바퀴 달린 환자용 침대에 누운 채로 실려 왔다. 아내는 이미 눈물로 범벅이 되어있었다. 마취 기운으로 가누기 힘든 목을 움직여 나를 보았고 내가 안고 있는 아기를 보았다. 아내는 눈물을 뚫고서 아이의 건강을 물었다. 아이가 왜 울지 않느냐 물었다. 나는 그에 아이는 건강하다고, 그냥 순한 아이라 그런 것 같다고 앵무새처럼 대답해 주었다. 손가락 발가락도 온전히 잘 있다 말하였다.

후에 들은 이야기지만, 마취 기운 때문이었는지 이때가 기억나지 않는다 하였다. 벌써 일주일이 지난 이야기다.

뒷일은 앞서 적은 바와 크게 다르지 않다. 병원에서 머무는 동안 모자동실을 하였고 모유 수유를 하였다. 물론 때때로 아내의 회복을 위해 분유를 교차로 먹이거나 신생아실에 아이를 잠시 맡기는 등의 도움을 받았다. 그럼에도 크게는 계획과 다르지 않았다. 아이와 함께 있고 먹이고 씻기는 일은 즐거웠다. 힘들었고 고통스러운 순간이 잦게 있었으나, 힘들고 고통스럽기에 즐거웠다.

제왕절개를 하게 된 우여곡절의 과정과 그로부터 초래된 고군분투의 과정은 매우 쓰고 눈물겨웠지만, 어찌 보면 매우 다행스러운 일이기도 하였다. 그만큼 병원에 입원한 기간이 길어졌고 그동안 병원의 많은 의사, 간호사, 도우미분들로부터 수유나 아이 돌봄에 대한 많은 노하우와 조언을 배울 수 있었기 때문이다. 그 덕에 조리원을 가지 않고 집으로 곧장 돌아온 아내와 나는 큰 무리 없이 아이와 첫날을 보냈다.

글을 쓰는 지금은 아이와 집에서 함께 지내는 둘째 날 새벽. 동이 터오는 중이다. 밤중 수유를 마치고 기저귀를 깨끗이 갈아주니 아이는 다시 깊은 잠을 잔다. 아내는 아이 옆에서 자고 있다. 아빠는 거실에서 서둘러 글을 마무리한다.

옛사람들은 말하기를 "일을 꾀하는 바는 사람이 하는 것이고, 일을 이루는 것은 하늘이 하는 것이다"라고 했다. 이는 한편으로 정말 틀린 말이기도 하며, 한편으로는 더없이 옳은 말이기도 하다. 일을 꾀한다고 한들 이루는 것은 하늘에 달려있다고 한다면, 열심히 하여도 이루어지지 않을 일도 있고 잘못된 일만 하여도 하늘이 이루어줄 수도 있게 되기에 틀리고도 틀린 이야기다. 그러므로 일을 꾀하는 바와 이루는 바 모두가 사람의 임무다. 마치 탯줄을 두 바퀴나 목에 감은 아이가 골반에 끼어있었음에도 건강히 부모 품으로 오게 된 사연과 같다.

어찌 배 속 아이가 눈에 훤히 보여서 이러저러한 처지를 알았겠나. 단지 이러한 사정을 알게 해 주는 기술과, 기술이 있게 해 준 과학과 자본, 이를 이용할 수 있게 해 준 경험과 노련함, 경험에서 결단을 끌어낸 지식, 이 모두를 뒷받침하는 설비와 시설. 그리고 무사無事라는 결과. 이를 빚어낸 이가 하늘이라면 누가 믿을 것이고 사람이라면 누가 믿지 않겠나. 참으로 내 손과 눈과 귀가 디디고 있는 모든 것에 깃든 바에 감사하게 되는 것은 하늘이 아니고 사람이다. 소리 없이 조용한 뭇 사람들의 성실함. 우리는 그에 무수히 빚지고 있다.

그럼에도 불구하고, 일을 꾀함과 이룸이 모두 사람에게 달려있다고 한다면 이 또한 틀린 말에 지나지 않는다. 사람이 무사함을 만들어낼 수 있다면, 세상에 있는 온갖 불행의 원천은 대체 무엇인가? 또한 그 득의만만한 지식과 기술은 하늘의 이치가 아니었다면 어디서 얻었을까. 그런 의미로 사람과 하늘은 서로의 최선으로 서로를 보살피고 있음이 드러난다.

이렇게 자명하고도 당연한 사실을 나는 품에 새 생명을 안고서야 깨달았다. 아둔함도 이 정도가 되면 조금 지나친 것이 아닌지도 모를 일이고, 자신의 태어남과 동시에 아빠에게 새로운 삶의 기회를 주었으니 효자가 효자 노릇을 하였다는 생각도 든다. 이 아이가 아니었다면 이러한 일을 언제쯤 깨닫게 되었을까. 이번 생에 깨달을 수는 있었을까.

내 생각건대, 윤회를 끊는다느니 천국에서 다시 태어난다느니 하는 이야기는 모두 매한가지에 불과하다. 어제까지의 '나'를 버리고 오늘의 '나'를 새로이 하면 그만이라는 자명하고도 당연한 사실 말이다. '나'를 버리는 방법은 여럿이 있겠으나, 나의 경우엔 새 생명 하나를 품에 안아보는 일이었다. 여태까지 공부해온 모든 것들이 어떻게 새로이 이해될 수 있는지 지난 아홉 달을 통해 알았다. 무심히 사용해 온 모든 것이, 손에 닿고 눈에 닿고 코에 닿고 귀에 닿고 발끝에 닿는 모든 것이 어떻게 나를 지탱해오고 있는지, 아이가 태어날 새 삶을 준비하며 알았다. 소크라테스가 검토되지 않은 삶은 가치가 없다고 말하였으니, 내 삶은 비로소 출발선에 들었다고 할 수 있겠다.

어느 것 하나에 기대지 아니할 수가 없고, 어느 것 하나도 스스로 창조할 수 없는 무력감이 나에게 있음을 이제는 안다. 은혜란 이미 하늘과 땅에 있으며, 시공간의 모든 사람에게 있으며, 강인한 아내에게 있으며, 나와 아내를 이번 생에 만나도록 해 준 우리의 부모에게 있음을, 이제는 안다.

우리는 새 생명으로부터 언제나 다시 시작할 수 있음을生生之易. 이제는 안다. 갈등과 혐오의 시대에, 타자의 욕망을 욕망하기보다 부정하는 것이 더욱 쉬워진 시절에, 아빠가 되어간다는 것은 아빠로 태어난다는 것과 같은 일임을, 그러니 이제는 안다.

파랗던 새벽이 어느새 밝은 아침이 되었다. 아이가 깨어날 시간이 다 되어간다. 마지막까지 남겨놓았던 짧은 이야기를 놓아 두고 글을 떠나야겠다.

『아빠가 태어나는 중』을 쓰기로 마음먹고 얼마 지나지 않아, 친구 S에게 아빠가 되어가는 과정에 대한 글을 쓸 예정이라 알려주었다. S는 친절히 이런저런 글감을 소개해 주었다. 마침 S도 딸의 아빠가 되어가는 중이라, 평소 생각해 둔 것이 많았기에 그리 좋은 글감을 알려주지 않았나 싶다. 그중 몇몇은 이 책의 일부가 되었다.

S가 알려준 글감 중에는 이런 것이 있었다. 어느 날 자녀가 성

장하여 어떠한 이유로 "엄마 아빠는 나를 왜 낳았어?"라 물어본다면 어찌 답해야 할까? 라는 생각. 그 이유가 반항에 의함이든 불안에 의함이든. 또는 단순한 궁금증이든. '왜 낳았냐?'는, 모든 부모가 아주 높은 확률로 맞닥뜨릴 질문에 어떤 답을 줄 것이냐는 물음이었다.

S가 글감을 알려준 순간엔 구태여 말하지 않았으나, 사실 이러한 질문에 대하여 나는 나름의 답이 이미 준비가 되어있었다. 그 답은 아쉽게도 멋들어진 인용구나 수식이 아니다. 그냥 나의 솔직한 마음이자 본성이요 고백이다.

그 답에 대한 예를 들자면. 가까운 미래의 어느 날, 첫째 딸은 아빠를 닮기에 무쌍으로 태어난 김단金ㅌ 양은 갑작스레 질풍노도의 시기를 겪는다. 잔뜩 뿔이 난 채로 쌍꺼풀 수술을 하고 싶다며 툴툴거리기를 며칠째. 나는 그러한 단이를 극구 말려보지만, 아이는 결국 씩씩거리며 이렇게 말한다. "내 맘대로 하지도 못하게 할 거면서 나를 왜 낳았어?!"

물론, 나의 좁은 속에 깜빡이도 켜지 않고 불쑥 들어온 아이의 말에 버럭이가 슬며시 고개를 쳐들겠지만. 잠시 호흡을 가다듬어 진정한 다음⋯ 아이의 눈을 보며 이리 말해줄 참이다.

보고 싶어서.

많이 보고 싶었다고.

보고 싶어서 낳았다고.

그리 말해주련다.

(마침)

아빠가 태어나는 중

덧1) 미의 가감은 쌍꺼풀의 유무와 무관하다고. 아빠는 무쌍으로 태어나서도 엄마를 만났고, 그리하여 이번 생에 윤회를 끊었노라고. 그리 말해주어야겠다.

덧2) 아내가 수유하는 잠시 동안에 몇 자 더 적는다. 아이는 아빠의 성을 따라 성은 김金이고, 그 아빠가 꾸었던 태몽에서 한 글자를 따 단旦이다. 실은 태몽이라기에는 조금 이르게, 단이가 생기기 한 달 정도 전에 꾼 꿈이다.

꿈에서 나는 온 하늘을 붉게 물들인 거대한 태양을 마주하고 있었다. 온 하늘을 덮은 커다란 태양이 노란빛 도는 밝은 붉음으로 눈앞을 가득 채우고 있었다. 태양을 숭배하는 어느 부족의 제사처럼, 나는 그 아래에 무릎 꿇고 앉아 가슴 가득 태양을 안으려 하였다.

앞뒤의 서사 없이 오로지 태양만을 가득히 안고 있는 꿈. 꿈의 색상이 너무도 강력하고 명확하게 남아서, 그날부로 태몽으로 삼았다. 태몽이 아닐지언정 태몽으로 치기로 했다. 곧 생길 아가야가 오는 꿈이라고 내 멋대로 정하였다. 그에 대한 의미로 땅에서 태양이 떠오르는 모양을 본뜬 글자 단旦을 이름으로 한다.

덧3) 철학관은 가지 않았다.

편집자의 말

도서출판 마누스 대표

이 책을 만들며 솔직히 걱정이 없었던 것은 아니다. 출산과 육아의 이야기에 정답은 없지만, 때로는 정답을 찾아내고 제시하려는 시선들이 있으니까. 나는 그저 이 책이 독자분들께는 하나의 예시로, 그리고 작가님의 가족에겐 삶의 한 조각으로 남길 바랄 뿐이다.

김동진 작가님의 책 『선생님의 목소리』가 출간된 후, 조촐한 출간 기념 파티를 했다. 작가님과 작가님의 아내 그리고 나, 셋이서. 그날은 크리스마스를 며칠 앞둔 날이었다.

밥을 먹으며 이야기를 나누던 중, 지금 이 모임에 참여한 이가 셋이 아니라 넷이란 사실을 알게 됐다. 두 분께 아이가 왔다는 소식을 그때 들었다. 크리스마스 선물로 가져갔던 꽃다발은 어느새 축하의 의미를 품고 말았다. "메리 크리스마스" 대신 "축하드려요"라는 말을 전하게 될 줄이야.

그 자리에서 바로 이 책에 대한 이야기가 오갔다. 나는 작가님께 아이가 태어나는 날까지 글을 써보길 권했다. 그 후 주말마다, 아빠가 되어가고 있는 김동진 작가님의 글을 한두 꼭지씩 받게 되었다. 매번 글을 읽을 때마다 기도했다. 아이가 무사히 태어나기를.

바라고 또 바랐다.

효자는 무사히 태어나 단이가 되었다. 작가님 댁에 초대받아 갔던 날, 생후 55일이 된 단이를 처음 만났다. 우윳빛 피부와 오물오물 움직이는 작은 입술을 보며 가슴이 울컥했다. 단아, 반가워. 나도 너를 무척이나 보고 싶어 했던 사람 중 하나야.

에필로그에 담긴 작가님의 글을 읽으며 울다가 웃고, 웃다가 울었다. 질풍노도의 시기를 맞은 김단 양이 쌍꺼풀 수술을 해달라고 조르는 상상이라니. 그러다 문득 나도 상상해 보았다.

훗날 글자를 읽고 문장을 이해할 수 있게 된 김단 양이 나를 찾아와 묻는 거다.

"이모, 내 이야기를 책으로 만들면서 이것밖에 못하셨어요?!"

아… 절대 그런 일은 없도록 하리라 다짐했다. 책은 영원히 남으니까. 최선을 다하리라 다짐했다. 아이가 두고두고 펼쳐보고 자랑스러워할 수 있는 책을 만들겠다고. 아이가 어른이 된 후에 펼쳐보아도 부끄럽지 않을 만한 책을. 이왕이면 책을 펼쳐볼 때마다, 자신이 1센티미터도 되지 않던 세포 시절부터 얼마나 큰 관심과 사랑을 받아왔는지도 느꼈으면.

이 책이 단이에게 그런 책이 되었을까? 네가 태어나던 모든 과정은 너의 엄마와 아빠가 부모로 태어나고, 이 책이 조용히 세상에 자리 잡던 순간들이었음을… 단이가 알까.

단아, 이 글을 읽고 이해한 날이 온다면 출판사 이모를 찾아오렴. 태어나줘서 고맙다는 말을 꼭 전하고 싶구나.

아빠가 태어나는 중

초판 1쇄 발행	2025년 2월 24일
지은이	김동진
펴낸곳	마누스
출판등록	2020년 8월 19일 제348-25100-2020-000002호
팩스	0504-064-7414
이메일	manus2020@naver.com

ⓒ 김동진, 2025

ISBN   979-11-94176-24-4 (03810)

삶에서, 책으로.
도서출판 마누스